브리지 파트너

브리지 파트너

브리지 파트너
한정희 소설
민음사

| 차 례 |

웃으면서 죽는 법

웃으면서 죽는 법

그날 아침, 나는 드디어 목을 맬 도구를 결정했다.

남편이 출근하자마자, 그의 감색 바바리코트에서 벨트를 빼냈다. 집 안에 있는 끈처럼 생긴 것들 중에서 그 벨트가 제일 튼튼해 보여서 선택한 것이다. 하얀 벽, 하얀 옷장, 하얀 침대, 하얀 이불……. 모든 것이 하얀 침실에서 보니 벨트 색깔이 유난히 강렬하게 눈에 들어왔다. 매듭은 생각처럼 쉽게 매어지지 않았다. 매듭을 단단하게 짓는 특수한 방법도 모르고 옷감도 너무 뻣뻣해서 시간이 오래 걸려서야 겨우 묶인 넥타이 비슷한 모양의 매듭을 완성했다.

그러곤 벨트를 매달 곳을 찾아다녔다. 처음에는 2층 난간에 매달면 될 거라고 생각했는데, 실제로 그 자리에 서서 측정을 해 보니, 층계의 손잡이에 발을 딛게 되어 있어서 자살에 실패할 것 같았다. 층계를 벽으로 다 둘러쳤기 때문에 몸을 줄에 매달아 늘어뜨릴 만한 공간이 전혀 없었다. 집 안 어디를 보아도 적당한 곳이 없었다. 요즈음 집들은 천장이 낮고 대들보 같은 것이 없기 때문이다.

문득 예전에 살던 집이 떠올랐다. 그 집은 1층 거실에 샹들리에가 달려 있었다. 무게가 제법 나가는 것이라서 천장을 철강 빔으로 보강하고 샹들리에를 달았으므로 거기라면 내 몸무게쯤은 거뜬히 견디어 주었을 것이다. 그것뿐 아니라, 2층으로 올라가는 계단이 한 번 꺾여 있어서 난간 아래가 휑하게 뚫려 있었다. 그 난간에서 목을 맨다면 절대 실패하지 않을 것이다.

매듭을 지은 벨트를 목에 매달고 이리저리 다니면서 목을 맬 곳을 찾다가 우연히 거울 속에 비친 내 모습을 보았다. 늘어지고 낡은 연하늘색 잠옷을 입고 목에 감색 벨트를 걸고 있는 모습이 아주 기괴하게 보였다. 목 주변은 벌써 벨트에 쓸려 벌게져 있었다.

거울을 통해서 내 모습을 보고 있자니 실제로 목을 매달면 어떤 기분일지 갑자기 궁금해졌다. 나는 침대에 올라앉아서 숨을 한 번 깊이 들이쉬고는 벨트를 꽉 당겨 보았다. 벨트를 바싹 당기자 얼굴에 피가 쏠리는 기분이 들었다. 조금 더 양손에 힘을 가하자, 손에서 힘이 저절로 빠지며 벨트가 풀어져 버렸다. 머리에서 내리는 지시를 어느 순간이 되면 몸이 거부해 버리고 제멋대로 반응한다는 사실을 실감했다. 결정적인 순간에 양손이 스스로 늘어지면서 죽음을 거부하는 것이다.

나는 그대로 침대에 누웠다. 가슴이 벌렁거리고 심장이 빠르게 뛰는 것이 느껴졌다. 눈을 감았다. 눈앞에서 사물들이 사라지면서 생각들도 함께 빠져나가는 듯했다. 잠시 후 눈을 떴다. 사물들이 이상하게 더 커 보였다. 열린 커튼 사이로 보이는 하늘만 하더라도 손에 잡힐 듯이 가까이 느껴졌다. 구름도 어떤 목적이 있는 듯 더 변화무쌍하게 움직이고 있었다. 나는 마음이 끌려서 하염없이 하늘을 바라보았다. 왠지 눈을 뗄 수 없었다. 구름들은 거대한 잿빛 산으로 뭉쳤다가 흩어지고, 다시 모여 태양을 가로질러 굽이치더니 새로운 모양으로 빛을 굴절시키며 움직였다. 환상적이었다. 땅 위의 도시와는 상관없이, 끊임없이 자유롭게 요동치는 구름의 세계 속에서 헤어 나올 수 없었다. 구름 속에서 나를 끌어낸 것은 계속 울리고 있는 전화벨 소리였다. 무거운 몸을 움직여 전화기 쪽으로 걸어가서 수화기를 집어 들었다.

"여보세요?"

전화선 저편에서는 아무런 대꾸가 없었다. 전화가 이미 끊어졌나 보다 하고 생각하는 순간, 아주 먼 데서 울리는 듯한 소리가 흘러 나왔다.

"여보세요?"

나도 모르게 날카로운 목소리로 말했다. 수화기 속에서는 분명히 뭐라고 말하는데 알아들을 수도 없고, 남자인지 여자인지도 구별이 가지 않았다. 그러더니 전화를 건 사람이 그냥 끊어 버렸는지 통화 신호음이 들렸다. 나는 전화를 끊고 거실로 나와 잠시 창밖을 보다가 습관처럼 텔레비전을 켰다.

텔레비전 화면에서는 한 남자가 좁은 입구를 잘라 낸 2리터짜리 초록색 페트병 속에 권총을 든 손을 넣고 상대방의 머리를 겨누고 있었다. 피해자는 범인이 내미는 페트병 속에 총이 있는지도 모르고 미소 지으며 다가가다가 총에 맞았다. 이어 과학수사대의 노련한 수사관이 등장해서 페트병이 소음기 역할을 완벽하게 해 냈고, 9밀리미터 권총이 아닌데도 총알이 머리를 관통했다는 사실을 밝혀냈다. 9밀리미터 권총처럼 총알의 회전이 빠르지 않으면 머리에 대고 총을 쏘았을 때 머리통의 일부가 부서져 날아가 버린다. 미제 과학수사대 드라마 시리즈를 너무 많이 보아선지 참혹한 살인 장면을 대해도 무덤덤했다. 또한 죽음도 멀리 느껴지지 않았다. 드라마를 보면서 내게도 권총이 있다면, 페트병을 사용해서 머리를 관통시켜 시신이 온전한 상태로 확실하게 죽을 수 있을 텐데 하고 생각했다. 요즈음 나는 눈을 뜨는 순간부터 어떤 식으로 목숨을 끊을까 하는 생각에만 빠져 있기 때문에 보고 듣는 모든 것이 저절로 자살의 방식과 연관된다.

내가 만약 총으로 자살을 한다면…….

쿠바 교외에 있는 헤밍웨이의 집에 가 본 적이 있다. 언덕 위에 사방이 유리문으로 트인 하얀 집이 있었다. 항해를 좋아했던 작가가 생전에 타던 요트를 집 아래 커다란 정원에 끌어다 놓은 것이 인상적이었다. 카리브 해의 강렬한 햇볕이 내리쪼이는 요트의

갑판에 앉아서 아바나항구에서 불어오는 바람을 맞고 있으려니,
죽은 그가 내 옆에 어깨를 나란히 하고 함께 서 있는 것 같았다.
그는 집 옆에 지어 놓은 망루처럼 생긴 방에서 글을 쓰기 좋아했
다고 한다. 좋아하는 글을 쓰다가 망루에서 내려와 요트의 갑판
에 서서 쿠바산 수수 술을 마시면서 멀리 떨어진 아바나항구 쪽
을 바라보며 이국의 정취에 흠뻑 빠져 보았을 텐데도 불행한 느낌
은 그에게서 떨어지지 않았던가 보다. 그의 서재에는 그가 사냥
한 사슴의 머리가 몇 개나 박제되어 나를 슬픈 듯이 내려다보고
있었다. 만년에는 비행기 사고의 후유증으로 인한 지독한 아픔과
알코올중독 때문에 글을 쓰지 못해서 더욱 괴로웠던 탓일까. 그
는 쿠바를 떠나 고국의 아이다호로 돌아가서 카빈총으로 자살했
다. 아마도 그는 영화에서처럼 긴 카빈총을 거꾸로 세우고 총신을
입안에 넣은 뒤 방아쇠를 당기지 않았을까? 내 상상으로는 그렇
게 했을 것만 같다. 그가 사용한 것은 9밀리미터 권총이 아닌 카
빈총이었으므로 그의 뒤통수는 절반쯤 산산이 부서져서 사방으
로 튀었을 것이다.

　내가 총을 가질 가망이란 매우 희박하다. 그러나 만약 총이 있
다면 관자놀이에 대고 총알을 날리고 싶다. 9밀리미터 권총을 구
할 수 없을 경우에는 페트병에 총을 넣고 발사하면 소음기 역할도
하고, 총알이 머리를 관통한다는 사실을 알게 되어서 흡족했다.
그러면서도 동시에 총으로 자살을 시도했다가 미수에 그친 사람
들의 다큐멘터리 방송을 본 기억이 떠올랐다. 사고로 얼굴을 날

리거나 중요한 신경을 건드렸는데도 기적같이 즉사하지 않고 목숨을 건진 경우들이었다. 물론 그런 사람들은 대개 평생 동안 마비된 신체 안에 갇혀서 살았다. 그런 걸 생각하면 구하기도 불가능했지만 위험부담이 너무 커서 총을 사용하고 싶지 않았다.

그때 다시 전화가 울려서 습관처럼 수화기를 들었다.

"여보세요?"

"애, 여기 휴스턴이야. 조금 아까 내가 전화했었어. 나는 네 목소리가 다 들리는데 너는 말하다가 가만히 있더라. 그래서 안 들리나 보다 하고 끊고 다시 거는데 계속 통화중이더라고."

5년 전에 미국으로 이민을 떠난 대학 동창 윤희였다. 대학 시절은 물론 그녀가 이민 가기 전까지 가장 가까운 친구 중 하나였는데 죽음에 빠져서 지낸 지난 2년 동안 전혀 생각하지 않고 지냈다. 느닷없이 그녀의 목소리를 들으니 무척 반가웠다.

"어머, 어떻게 지냈어? 정말 오랜만이다."

"나야 뭐, 일하는 미국 생활이 만날 그렇지. 그런데 너, 작년 겨울에 뉴욕 왔다 갔다면서? 전화도 안 하고 가서 정말 화나더라. 그 말을 듣는 순간 너하곤 끝이라고 마음먹었는데 알고나 있니?"

영주권을 신청 중인 그녀는 수년째 미국 밖으로 여행을 떠나지 못하는 상황이었다. 나에 대한 서운한 심정을 과거형으로 말하고 있지만 아마도 그녀는 그때 정말 무섭게 화가 났을 것이다. 그렇지만 당시 나의 마음은 누구를 만나서 반갑다고 수선스럽게 회포를 풀고 싶은 상태가 아니었다. 삶은 우리가 손쓸 수 없는 방식으로 전개된다는 극도의 불안감과 함께 남편의 사업이 끝내 부도가 나지 않을까 하는 숨죽인 조바심뿐이었다.

그처럼 마음이 뒤엉켜 있던 때 우연히 북미 지도를 펼쳐 놓고 보다가 소녀 시절 감명 깊게 읽었던 소설 『빨간 머리 앤』의 배경인 '프린스 에드워드 아일랜드'가 지구의 끝처럼 느껴지는 한구석에 박혀 있는 것을 보았다. 지도에는 'PEI'로 표기되어 있었는데 문득 그곳에 가고 싶다는 열망을 도저히 억누를 수 없었다. 그렇게 즉흥적으로 떠난 여행이었다. 뉴욕을 거쳐 토론토에 도착해서 혹시 패키지여행 상품이 있으면 합류할 예정이었으나 겨울이라서 그런 상품은 없었다. 토론토에서 'PEI'까지는 왕복 3600킬로미터였다. 몬트리올을 지나고 퀘벡에서 하룻밤을 묵은 뒤 다음 날도 하루 종일 드라이브를 해야 하는 힘든 코스였다. 퀘벡을 지나 세인트 로렌스 만을 끼고 몇 시간을 달리면서 시퍼런 바다로 고개를 돌리면 멀리서 고래들이 곡예를 하는 것이 보였으나 앞만 보고 운전했다. 그 순간에는 그곳에 도착하는 것만이 유일한 내 인생의 목표가 되어 버린 것 같았다. 생각해 보니 나는 삶도 이런 식으로 운행을 해 왔다는 자각이 일었다. 여행하는 내내 삶이란 내가 죽으면 같이 끝나고, 죽음은 우리에게 매일같이 일어나는 일이라는 사실이 내 머릿속을 떠나지 않았다. 죽으면 모든 것이 끝난다는 평범한 사실이 새로운 진리처럼 내게 갑자기 다가온 시간이었다.

돌이켜 보니 미국에 있으면서 윤희에게 연락하지 않은 것은 정말 잘못이었다는 생각이 들었다. 오래된 친구의 정까지 거부하게 만든 인생의 쓴맛이 새삼스럽게 씁쓸하게 느껴져서 나는 진심으로 윤희에게 사과했다.

"미안해. 그럴 일이 있었어. 다음에 얼굴 보고 얘기하자. 그런데 무슨 일 있니? 전화를 다 하고……."

"너 보고 싶어서 한 게 아니라 일이 있어서 했다."

윤희는 쌀쌀한 어조로 말했지만 유쾌해 보여서 나의 기분도 한결 가벼워졌다.

"현임이하고 연락이 안 되네. 지난 부활절 때 이곳 교회에서 현임이를 위해 기도를 하고 모금을 했거든. 얼마 안 되는 돈이지만 보내 줘야 하는데 전화가 끊겼네. 두 달 전에도 연락이 됐는데……."

대학 동아리에서 만난 현임도 나의 단짝이었지만, 윤희와 마찬가지로 이즈음에는 연락을 취하지 않고 있었다. 전신 근육이 위축되어 가는 '루게릭병'을 10여 년째 앓고 있는 현임과 연락을 끊고 지내는 것은 친구의 도리가 아니었다. 나의 방문이나 전화가 옛 시절을 돌아보는 계기가 되어 현임에게 위로가 될 텐데도 나는 스스로를 철저하게 죽음 속에 가두고 있었다. 윤희는 어떻게든지 연락처를 알아내 달라고 부탁하면서 전화를 끊으려다가 잠시 주춤하더니 말을 꺼냈다.

"내가 이민 오기 전에 우리 셋이 한치 회 먹으면서 술 마셨던 거 기억나니?"

팔의 근육이 가끔씩 푸들푸들 떨리면서 어깨가 심하게 아프다고 현임이 푸념한 지 3년쯤 지난 후였을 것이다.

"현임이가 루게릭이란 병에 걸렸다면서 이제 난 어떻게 해야 되느냐고 말하곤 울었지? 그때 네가 현임이한테 그냥 죽으라고 말했잖아."

어떻게 그날을 잊을 수 있겠는가.

내가 젓가락으로 한치 회 접시를 뒤적거리고 있을 때 현임이 울었다. 내가 만약 그런 몹쓸 병에 걸려 결국 근육이 마비되고 내장도 마비되어 혀까지 굳어 죽게 된다면 기필코 살게 해 달라고 비굴하게 신에게 매달리지 않을 것 같았다. 그래서 그냥 죽으라고, 저항하지 말고 그대로 죽어 버리라고 말했다. 나는 그녀가 자신에게 내려진 신의 결정을 평소에 그녀가 살아오던 식대로 냉소적이면서도 쿨하게 받아들이기 바랐다. 왜냐하면 마흔다섯이라는 나이는 어떻게 생각하면 살 만큼 산 나이라고 생각했으므로. 청춘도 지나왔고, 사랑도 했으며, 결혼도 해 봤고, 아이를 낳아 키우며 인생의 행복을 맛보았다는 자조적인 감정에 내몰려서 한 생각이었다.

현임은 그 순간 아무 말도 하지 않았다. 윤희도 말이 없었다. 나는 침묵 속에서 소주를 마저 마셨다. 한치 회 접시를 내려다보면서 문득 '이 한치처럼 현임이가 변하겠구나.' 하는 생각이 떠올랐다. 머리에 들어찬 그 생각들이 꿈틀거리면서 일제히 두개골 안쪽 벽을 두드려 댔다. 갑자기 머리가 깨질 것처럼 아팠다. 그 순간

맥박이 심하게 요동을 치며 미칠 듯이 웃고 싶었다. 현임과 한치가 연결 지어지면서, 현임이가 한치처럼 흐느적거리겠다는 말이 목구멍까지 차올랐지만 농담을 꺼낼 분위기가 전혀 아니어서 나는 괜히 더 엄숙한 척했다.

"너, 그날 갑자기 머리가 아프다면서 일찍 일어났지. 보기에도 얼굴이 창백했지만 네가 그렇게 말하고 나서 분위기가 너무 썰렁했어. 그래서 나도 너를 잡지 않았어. 그런데 네가 가고 나서 현임이가 엉엉 우는 거야. 그토록 섧게 우는 건 처음 봤어. 난 미국에 와서도 가끔 그 생각이 나. 왜 현임이는 네가 가고 난 뒤에 내 앞에서 그렇게 울었을까 하고."

왜 현임은 내가 없는 데서 울었을까. 무슨 말을 그렇게 싸가지 없이 하느냐고 되쏘지 않고, 왜 윤희 앞에서 울었을까?

"어쩌면 내가 미국에 오지 않고 한국에 있으면서 예전처럼 우리 셋이 자주 만났다면 네게 이런 말을 안 했을 거야. 어쩐지 현임이의 자존심을 건드리는 것 같거든. 아마 현임이가 죽고 너도 늙고 나도 늙어서 죽을 날이 얼마 남지 않았을 때나 너한테 이 얘기를 해 주었겠지."

윤희는 전화기 저편에서 말끝을 흐렸다. 나는 현임을 마지막으로 보았던 때를 기억해 내려고 애썼지만 아무것도 분명하지 않았다. 내가 기억하고 싶은 것은 앓아눕게 된 후의 현임이 아니라 생기가 넘쳤던 현임이었다.

대학 1학년 초겨울에 현임을 처음 만났다. 차가운 비가 추적이며 내리던 밤이었다. 나는 몇 명의 친구들과 '카페 떼아뜨르'에 앉아서 문학이 어떻고 예술이 어떻고 젊음의 뻔한 방황에 관한 이야기들을 두서없이 나누고 있었다. 그때 어떤 쏘는 듯한 눈길 때문에 무언가 편치 않은 기분이 들어 고개를 돌리자 웬 여자 애가 무안할 정도로 빤히 나를 바라보고 있었다. 그 순간부터 나의 신경은 그쪽으로 향했다.

그 카페는 프랑스 유학을 마치고 갓 귀국한 화가와 연극인 아내, 그들 부부가 소극장을 겸하여 오픈한 곳이었다. 크고 작은 테이블이 섞여 있어서 큰 테이블에서는 낯선 사람과의 합석이 자유스럽게 이루어졌다. 카페 벽에는 주인 화백이 그린 누드 여인화가 붙어 있었다. 푸르스름한 백색조의 나체 여인이 가련한 표정으로 비스듬히 누워 있는 그림이었다.

우리들의 치기 어린 대화가 잠시 소강 상태였을 때, 내가 느닷없이 그 그림을 가리키며 나는 저 여자의 표정이 좋다, 저 색감도 기가 막히지 않으냐고 큰 소리로 떠들었다. 그때 얼마전부터 나를 유심히 바라보던 그 여자 애가 내게 미소를 지으며 "화가들은 그 색을 울트라 마린이라고 해요."라고 말했다. 자기도 저 그림이 좋다면서 나체인데도 섹시해 보이지 않고 오히려 슬퍼 보인다고 했다. 나는 그녀의 말을 듣는 순간 내가 왜 그토록 그 그림에 매료되었는지 이유가 명확해졌다. 그녀의 말대로 섹시해 보이지 않아서였다.

그녀는 나에게 혹시 지난 주일 학보에 소설을 발표한 사람이 아니냐고 물었다. 같은 학교에 다니고 있다면서, 사진으로 나를 보았다고, 우리들이 나누는 대화로 짐작했다면서, 학보사 주최 추계 현상 문예에 당선작 없이 가작으로 입선한 내 소설을 말하고 있었다. 인상 깊게 읽었다며 말을 시작한 그녀는 내 소설 속에 상당히 미숙한 부분이 있다고 참혹할 정도로 까 댔다. 그렇지만 좋았다고 표현하는 것도 잊지 않았다. 그녀가 바로 현임이었다.

현임에게는 남다른 직관이 있었다. 그녀가 말을 하면 그것은 내 뼛속에서 튀어나와 말이 되는 은밀한 목소리처럼 느껴졌다. 그녀는 얼굴이 약간 얽었고 붉은빛이 도는 검은 뿔테 안경을 끼고 있었다. 검정 터틀넥 스웨터와 하늘거리는 검정색 저지 롱스커트를 입고 반들반들한 생기 넘치는 얼굴에 자신감으로 꽉 찬 미소를 지으면서 큰 키를 휘청거리며 카페 안으로 걸어 들어오는 모습이 너무 당당했다. 희디흰 손가락 사이에 가늘고 긴 담배를 끼워 들고 노동 운동과 실존 사이에서 방황하다가 빛나는 미래를 포기하고 금속 공장 여공으로 취업한 '시몬 베이유'를 이야기할 때 그녀에게서는 빛이 나는 것 같았다. 나는 금방 그녀의 추종자가 되었다. 그녀가 내뱉는 한마디의 말이나 한 줄의 이야기에도 얼마나 공감을 하고 함께 골똘히 그 문제에 사로잡혔던가. 다른 사람보다 그녀가 본질적으로 더 우수하고, 어떤 꺼지지 않는 불이 그녀의 내면에서 뿜어져 나와 그녀를 생기 있게 지켜 주는 듯했다. 그녀의 영향력은 이미 분명하게 드러났고, 그런 영향력은 아주 사소한 것들에까지 미쳤다. 예를 들어 그녀가 맨발에 까만 운동화를 신고 나오면 나도 곧 까만 운동화를 사서 신었고, 그녀가 연필을 쓰면 나도 곧 만년필을 집어던지고 연필을 썼으며, 그녀가 사르트르의 『말』을 읽으면 나는 그날 저녁부터 집에서 그 책을 읽기 시작했다. 그런 식으로 현임을 따라하는 것은 나뿐만이 아니었지만, 아마도 내가 가장 열성적이고 그녀가 미치는 영향력에 가장 자발적으로 반응을 보였을 것이다.

그러나 현임은 내면적인 유배자가 되어 모든 것을 냉소적으로 보았다. 그녀는 그런 기미를 비치지 않았지만 아마도 외모 콤플렉스가 있었을 것이다. 겉으로는 해야 할 일들을 빈틈없이 해 나가면서도 사실은 자기 삶을 경멸하고 스스로 주변으로부터의 소외를 자초했다. 물론 겉으로 말썽을 피우거나 표면적으로 반항한 것은 아니었다. '유신 시대'라는 정치적 상황에 갇힌 갑갑함 속에서 들끓는 청춘과 억눌린 감정 때문에 내면적인 고통을 겪고 있었다. 그렇다고 사회적 상황의 탓으로 돌릴 만큼 영악하지 못했고, 현실 참여라는 적극적인 사회운동에 가담하기에는 자신이 앓고 있는 고통을 청춘의 통과의례쯤이라고 여겼다.

재능 있는 사람들의 경우 많은 부분이 그렇듯, 현임도 자신의 내면에서 도전할 만한 일을 찾기 시작했다. 그러다가 그녀는 철학을 전공하고 영화판에 쫓아다니다가 배추 장사를 하며 무슨 종교에 빠진 남자와 결혼했다. 두 사람의 만남이나 생활은 기승전결이 무시된 컬트 영화 같았다. 원래 현임의 기질 속에 타고난 열정과 외면적 열등감 때문에 더욱 적극적으로 남자에게 구애하는 강렬함이 합쳐져서 두 사람은 빠르게 맺어졌다. 두 사람 다 화려한 언변과 사람을 끄는 흡인력이 강력했지만 현실적 능력은 없었다. 밤마다 열리는 술좌석에서는 시중의 온갖 문화인들이 그 두 사람을 불러 댔다. 그러나 현실에서 그녀의 삶은 힘겨운 나날의 연속이었다.

학창 시절의 그 빛나던 지성은 누추한 일상 속에 엉겨서 흘러갔다. 그녀는 강한 자제심으로 자신의 현실적인 남루함에 관하여 한 번도 제 모습을 내비치지 않았다. 우리는 시간이 가면서 아이를 낳아 키우고, 집을 늘려 가고, 남편과 섹스를 나누었다. 현실적 여건에 대한 화제 대신 이상과 실존의 괴리를 메워 가는 그녀의 내면 묘사가 궤변으로 들렸지만 생을 대하는 엄숙한 자세에 압도당하여 빛깔 좋은 고가의 명품들이 그녀 앞에서 스스로 빛이 죽어 버리는 느낌을 받았다. 그랬던 그녀가 루게릭병에 걸렸다고 울었을 때, 내가 무어라고 할 수 있었겠는가. 죽으라고, 그냥 죽으라고, 그것이 너답게 죽는 거라고, 너를 지켜보는 나의 바람이라고 말할 수밖에 없었다.

윤희는 제가 꺼낸 화제에 내가 심각해지자 약간 후회하는 것 같았다.

"내가 말을 잘못 꺼낸 거 같다. 그렇게 심각하게 듣지 마."

"너랑 이런 얘기를 하니까 우리가 무지 늙은 것 같다. 너무나 옛일인 것처럼 여겨져서 그래."

"너도 그러니? 나도 같은 기분이다."

윤희는 결국 나에게서 시원스러운 대답을 듣지 못하고 전화를 끊었다. 새삼 나는 내 삶이 얼마나 고단해졌는가를 여실히 깨달았다. 아무도 상관하지 않고 내 아픔에만 빠져 있는 삶이 갑자기 편협하고 옹졸하게 느껴졌다.

내 세상이 이처럼 좁아지기 시작한 것은 텔레비전 뉴스를 보고 난 후였다. 18세에서 36세 사이의 네 남자가 동해안 바닷가의 모텔에서 극약을 먹고 동반 자살을 했다. 화면에는 그들이 묵었던 어지러운 방 안이 보였다. 토사물로 더러워진 이불과 얼룩진 방바닥을 보면서 나는 잠시 숨을 멈추었다. 비록 화면 속이었지만 그토록 구체적으로 죽음의 현장에 접근한 것은 처음이었다. 아나운서는 이들의 연령대가 고루 분포된 것을 보니 인터넷 자살 사이트에서 만나 동반 자살을 계획한 듯하다고 설명했다.

그 순간 머릿속에 불이 환하게 켜진 듯했다. 드디어 탈출구를 찾아낸 것이다. 왜 자살이라는 방법을 생각해 내지 못하고 살아야 한다는 방향에만 그토록 집착했을까. 나는 갑작스럽게 홀가분한 느낌에 싸여 편안해졌다. 그날부터 죽음이 나를 행복으로 이끌었고 삶을 판단할 수 있는 척도가 되었다. 한 달 뒤에 오는 여름에 과연 이 꽃을 볼 수 있을까, 여름에 개봉한다는 저 영화를 내가 볼 수 있을까, 이 사람과 오늘 만나서 헤어지는 것이 마지막일까, 하는 생각이 항상 따라다녔기 때문이다.

윤희의 전화를 끊고 인생행로가 너무도 다양하게 바뀌는 상황에 참으로 살고 죽는 것이 쉽지 않다는 생각을 하고 있을 때 선배 언니가 연극을 보러 가자고 전화를 했다. 비록 오늘 죽을 것은 아니지만 목을 조르는 연습까지 했던 순간인지라 언니의 요청쯤 들어주고 죽는 것도 나쁘지 않다는 생각 때문에 선선히 나가기로 했다.

연극은 사창가에 몸을 함부로 굴린 아버지 때문에 뇌 질환을 앓게 된 청년이 뇌가 점점 물러지면서 발작을 일으키게 되자 어머니에게 모르핀으로 자신을 죽여 달라고 부탁을 하는 내용이었다. 내가 이 극의 내용을 미리 알고 갔더라면 훨씬 더 심각하게 몰입했을 만한 스토리였다. 마지막에는 어머니가 아들을 죽여야 할지 말아야 할지 고민하는 내용이었다. 심각한 스토리를 따라가면서도 모르핀 가루를 과다 투여하면 죽게 된다는 새로운 사실에 호기심이 이는 것은 어쩔 수 없었다. 모든 관심이 자살의 방식에 귀결되고 마는 나의 상황이 피곤했다.

"언니, 모르핀을 과다 투여하면 사람을 정말 죽일 수 있는 모양이지요?"

"사변 후에 어른들이 그런 얘기를 하셨던 기억이 나. 그땐 아편쟁이들이 많았거든."

"한국에도 모르핀 가루가 있을까요?"

"글쎄, 요즘은 모르핀보다 헤로인이 더 인기 아니니? 어젠가 뉴스를 봤더니 미제 감기약에서 염산 에페트린인가를 네 시간 만에 추출해서 히로뽕을 만드는 세상이 되었다더라. 인터넷에 제조법도 다 떠 있다는데."

"히로뽕도 과다 복용하면 죽을까요?"

"그렇게 궁금하거든 블로그를 검색해 봐. 아주 성의 있게 답변해 주는 사람들이 꼭 있으니까. 너무 열성적으로 답해 줘서 감동받을 때도 있어."

마치 마약을 손에 쥐고 흔드는 듯한 대화가 즐거웠다.

"온라인에는 엄청나게 저질스러운 공격들도 많잖아요. 개똥녀 같은 사건들 말이에요."

나는 어두운 밤거리에 지나가는 오토바이의 요란한 소음을 향해 힘없이 말했다. 길을 밝힌 가로등과 간판의 네온 불들이 이룬 스카이라인이 뿌옇게 보였다. 그것들은 한 덩어리 같았다.

"만약 언니가 자살을 한다면 어떻게 죽고 싶어요?"

언니는 내 질문이 연극 관람 후의 여운이라고 여기는 것 같았다.

"젊었을 때는 나도 자살을 많이 생각했어. 아마 독일 유학을 마치고 돌아와 자살한 전혜린 씨의 영향이 컸을 거야. 자살이 멋있어 보였다면 웃기지? 그런데 나이가 든 지금은 자살과는 조금 다른 죽음을 떠올리게 돼. 작정하지 않아도 죽음 가까이에 와 있어서 그런가 봐."

나는 언니의 말에 고개를 끄덕였다. 언니가 조금만 더 예민하게 나를 관찰했더라면, 지금 내 머릿속에 들어 있는 것은 죽음밖에 없다는 사실을 알아차렸을 것이다.

"언젠가 본 영화인데, 인상적인 자살 장면이 기억나. 낙태 찬성

운동가인 주인공 여자가 암에 걸려서 자신의 목숨이 얼마 남지 않았다는 사실을 알게 되었어. 여자는 자신이 낙태 반대론자인 급진 세력에게 납치당해서 살해되는 것처럼 보이기를 원해. 납치 살해 과정을 카메라에 담아 언론사에 배포하는 것이 여자의 목적이었어. 자신의 죽음이 도화선이 되어 여성들이 낙태의 죄의식으로부터 벗어나기를 바란 거지. 카메라 앞에서 주인공이 비닐 쇼핑백을 머리에 둘러쓰고 목에 비닐 테이프를 돌려. 그리고 등 뒤로 손을 내밀면 납치범의 손이 나타나서 여자의 손을 테이프로 감는 거야. 노련한 수사관이 그 손의 정체를 찾아내는 거였지. 여자가 남자 친구에게 부탁하여 그가 여자의 손을 등 뒤로 묶었던 것이 밝혀지고 영화는 끝이 나."

언니가 영화 얘기를 할 때도 잠깐 동안 머릿속에 전구가 환하게 켜지는 듯한 느낌이 들었다. 어느 격렬한 시위장에 나가서 나도 몸을 던져 볼까. 1980년대에만 하더라도 수많은 시위대 앞에서 분신자살을 하는 것 같은 극렬한 항의가 잦았다. 그런 죽음에 비해 목을 매달 자리를 찾으려고 온 집 안을 헤매던 내 모습은 오래전에 본 영화의 한 장면처럼 아득하게 생각되었다. 한낮의 햇볕이 강렬하게 쪼이는 다리 위에서 물속으로 뛰어내리는 죽음은 어떨까. 물이 떨어지는 육신을 상냥하게 맞아 줄 것 같기도 했다. 그에 비해 불에 타 죽는 것은 육신에게 못할 짓을 저지르는 것 같았다. 약을 구할 수 있으면 그것도 손쉬운 방법일 텐데…… 아, 지금 언니가 말한 것처럼 비닐봉지를 이용한 질식사도 신체를 훼손하지 않는 좋은 방법이라는 생각이 들었다. 그렇지만 누가 뒤에서 손을 묶어 줄 것인가? 그 부분을 해결해야 쓸 수 있는 방법이었다.

20대 때도 나는 한동안 죽음에 사로잡혀 있었다. 한 남자가 나를 떠났다. 이성적으로 생각해 보면 그 남자는 한 번도 내 마음속에 나와 나란히 있어 본 적이 없는 사람이었다. 그의 약한 마음에 이끌려, 나와 만나 준 몇 번의 만남에 의지해서 내 마음에선 그에 대한 집착이 커져만 갔다. 이루어지지 않는 그와의 인연을 깨달아 가는 동안 나는 몇 번이나 세상을 등지고 싶었다. 그 고통을 숨긴 채 세상에 존재한다는 것이 너무도 힘이 들었다. 내가 의지할 수 있었던 것은 죽음의 속삭임에 귀를 기울이는 것뿐이었다.

하지만 지금의 자살 충동은 그와는 사뭇 다른 공포감이다. 현재에서 도망치고 싶은 욕구보다도 살아가야 할 시간들이 무서워서 앞으로 나아갈 수가 없는 것이다. 예전에도 지금처럼 절박했을까.

오랜만에 앉아 보는 5월의 대학가 밤거리는 싱그러웠다. 카페의 노상에 나와 있는 테이블에 앉아서 지나가는 사람들과 차들과 오토바이의 질주를 보고 있자니까 삶도 죽음도 아득하게 생각되었다.

"물론 인생이 죽을 만큼 힘이 들어서 자살을 떠올릴 수도 있겠지만, 자신의 존재감이 조금도 느껴지지 않아서 죽고 싶다는 느낌을 어떻게 표현해야 할지 모르겠네. 나는 내 존재가 무의미하게 흘러가는 것만 같아서 죽고 싶었거든. 어떤 것에도 의미가 없고 뭘 하고 싶은 의욕도 없는 내가 시체처럼 느껴져서 죽고 싶었어."

언니는 아주 쓸쓸하게 보였다. 생활이 안정된 나이든 여자가 진지하게 속마음을 털어놓아도 심각하게 들어주는 사람이 없다는 사실을 이미 알고 있는 듯한 얼굴이었다. 어떤 답을 찾기를 체념해 버린 듯이 보이는 언니 앞에 나는 가만히 앉아 있었다.

"어떤 날 아침에는 내가 마주한 시간들이 나를 내리누르는 것 같아서 비명을 질렀어. 아니, 목구멍에서 비명이 질러졌다고 하는 게 맞아. 비명이, 저절로 몸 안에서 솟구치는 소리가 들렸어. 그 소리는 몸에서 갈라져 밖으로 빠져나가는 영혼처럼 느껴졌어."

갑자기 언니가 어떤 문을 마구 두드려 대고 있는 모습이 보였다. 언젠가도 언니는 이런 말을 했고, 언니가 그 말을 할 때 나는 같은 장면을 연상했었다.

"애, 내가 또 주책이다. 후배 앞에서 자꾸 이런 어린애 같은 소리만 하다니……."

"그럴 수도 있죠 뭐."

언니는 집에 들어가기 싫어하는 청소년 같은 얼굴을 하고 길을 바라보았다. 삶에 성공한 듯 보이는 언니의 이미지 뒤에서 또 다른 모습을 만나는 것이 몹시 거북스러웠다. 만약에 내가 내일 자살한다면 언니는 오늘 이 자리를 생각하면서 어떤 생각을 할까. 아마도 깊은 배신감을 느낄 것이다. 그렇다고 언니에게 내일이나 모레쯤 내가 자살할 거라는 말을 할 수 없지 않은가. 이런 생각들이 어지러이 머릿속에서 맴도는데 언니가 갑자기 생각난 듯 말을 꺼냈다.

"얘, 어제 텔레비전에서 네 친구 현임이를 보았어. 너도 봤니?"

"「인생극장」인가에 나왔더라는 소식만 듣고 보진 못했어요."

"너무너무 가여웠어. 현임이 생각을 하니까 우리가 지금까지 한 말들이 갑자기 공허하게 느껴지는 것 같다. 언제 너 갈 때 나도 함께 갈게."

불과 몇 시간 간격으로 현임이 얘기가 또다시 나오자 나는 현임이 텔레파시로 나를 찾고 있는 것만 같았다. 죽기 전에 현임을 보러 가야 한다는 뜻처럼 여겨졌다. 이제 어둠은 조용한 부드러움으로 변하고, 도로를 달리는 차량도 드물었다. 굉음을 내는 오토바이 서너 대가 무리를 지어 웃음소리를 뿌리듯이 경쾌하게 질주했다. 자정이 가까워진 대학가의 밤이 갑자기 고즈넉하게 느껴졌다. 언니는 특별히 무엇을 보는 것도 아닌 멍한 눈길로 홀로 앉아 있었다. 머리 위의 나뭇가지들 사이에서는 산들바람이 계속 불어와 나뭇잎을 흔들며 끊임없이 밀려왔다 밀려가는 파도처럼 쏴아 하는 소리를 내고 있었다.

다음 날 아침 나는 여느 때보다 더 일찍 일어났다. 아침 먹은 식탁을 깨끗이 치운 뒤 신문을 탁자에 던져두고 욕실로 들어가 샤워를 하고 나서 외출 준비를 서둘렀다. 옷장 문을 열어 그날 입을 옷을 고르면서 어쩐지 흰 셔츠에 검정 타이트스커트를 입고 싶다는 생각이 들었다. 오랜만에 만나는 현임 앞에 정중한 차림으로 나타나고 싶었다. 옷장의 너절한 옷가지들 틈새에서 타이트 스커트는 아니지만 나팔꽃처럼 퍼지는 검정 스커트가 있어서 골랐다.

현임과 그녀의 남편 이름으로 전화번호를 문의했으나 번호는 나와 있지 않았다. 언니가 현임의 방송을 보았다는 텔레비전 방송사에 문의해서 현임의 집을 알아냈다.

경기도 파주 어쩌고 하는 주소를 받아들면서 마음속으로는 얼핏 시골 정경을 떠올렸다. 그러나 전화 통화 내용대로 그 집 가까이 다가갈수록 주변의 모습은 풍치와는 거리가 멀어졌다. 몇 걸음 건너 한쪽에는 즐비하게 들어선 아파트 그늘이 우울하게 산자락을 뒤덮고 있었으며, 산 가장자리 빈 밭가에서는 철창에 갇힌 개들이 청승스럽게 짖어 대고 있었다. 개를 키웠던 기둥에 묶인 녹슨 쇠사슬과 뭉친 개털이 이리저리 굴러다니고, 개 밥그릇에는 먹다 남은 사료 위로 쉬파리 떼들이 위이잉 기세 좋게 날아다녔다. 철창에서 조금 떨어진 주변 공터에는 커다란 폐기물들이 함부로 뒹굴고 있었다. 문짝이 떨어진 녹슨 대형 냉장고, 녹슨 캐비닛, 부서진 장롱, 고장 난 가습기, 새빨간 법랑 냄비 뚜껑 등등……. 그리고 여기저기 커다란 널빤지에 펼쳐져 있는 허연 빨래들과 무언가가 썩고 있는 지독한 냄새가 한꺼번에 얼굴을 후려쳤다.

"철창으로 만든 개집하고 가죽 공장 사이에 사람들이 걸어 다녀서 생긴 길 같은 게 있을 거예요. 길같이 생긴 그곳을 따라서 공장을 끼고 돌다 보면 외딴집 같은 것이 있어요. 창고같이 보이는, 건물이라고 말하기도 좀 그렇고, 아무튼 거기엔 공장 말고 그거 하나밖에 없으니까 가 보시면 알 거예요."

방송사에서 조연출로 일하고 있는 그 남자는 현임이 사는 집 위치를 설명하는 데 몹시 애를 먹었다. 실제 와서 보니 현임이 있는 곳이 길 같은 곳이고, 집 같은 곳이었기 때문에 그의 설명이 그토록 엉성할 수밖에 없었다는 게 이해가 되었다. 앳된 목소리는 친절하고 정중하게 내가 알아들을 때까지 설명을 해 주었다.

공장 주변 공터에도 널빤지 위에 빨래 같은 것이 어지러이 널려 있었다. 가까이 다가가자 허연 빨래처럼 보였던 것은 '살'을 저며서 펴놓은 것이었다. 약품 냄새와 동물 썩는 냄새가 훅 끼치자 순간 숨이 턱 막히며 어지러워졌다. 이 빨래들이 다 '살'이라면……. 이런 범죄 현장이 대한민국의 대낮에 존재하다니……. 나는 허둥지둥 '살' 사이를 빠져나가다가 흙탕물 웅덩이에 빠지면서 핸드백을 떨어뜨리고 말았다. 봐서는 안 될 것을 본 것 같았다. 철창 속에 갇힌 개들도 뭔가 나의 다급한 기색을 느꼈는지 마구 짖어 댔다.

"괜찮으세요? 조심하시죠. 그저께 비가 많이 와 산사태가 나서 이래요. 흙이 하도 많아서 치울 엄두를 못 내고 있다니까요."

언제 어디서 나왔는지 50대 남자가 근심스러운 표정을 지으며 나를 쳐다보았다. 사람의 목소리를 들으니 두근거리던 가슴이 조금 진정되었다.

"개들이 짖으니까 정신이 없어서 넘어졌네요."

나는 구정물이 흐르는 핸드백과 과일 봉투를 눈높이까지 들어
올리며 차마 저 '살'들 때문에 놀라서 넘어진 거라는 말은 하지
않았다.

"공장 안에 수도가 있는데요."

남자는 손가락으로 공장 건물을 가리켰다. 어쨌든 씻지 않을
수 없어서 나는 감사하다는 인사를 계속했다.

야산 전체가 다 가죽 공장이라고 할 수도 있었다. 방부제 처리
과정을 하는 중인지 공장 안에서는 화공 약품 냄새가 확 끼치는
커다란 플라스틱 통 안에서 인부 세 명이 밖에 널려 있는 '살'과
같은 것들을 끌어내고 있었다. 남자는 그들을 향해 여기 있던 세
숫대야가 어디 갔냐고 소리를 질렀다.

"가죽 만드는 공장이거든요."

남자도 그 '살'의 섬뜩함을 알고 있는지 내게 설명 비슷한 거라
도 해야 되겠다고 생각한 모양이었다.

"저건 생가죽이에요."

말이 가죽이지 '살'이라고 불러야 더 적당할 것 같았다. 동물에
게서 막 벗겨낸 살. 털도 붙어 있고 피도 묻어 있는 살. 푸르스름
하고 거무죽죽하지만 살색인 살. 색도 살색이었다. 이곳은 생가죽
을 씻고, 약품 처리를 하고, 표면 질감을 만들고, 색깔을 입혀 팔
수 있는 가죽으로 만드는 공장인 모양이었다.

살이 썩는 냄새를 맡은 건 생전 처음이었다. 나는 치미는 욕지
기를 참으며 되도록 티를 내지 않고 나에게 뜨악한 시선을 보내고

있는 40대 인부에게 현임의 집을 물었다. 지금까지 이 여자가 왜 갑자기 이 골짜기에 나타나서 웅덩이에 빠졌는지 몹시 궁금한 눈치였던 그 남자의 얼굴에 의문이 걷혔다. 남자는 손으로 생가죽 표면을 문지르면서 공장 담을 끼고 죽 따라 돌면 아픈 아주머니가 사는 집이 있다고 설명했다. 남자의 친절한 태도에 감명을 받은 내가 "그 집을 잘 아시나 봐요."라고 말을 건넸다.

"그 아주머니가 휠체어를 타고 나와서 구경을 하거든요. 개장 옆에 가서 몇 시간씩 앉아 있기도 하고, 공장 일 하는 것도 꼬치꼬치 물으면서 구경을 해요. 공장이 바쁠 때는 그 집 아저씨가 여기 일을 거들거든요. 그 아주머니는 뭐가 그렇게 궁금한지 이것저것 묻는 게 많아요. 이건 어떻게 만드느냐, 저건 왜 그러느냐고요. 얼마나 답답하겠어요. 그렇게 오랫동안 앓았다니까요. 그런데 아주머니는 그분하고 친구 되시나요?"

"네."

"찾아오는 사람도 거의 없습디다. 얼마 전에 방송사에서 촬영한다고 나와서 한참 복작이더니, 그래서 그런지 요즘은 더 쓸쓸해 보입디다. 발걸음이 딱 끊어지니까 내 눈에만 그렇게 보이는 건지 모르겠어요. 사람들이 많을 때는 그 아주머니가 아주 활기 있었거든요. 그래 봤자 목소리만 살아 있는 거라고 그 집 아저씨는 말씀합디다만, 비슷하게 발병했던 사람들은 다들 죽었다면서요? 그 아주머니만 살아 있다면서요. 말도 할 수 있고. 기적이라고 합디다."

남자의 말속에선 나의 방문을 반기면서도 약간은 질책하고 있는 듯한 기색이 느껴졌다. 남자는 현임의 남편과 가까이 지내는 것처럼 보였다. 내가 현임에게 평소에 품고 있었던 미안한 감정들이 나의 죄의식을 극대화했다. 남자의 짤막한 이야기에서 그녀의 고통스럽고 불행했던 시간들이 순식간에 끌려나오는 것 같았다.

"예전에는 정말 그렇게 대단했던 모양이지요?"

"네에."

현임 부부는 물론 물질적으로는 윤택하지 못했지만 정신적인 귀족으로서 감정의 호사는 충분히 누리지 않았는가. 남자에게 그들 부부의 얘기를 자세히 설명할 수는 없지만, 대단했던 것은 사실이다.

"함께 앉아서 텔레비전을 보고 있으면 모르는 사람이 없어요. 다 친구래요. 영화배우, 가수에서부터, 총리, 장관, 도지사, 대학 총장, 소설가, 다 아는 사람들이라고 해서 허풍 아닌가 하고 의심한 적도 있었는데, 지난번에 무슨 장관인가 하는 사람이 다녀가는 거 보니까 진짜는 진짜인 모양입디다. 그렇지만 찾아오는 사람들은 드물어요. 어쩌다 가끔 예사롭지 않아 보이는 사람들이 친구라면서 다녀가긴 합디다만. 가 보시면 알겠지만, 이처럼 어렵게 살고 있으니 잘나가는 친구들이 좀 도와주면 좋을 텐데."

남자는 노골적으로 현임의 주변 인물들을 질책했다. 적의가 배어 있는 그의 말을 들으며 나는 삶의 모든 부분이 다 설명될 수 없다는 변명을 떠올리고 있었다. 나는 그와 나누는 대화 내용이

불편하게 느껴져서 갑자기 생뚱맞게 가죽 공정에 관한 질문을 던
졌다.

"이렇게 해서 멋진 가죽이 만들어지는 모양이지요?"

그러자 갑자기 신명이 오른 그 남자는 자기네 공장의 기술은
이탈리아 못지않다면서 가죽 표면을 상처 없이 매끄럽고 얇게 만
드는 기술은 자신만의 비법이라고 자랑했다. 내가 열성적이고 자
발적으로 관심을 나타내자 남자는 자신의 영향력에 스스로 감동
하여 가죽 공정의 세세한 부분까지 열성적으로 설명했다.

공장 담이 끝나는 뒤편에 축사처럼 보이는 건물이 숨어 있다가
몸을 드러냈다. 과연 그 조연출자의 표현대로 '집 같은 것'이 있었
다. 남자가 친구 분 오셨다면서 너스레를 떨며 문을 열고 들어서
자 어둡고 습한 실내에서 퀴퀴한 냄새부터 올라왔다. 나는 잡초
가 무성한 입구 주변을 무심코 바라보았다. 트레일러를 만드는 재
질을 가지고 땅 위에 지은 집이었다. 문을 열자 마주 보이는 작은
창문의 누르스름한 레이스 커튼이 제일 먼저 눈에 들어왔다. 창
문에 걸린 레이스 커튼이 사물 사진처럼 이상하게 슬퍼 보였다.
어두운 실내에서 거뭇거뭇하게 얼룩이 진 벽을 뒤로하고 물이 뚝
뚝 떨어지는 벌건 고무장갑을 벗으면서 머리가 하얀 노인이 무표
정한 얼굴로 나타났다. 여전히 무성한 눈썹이 아니었다면, 나는
잠시 현임의 남편을 알아보지 못했을 것이다. 고통스러운 삶의 날
들이 그를 구부정한 노인으로 변화시켰다. 남자가 손님 모시고 왔

다면서 너스레를 떨고 의례적인 인사말을 건네고는 돌아서 가자,
그제야 현임의 남편은 고요히 미소를 지으며 나를 맞았다.

"오랜만이세요."

"네에."

그때 방 안에서 "아빠, 누구야?"라고 묻는 현임의 목소리가 들
렸다. 흙탕물에 빠져 지저분해진 과일 봉지를 들고 나는 "나야."
라고 말하며 방 안으로 들어섰다.

내가 이렇게 어둑한 방에서 이불을 덮고 누워 있었더라도, 방
문객은 남루하고 퀴퀴한 냄새가 난다고 느꼈겠지. 나는 막연한 죄
의식으로 그런 생각을 했다. 천장의 누르스름한 얼룩과 검은 곰
팡이까지 덮고 미동도 없이 누워 있는 현임의 모습은 마치 죽어
있는 것처럼 보였다. 잠시 후 어둠이 눈에 익숙해지자 가느다란
속눈썹 속에서 현임의 생기 없는 눈동자가 멍한 눈빛으로 나를
올려다보는 것이 보였다.

"나야. 오랜만이야."

일부러 쾌활하게 말한 내 목소리는 방 안에서 어색하게 울렸
다. 현임은 나의 인사가 무색하게 멍한 눈빛 그대로 눈동자를 옆
으로 돌렸다.

"여보, 나 여기 좀."

현임은 눈동자를 아래로 내렸다. 그녀의 곁에 다가온 남편이
현임의 축 늘어진 턱 밑으로 손을 집어넣어 베개를 끌어내려 주
었다.

“아니.”

현임의 눈동자가 다시 움직였다. 이번에는 남편이 현임을 살피더니 늘어져 뒤집혀 있는 오른손을 가리키며 “여기?” 하고 물었다. 현임의 눈동자에 확 하니 짜증이 덮였다. 한참 후에야 남편이 현임의 허리에 고인 옷자락을 찾아 풀어 주고 나서야 현임은 나를 바라보았다.

“이렇게 살고 있다.”

얼핏 비장미 서린 현임의 말투에서 젊은 시절의 분위기가 다소 스쳤으나, 그녀는 완전히 하얘진 머리카락 사이로 늘어지고 탄력 없는 얼굴을 가진 70세도 훨씬 넘긴 노인처럼 보였다. 뭐라고 할 말이 없었다. 어떤 인사치레도 너무 빨리 들통이 나 버려서 서로가 어색해질 테니까 나는 아무 말도 꺼낼 수 없었다.

진실은 내가 그랬으면 하는 것보다 훨씬 더 복잡하다. 현임은 내 가장 친한 친구였으며 내가 그녀를 누구보다도 더 잘 알았다는 것은 사실이다. 내가 무슨 말을 하더라도 그 사실은 변하지 않는다. 하지만 그것은 우리 사이의 일부에 불과했다. 안간힘을 쓰고 기억해 낸 또 다른 사실은 내가 현임을 멀리하기도 했다는 것과, 나의 일부가 그녀에게 반발하기도 했다는 것이었다. 그 감정은 질투라는 단어가 너무 직설적이라면 그저 그녀가 지적으로 나보다 우월하다는 것을 인정하고 느끼는 은밀한 비애 같은 것이라고 해도 좋을 것이다. 그녀와 자주 만나던 그 시절에 나는 내 마음속에 있는 그런 감정을 알아차리지 못했고, 내가 꼬집어 말할 수 있는 특별한 일도 우리 사이에는 전혀 없었다. 그런데도 지금까지 내 마음속에는 어떤 빛나는 지성이 그녀를 생기 있게 지켜주었다는 기억이 생생히 남아 있다.

갑작스럽게 내가 나타나서 놀랐던 감정이 어느 정도 가라앉고 나자 그녀는 민망할 정도로 나의 출현에 놀라워하며 반가워했다. 예전의 그녀라면 무관심하고 침착하게 나를 맞아들였을 것이다. 언제나 세상사와는 한 걸음 떨어져 있어서 어쩐지 표표한 느낌을 주던 현임의 여유로움은 더 이상 존재하지 않았다. 그것은 나의 상상으로는 뜻밖이었다. 적어도 그녀는 나와 연락을 할 수 있었음에도 연락해 오지 않았었다. 그것이 그녀가 지켜 온 삶에 대한 관망의 태도라고 생각되었다.

대낮인데도 침침한 실내와 오래된 환자의 집에서 나는 퀴퀴한 냄새 같은 것들이 어우러져서 실내는 전혀 쾌적하지 않았다. 오랫동안 켜켜이 쌓인 가난이 도처에 머물고 있었다. 나의 두리번거리는 시선에서 그녀가 동정을 알아채고 행여 모욕감을 느끼게 될 것이 두려워 나는 함부로 고개를 돌리지도 못한 채, 그녀의 침대 옆에 앉았다. 차를 권하는 현임의 남편에게 그냥 생수 한 잔을 달라고 말하고는 현임의 손을 잡는 것으로 인사를 대신했다. 흘러간 시간이 그녀가 주변에 미치던 영향력까지 앗아 가 버린 듯해서 나의 마음속은 쓸쓸했다. 결국 나는 그녀의 영향력이 계속 유지되지 못했다는 사실만 확인하기에 이른 것이다.

"이곳으로 이사 오면서 일부러 전화를 달지 않았어. 세상 소식들을 모르는 게 나을 것 같아서. 저이는 지금도 조금만 더 견디라고, 그러면 새로운 치료법이 개발될 거니까 마음을 단단히 먹자고 한단다. 우리 딸은 인터넷에서 루게릭병에 관한 새 소식을 찾아서 내게 말해 준다. 새 치료법 운운만 하면 온 식구들이 난리야. 황우석의 줄기세포가 발견됐다고 했을 때도 등록한다고 새벽 4시부터 찾아가고 난리쳤는데…….”

그렇다면 현임은 아직도 희망을 품고 있다는 뜻인가. 그녀의 희망이 갑자기 해석 불가능하고 난해한 기호처럼 내게 다가왔다. 남편의 부진한 사업 때문에 경제적인 문제를 걱정하고, 회복 가능성에 대한 낙관적인 생각과 일종의 마비 상태 같은 절망감 사이를 발작적으로 오가던 나였기에 더욱 그런 느낌이 들었다. 바로 내 눈앞에서 벌어지는 불가피한 사실들을 도저히 받아들일 수 없을 것 같기에 자살을 꿈꾸는 나. 시간이 지날수록 점점 더 숨을 죽이고 살아온 내 앞에서 그녀는 아직도 움츠러들 줄 모르는 의지로 삶의 희망이라는 깃발을 정복자처럼 흔들었다. 그러한 현임을 대하는 것은 일종의 고통이었다. 그간의 시간 동안 아무 일도 없었던 것처럼 그녀의 얼굴을 마주 보면서 세월을 건너뛰는 것도 내게는 마치 연극에 출연한 것처럼 어색하고 힘든 일이었다.

그냥 죽어 버리라고, 너에게 시련을 준 절대자 앞에서 오만한 모습으로 그냥 죽으라고 했던 내 말을 현임은 잊지 않았겠지. 혹시나 그녀가 그 말을 꺼내지 않을까 하는 심정으로 이런저런 화제에 건성으로 대꾸를 했다. 그녀는 간간이 자신을 찾

아오지 않는 친구들에 대한 섭섭한 속마음을 언뜻 비쳤지만 그
뿐이었다.

"너, 들어오다가 봤니? 그 생가죽들."

"애, 가죽은커녕 그냥 살이더라."

내 마음속에 새겨진 끔찍한 느낌의 잔상이 곧바로 반응했다.
나도 모르게 얼굴을 찡그리며 몸을 부르르 떨었다.

"그래, 네 표현이 더 선명하구나. 그 살들."

그녀는 잠시 나의 눈 속을 깊게 응시했다.

"갑갑하면 철창 속의 개들을 보러 가. 내가 휠체어를 타고 개장
앞에 나타나면 개네들이 무섭게 짖어. 그악스럽게 계속 짖는 거
야. 악취와 끊임없이 짖어 대는 개들을 보고 있으면 여기가 지옥
이라는 생각이 안 들 수가 없어. 그런데 어느 날, 짖고 있는 개를
찬찬히 들여다보았어. 막상 개와 눈이 마주치자 왠지 기분이 달
라지더라. 개네들이 나한테 어떤 신호를 보내기 위해 그토록 짖고
있는 것 같았어. 의미는 파악하지 못했지만."

나는 무섭게 자라난 잡초와 널려 있는 '살'들 사이에서 철창 속
을 들여다보고 있는 현임의 모습을 상상했다.

"여기로 이사 와서 그 살들을 보고 죽어서 땅에 묻힌다는 평범
한 사실이 축복이라는 거 한 가지는 확실하게 깨달았다. 생각난
김에 남편에게 화장해 달라고 부탁했어. 갑자기 땅속에서 아무
일 겪지 않고 내 몸이 자연스럽게 썩어 갈 수 있을까 하는 의심이
들었거든. 그이는 내가 매장할 때 드는 비용이 걱정돼서 화장해

달라는 거라고 여기더라만 난 정말 그게 걱정스러웠어."

나는 아무 말 없이 그녀의 손을 잡았다. 바로 옆 식탁 의자에 사물처럼 앉아서 우리의 대화를 듣고 있던 현임의 남편과 눈이 마주쳤다. 그는 잠시 생각에 잠긴 사람처럼 허공을 응시했다. 다시 눈이 마주치자 그가 쓸쓸히 웃었다.

언젠가 너에게 그냥 죽으라고 했던 그 말을 철회하고 싶어서 왔다는 말을, 널 보고 난 후에 자살하려고 한다는 말을 나는 꺼내지 못했다. 돌아오면서 나는 마치 자신이 어떤 외계에 발을 들여놓았다가 나온 듯한 느낌이 들었다. 늪지와 가시나무 덤불을 헤치고 험난한 돌무더기들을 지나 위태로운 절벽 위로 기어 올라가서 달아날 생각밖에 들지 않았던 외계를 빠져나온 듯한 그런 느낌이었다. 자신의 내면에서 울리는 메시지를 몰아내려고 아무리 애를 써도 그 암울한 생각이 마음속에서 떠나지 않았다. 현임에 대한 여러 가지 생각을 멈출 수가 없었다.

그 뒤로 여전히 내 마음을 숨기고 자살을 꿈꾸는 동안 며칠이 흘러갔다. 그사이에 나는 영화를 몇 편 보러 갔고, 여느 때 같으면 사양했을 점심 약속에도 몇 번 응했다. 그러나 마음속에서는 언제까지고 자살을 미뤄 둘 수 없다고 생각했다. 얼른 마음을 다잡아 자살을 해치워야 한다는 강박증이 나를 독려했다.

몸을 움직임으로써 좌절감을 떨쳐 내고 육체를 지치게 함으로써 스스로를 진정시키고 싶어 나는 집 안 정리에 몰두했다. 죽은 뒤가 깨끗하기를 바라는 잠재의식이 작용한 탓이었을 것이다. 주변 정리를 하느라고 밀어 놓았던 신문을 읽다가 농구 선수였던 젊은 청년이 루게릭병을 앓게 되어 5년째 투병하고 있다는 특집 기사를 보았다. 자신의 의지대로 움직일 수 있는 건 눈동자밖에 없는 전신 마비의 청년이 눈동자로 마우스를 굴려서 컴퓨터로 쓴 일기였다. 자신의 심정을 담담히 적은 그의 일기는 몸속으로부터 배어 나온 붉은 핏방울들을 보고 있는 것처럼 처절한 느낌이 들었다. 특집 기사의 보충 기사에는 루게릭병을 앓는 다른 환자들의 근황이 실려 있었는데, 10여 년 동안 아내를 간호하던 현임의 남편이 중풍으로 쓰러져서 자신이 루게릭병에 걸렸다는 사실을 알았을 때보다도 더욱 절망하고 있다는 현임의 기사를 읽었다. 날짜를 헤아려 보니까 내가 그 집을 다녀오고 난 바로 다음 그녀의 남편이 쓰러진 것이었다.

　나는 삶의 밑바닥의 정체란 도대체 어떤 것이냐고 소리치는 대신에 깜짝 놀라 숨을 삼켰다. 비명 같은 이상한 목소리로 미친 듯이 악을 쓰면서 남편을 불러 댔을 현임의 얼굴이 떠올랐다. 나는 얼어붙은 듯이 신문을 내려다보았다. 이제 그녀 안에는 어떤 다정함도 남아 있지 않고 증오심만이 시퍼렇게 타오르고 있을 것 같았다. 현임은 아마도 그 증오심으로 난폭하게 자신의 삶을 가루로 만들어 버리고 싶을 것이다. 그렇지만 그녀는 누구의 도움 없이는 손가락 하나도 움직일 수 없는 환자가 아닌가. 자신의 분노를 어떻게 표출할 수 있단 말인가. 억누를 수 없는 분노 앞에서

녹아 버리고 남은 감정은 무엇이라고 정의해야 할까. 마침내 더 이상 자신의 운명을 결정하는 신과 밀고 당기기를 할 수 없는 선에 이르렀을 때, 인간의 긍지를 잃지 않고 선택할 수 있는 길은 무엇이란 말인가.

나는 갑자기 어둠 속으로 들어선 것같이 느껴졌다. 그 무엇보다도 우리의 삶 속에는 더 무시무시한 경우들이 감춰져 있다는 사실을 깨닫게 된 것이다. 어느 순간이 되면 죽음보다도 삶을 택할 수 있다는 것이 그것이었다. 죽음이 전혀 무서운 대상이 아니게 되었을 때, 끝까지 살아 있음으로써 절망을 미소 지으며 통과할 수 있게 되는 것. 너무도 뜻밖이고 기막힌 깨달음이 나를 정신 못 차리게 휘저어 놓았다. 나는 죽어 가는 사람의 가슴에 귀를 대고 심장 박동을 듣기 위해 허둥대는 사람처럼 정신이 없었다. 맥박을 찾아 몸을 더듬는 것처럼 다급한 슬픔이 내 가슴을 예리하게 저미는 것을 느꼈다.

앞으로 삶의 변화가 순탄치 않을 것이라는 가정에 빠지는 것만으로 자살을 꿈꾸었다면 그것은 내가 삶의 절반도 이해하지 못했다는 것을 증명하는 것이다. 나는 단지 죽음의 그림자에 지나지 않았으며, 나의 이 고통은 불교의 윤회 속에 갇히는 것이 되고 말 것이라는 생각이 고개를 들었다. 현임이야말로 마비된 삶을 도구로 이용해 죽음과 맞서 왔다는 생각이 들었다. 그녀가 만들어 낼 수 있는 최고로 강한 삶을 칩으로 삼아 신에게 승부수를 던지고 나서 마지막으로 오만한 미소를 흘리며 죽음에 올인하는 그녀의 모습을 실제로 본 듯했다.

　며칠 후, 백화점 슈퍼에서 장을 보고 나오다가 우연히 두꺼운 가죽으로 만든 숄더백을 보았다. 가방의 앞부분에 상처가 나 있는 것이 특이했다. 그 상처는 가죽을 만드는 공정에서 난 것이 아니었다. 현임의 집에 갔을 때 만난 공장장이 해 준 설명에 의하면 그런 자국은 동물이 죽기 전에 생긴 상처였다. 그것은 동물이 어딘가에 찢겼든가, 아니면 무슨 피부병으로 상처가 곪았든가, 아니면 욕창 같은 질환을 오래 앓았을 때 가죽에 그런 흔적이 남는다고 했다. 아무튼 가방에 있는 무늬는 꽤 크고 복잡하게 생긴 상처였다. 뭔지 몰라도 이 살을 가졌던 동물은 무지하게 고통스러웠을 것이다. 죽기 전까지 계속 아팠을 것이다.

　가죽 공장 공장장은 가방을 만들 때 스킨에 그런 상처가 있으면 대개 잘라 버린다고 했다. 동물의 가죽을 굳이 '스킨'이라고 부르던 그 공장장은 추운 나라에서 사는 동물보다 더운 나라에서 사는 동물들이 질병이나 상처에 더 많이 노출되는지, 더운 나라에서 사는 동물들의 가죽에는 상처가 더 많다고 했다. 그래서 더운 나라에서 온 가죽일수록 사용 가능한 면적이 좁아진다는 거였다.

　그런데 그 가방은 오히려 그런 상처가 있는 가죽을 골라서 상처를 무늬 삼아 만든 것이었다. 언뜻 보면 벽을 타고 올라간 덩굴장미의 실루엣 같기도 한 무늬……. 나는 갑자기 그 가방을 갖고 싶다는 강한 욕망을 느꼈다. 그 상처를 보는 순간 솟구친 이상한 친근감을 어떻게 표현해야 할까? 총을 머리에 대고 방아쇠를 당긴 것 같은 느낌이었다. 총알이 관통한 구멍 속으로 세차고 강렬한 한 줄기 바람이 나와 머릿속을 시원하게 가로질러 가고 있는 듯했다.

나는 그 가방을 사 가지고 백화점을 나왔다. 집으로 돌아오자마자 차가운 물로 샤워를 한 다음 거울 앞에 앉아 그 가방을 무릎 위에 올려놓았다. 나는 깊이 숨을 쉬고 심장 박동 소리에 귀를 기울이며 그 가방의 상처 위에 손을 얹었다.

'너는 다 이루었구나. 생명으로 살다가 가는 마당에 그까짓 육신이 썩은들 어떻고, 남아서 세상을 떠돌면 어떠니. 이 상처의 넓이만 한 고통을 어떻게든 견디었구나. 너는 아마도 미소를 지으며 죽음 속으로 갔겠구나…….'

나는 그 가방의 상처에서 받은 느낌이 그처럼 뚜렷하다는 게 너무도 이상했다. 이해할 수 없는 눈물이 내 볼을 적셨다. 나는 흐르는 눈물을 그대로 내버려 두었다. 가방 위에 떨어진 내 눈물이 가죽을 적셔서 가방의 상처가 점점 더 진하고 뚜렷하게 드러나고 있는 것이 보였다.

유희

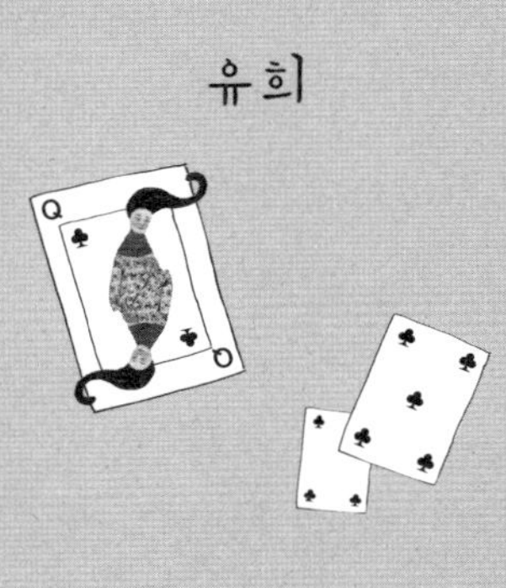

현관문은 열리지 않았다. 그는 번호판을 꼼꼼히 확인하며 다시 눌렀다. 그러나 도어 록이 풀리는 기계 음 대신 삐삐 소리만 났다. 그제야 아내의 짓이라는 데에 생각이 미쳤다. 그가 새벽까지 돌아오지 않자 단단히 화가 난 아내가 현관문 도어 록 번호를 바꿔 버린 모양이었다. 한밤중이라서 혹여 이웃에 들릴까 봐 염려되어 조심스럽게 벨을 누르고 기다렸지만 집 안에서는 아무 대꾸가 없었다. 그는 이마를 문에 기대고 잠시 그대로 서 있었다. 더 이상 잃을 것이 아무것도 없었다. 허탈했다. 그는 지금 아내로부터 쫓겨난 것이다.

하늘은 새벽 특유의 검푸른 빛이었다. 가로등 불빛이 희미하게 떨리며 빛을 떨어뜨리고, 가로수 꼭대기에는 검은 구름이 걸려 있었다. 주차장에 반듯하게 서 있는 아내의 자동차가 차에 오르는 자신을 딱하게 바라보는 것 같았다. 아파트를 빠져나갔으나 막상 어디로 가야 할지 작정이 서지 않아 천천히 차를 움직였다. 길은 텅 비어 있었다. 완만하게 경사진 언덕길을 올라가자 앞이 훤히 다 보였다. 그때 갑자기 길 가장자리에서 꾸물대는 사람의 모습이 보였다. 희뿌연 새벽의 싱그러운 냄새와는 어울리지 않게 넘어질 듯 걷고 있는 여자였다. 처음엔 술에 취한 사람일 거라고 생각했지만 곧이어 새벽인 지금까지 그 정도로 취해 있지는 않을 거라는 데 생각이 미쳤다. 평소에는 다른 사람들에게 관심이라고는 없었지만 왠지 좀 더 자세히 살펴볼 생각이 들었다.

추운 날씨에 좀 이상한 차림이었다. 여자는 희끄무레한 레이스 잠옷 비슷한 것을 입고 있었다. 차 소리를 들었는지 여자가 뒤를 돌아다보며 차에 대고 손짓하는 것처럼 보였다. 여자는 뒤에서 본 것보다 훨씬 가냘프고 체구가 작아서 어린 소녀처럼 보였다. 그런데 가까이 다가가서 살펴보니 20대 중반은 되는 것처럼 보였다. 여자는 고통스러워하는 것 같았다. 차가 가까이 다가가는데도 여자는 피하지도 않고 웅크리고 있었다. 본능적으로 그는 그냥 지나쳐야 한다고 생각했지만 자신도 모르게 주춤거리며 차를 세우고 조수석 쪽 창문을 내렸다.

"어디 아파요? 병원으로 데려다줄까요?"

문득 이 말이 여동생에게 많이 하던 말이라는 생각이 들었다. 여자는 그의 물음에 고개를 끄덕였다. 여자는 부정확한 발음으로 밑도 끝도 없이 죽고 싶다고 말했다. 순간 머릿속에 '지금 이 여자가 죽으려고 극약을 먹었나? 그러다가 마음이 변해 큰길로 나온 것이 아닌가?' 하는 생각이 스쳤다. 그러고 보니 여자의 얼굴은 독극물을 마신 것처럼 고통스러워 보였다. 그 모습이 그에게는 낯설지 않았다. 청년 시절 한동안 그의 일상으로 다가오던 누이의 표정이었다.

일단 여자를 부축해서 차에 태웠다. 그가 차를 출발시키자 여자는 신음 소리를 내며 눈을 감았다. 아들 녀석을 데리고 갔던 근처 병원을 떠올렸다. 그는 여자에게 가까운 종합병원으로 가고 있다고 말했다. 여자는 대답 대신 신음 소리만 냈는데 격렬한 통증을 참는 것 같았다. 그는 차의 속도를 높였다.

일곱 살 손아래인 누이는 어려서부터 소아 당뇨병을 앓았다. 다채로운 병력이 누이의 성장을 방해했는지 누이는 그가 지금 차에 태운 여자처럼 체구가 왜소해서 어린아이처럼 보였다. 병원에 데려다줄 때면 그의 손을 꼭 붙들고 통증을 참는 모습이 애처로웠다. 그는 결혼한 지 5년 동안 누이를 보지 못했다. 아내가 무관심하기도 했지만 자신도 무심했다는 자책이 일었다.

그는 차를 몰면서 흘깃 여자를 살폈다. 여자의 모습이 다소 충격적이어서, 무슨 일인지 궁금했지만 그는 아무 소리 할 수 없었다. 그렇다고 여자에게 극약을 삼킨 것은 아니냐고 물을 수도 없었다. 유흥업소 같은 곳에 나가는 사람 같지는 않았지만 그렇다고 공부하는 학생처럼 보이지도 않았다. 10킬로미터쯤 달리자 병원 정문이 보였다. 그는 차를 응급실 문 앞으로 몰고 들어가 세웠다.

"병원에 다 왔는데요."

여자는 반응이 없었다. 자기 말을 못 들은 것이 아닐까 하는 생각이 들어 그가 같은 말을 되풀이하려는데 여자가 고개를 끄덕였다. 겨우 눈에 띌까 말까 한 미미한 움직임이었다. 그러나 여자는 몸을 더욱 웅크리기만 할 뿐 일어나려는 시도를 감히 하지 못하는 것 같았다. 그는 여자를 내려 주려고 차의 반대편으로 돌아갔다. 그가 부축해 일으키려고 해도 여자는 더 아픈지 오히려 몸을 웅크렸다.

그는 병원 안으로 뛰어 들어가 움직이지 못하는 응급 환자가 있다고 소리를 질렀다. 휠체어를 밀고 뛰어나온 병원 직원이 수속을 밟으라고 그에게 지시했다. 병원 직원은 그의 말은 듣는 둥 마는 둥 건성으로 고개만 끄덕이면서 차트를 작성할 간호사에게 말하라고 했다. 그는 당직 의사에게 이 사람이 너무 아파 보여서 차에 태워 온 거라고 설명했다.

"아까 얼핏 들으니까 죽고 싶다고 말한 것 같아요. 혹시 극약 같은 걸 먹은 게 아닐까요?"

그가 의사에게 말했다. 의사는 금방 혼절할 것처럼 보이는 여자에게 인내심 있게 말을 시켰다. 여자는 알아들을 수 없는 말을 내뱉었다. 누가 들어도 외국어였다. 여자는 같은 말을 되풀이했다. 뒤늦게 그들은 여자의 말이 영어이며 "배 너무 아파요."라고 말하고 있다는 것을 알았다. 그러자 의사가 영어로 국적을 물었다. 필리핀 사람이라고 했다. 그제야 그는 여자의 왜소한 체구와 이상한 옷차림 같은 것이 이해되었다.

여자가 외국인임을 알자 당직 의사는 그에게 당신이 보증을 서 주지 않으면 치료할 수 없다고 말했다. 그는 여자를 잠시 쳐다보았다. 여자는 고통 속에서도 무슨 일이 일어나고 있는지 파악하려고 애쓰는 듯 보였다. 불안과 두려움으로 가득한 여자의 눈이 그와 마주쳤다. 그의 가슴 속에서 연민 같은 것이 약하게 소리를 내며 흘러갔다. 그는 보증을 서겠다고 말했다.

의사가 여자에게 영어로 이 사람이 보증을 서기로 해서 치료를 시작한다고 말하자 여자는 더듬거리는 한국말로 연신 "감사합니다. 미안합니다." 하고 말했다. 여자의 거듭되는 인사에 그는 괜히 머쓱한 기분이 들었다.

여자의 병은 급성 위경련이라고 했다. 음독자살 기도 같은 것이 아니라서 다행이었지만 그는 왠지 맥 빠진 기분이 들었다. 의사가 여자에게 진정제라고 말하며 앰풀을 깨서 주사를 놓았다. 여자는 이내 잠이 들었다. 그때서야 그는 응급실 문 앞에 그냥 세워 두고 온 자동차가 생각났다.

그가 차로 돌아와 보니 자동차의 전조등이 켜져 있었다. 그는 간밤에 일어난 모든 일들이 갑자기 비현실적이고도 낯설게 느껴졌다. 집 앞에서 다시 돌아 나온 것하며 의사에게 보증을 서겠으니 얼른 환자를 살펴봐 달라고 말한 것 모두가 그랬다. 자기 입으로 말하면서도 그는 자신이 다른 사람의 생각을 대신 말하고 있는 듯했다. 더듬듯 말하는 여자의 필리핀 식 영어를 의사에게 통역하면서 그 느낌은 훨씬 강렬해졌다.

그는 차를 주차장에 넣었다. 바지 호주머니에 손을 넣어 핸드폰을 꺼내 들여다보았다. 푸른색 화면은 텅 비어 있었다. 조그만 소리에도 잠이 깨는 아내가 그가 문을 두드리던 소리를 듣지 못했을 리 없었다. 더군다나 벨을 누르지 않았던가. 어쩌면 아내는 벨 소리에 잠이 깨어 아빠를 찾는 네 살배기 아들의 입을 틀어막고 숨을 죽인 채, 그가 문을 열라고 소리 지르는 순간을 기다린 것은 아닐까? 그는 지난 새벽의 그 상황을 떠올리자 강한 모멸감이 새롭게 밀려드는 것을 느꼈다.

사실 말 그대로 그 집은 아내의 집이었다. 아내의 친정에서 아내의 쾌적한 생활을 위해 마련한 크고 넓은 공간이었다. 그렇다고 그가 결혼할 당시 작은 집이라도 마련할 수 있었느냐 하면 그것은 분명 아니다. 사윗감이 똑똑하다는 사실 하나로 그에게 베팅을 한 처가에 말 그대로 뭐 두 쪽만 차고 들어간 그였다. 그래서인지 사소한 일로 다투다가 아내에게서 더 이상 보고 싶지 않으니까 내 앞에서 사라지라는 식의 말이라도 듣게 되면 그는 몹시 기분이 상했다. 더군다나 현관 도어 록의 번호를 바꾸다니……. 그는 더 이상 추락할 곳이 없을 정도로 비참함을 느꼈다.

그는 자동차 핸들을 싸안으며 잠시 하늘을 올려다보았다. 마음속에서 그 참담한 기억을 모두 몰아내려는 듯 진저리를 치며 한숨을 내쉬었다.

그즈음 그는 무엇에 홀린 사람처럼 거의 매일 저녁 무작정 그곳을 향해 가고 있었다. 아침에 일어나면서 그는 자기 자신에게 그 정도 했으면 됐다고, 다시는 그러지 말자고 다짐했지만 오후가 되면 똑같은 욕망, 똑같은 충동에 사로잡혀 전문 도박꾼들이 모여드는 그곳으로 다시 기어드는 것이었다. 그날도 마찬가지였다. 손안에 쥔 카드의 매끈한 질감이 내는 날카로운 소리와 카드를 쥔 왼손 엄지손가락 마디가 시큰해지는 감각의 유혹에 사로잡혀서 그는 또다시 그곳으로 가고 말았다. 머릿속에서는 전날 했던 게임의 패를 일일이 분석하면서 오늘은 뭔가 꼭 한 수를 배우고 말리라는 각오를 다지고 있었다.

처음에는 그 일이 그렇게 오래갈 거라고는 생각하지 않았다. 서너 번 정도 찾아가서 도박꾼들의 실제 게임을 지켜보기만 하자고 작정했다. 그런데 어찌된 일인지 이해할 수 없고 저항할 수 없는 어떤 힘의 손아귀에 사로잡힌 사람처럼 거의 2개월째 그곳으로 향하게 되었다.

일이 이렇게 된 것은 예기치 못한 몇 가지 사건들이 일어났기 때문이었다. 만일 그의 아내가 당신 레벨이 올라가려면 노는 물부터 달라져야 한다면서 자신의 친구 부부들과 어울리기를 적극적으로 종용하지 않았더라면 그는 그녀의 친구 남편들이 하는 포커 게임에 끼어들지 않았을 것이고, 그들의 은근한 멸시를 당하지 않았을 것이고, 판이 커진 내기 게임 같은 것에 휘말리지 않았을 것이고, 그 후 두 달 동안 매일 밤 오로지 포커 판을 찾아가서 도박 기술을 배우겠다고 벼르는 이런 일도 일어나지 않았을 것이다. 그리고 마침내 아내가 이혼 이야기를 꺼내고 그가 그녀의 말을 묵살하자 아파트의 현관문 도어 록 번호를 바꾸는 치사스러운 일까지 벌어지고 만 것이다.

그는 오늘 하루를 어떻게 해야 할지, 해결의 실마리를 어디서 풀기 시작해야 할지 모르겠다는 생각이 들었다. 그는 일단 집으로 돌아가 옷을 갈아입고 회사에 출근했다가 아내의 의사를 진지하게 들어 보고 해결점을 찾아야 하지 않을까 하고 생각했지만, 결국에는 그러지 않기로 했다. 만약 아내가 여전히 그를 상대하지 않는다면 그다음엔 정말 어떻게 해야 할지 난감한 생각이 들어서였다.

그는 잠시 주차장의 차단기 쪽을 바라보았다. 차단기가 열리면서 검정색 승용차가 들어왔다. 그때 문득 우연에 결정을 맡기자는 생각이 떠올랐다.

만약 5분 내에 빨간색 자동차가 들어오면 무조건 집으로 돌아가자.

빨간 자동차가 이른 아침 병원 주차장에 들어올 확률은 희박하지만 그래도 만약 이루어진다면 지금부터 그의 삶이 다 잘되어갈 것 같은 생각이 들었다. 그러나 5분이 흐르는 동안 빨간 차는 커녕 어떤 차도 들어오지 않았다.

이건 중요하지 않아. 이번 건 연습이야.

정말로 중요한 건 다시 시작하는 이번 5분이라고 생각했다.

그는 초조하게 5분을 더 기다렸다. 이른 출근이 시작되는 7시가 지나는데도 차가 들어오지 않다니…….

모든 일이, 중요할 때는 삼세번이야. 그는 자신에게 말했다.

이번이 중요해. 그리고 다시 기다렸다.

그때 차단기가 올라가면서 차가 들어왔다. 하지만 흰색 차였다. 그는 이런 엉터리 같은 짓을 벌이고 있는 자신이 견딜 수 없이 한심하게 느껴졌다. 그는 잠시 눈을 감았다. 더 이상 아무 소리도 들을 수 없을 때까지 정신을 모았다. 귀에 카드 섞는 소리 같은 바람 소리가 멀리서 들려왔다. 그는 눈을 뜨고 일어나 카드의 팔랑거리는 소리를 피하려는 사람처럼 황급히 차에서 내려 병원 안을 향해 걷기 시작했다.

치료비를 치르고 서류를 응급실 간호사에게 제출했다. 나가도 된다는 말을 하려고 여자의 병상으로 갔을 때 여자는 이미 일어나 앉아 단정하게 매무새를 고치고 있었다. 머리칼을 뒤로 매끈하게 빗어 넘기고, 블라우스의 단추를 목까지 채운 탓인지 아파서 몸부림치던 모습과는 아주 다른 느낌이었다.

"자는 줄 알았는데…… 일어났어요? 어때요?"

"아주 좋아요. 너무 감사합니다."

"이제 좀 사람처럼 보이는군요."

그러나 사실 여자는 애처로울 정도로 앙상했다. 20대 후반으로 보이는 얼굴만 빼면, 그녀가 풍기는 분위기는 마치 빼빼 마른 열두 살짜리 소녀 같았다. 그는 그 모습에 괜히 가슴이 뭉클해졌다.

그는 병원을 나와 근처의 죽 집으로 향했다. 여자가 처음에 말이 없었던 것은 배가 너무 아파서 일시적으로 겁에 질렸기 때문이었나 보다. 이제 기운을 차린 여자는 간단한 한국말과 필리핀식 영어를 섞어 장황하게 떠들어 대고 있었다. 그는 여자에게 어떻게 된 일인지 묻지 않았지만, 어쨌건 여자는 말을 하는 것이 보답이라도 되는 것처럼 이야기를 늘어놓았다.

"어제 아침부터 그 아파트 앞에 서 있었어요."

여자는 수수께끼 같은 소리를 불쑥 던지고 나서 잠시 뜸을 들였다가 그가 아무 말도 하지 않자 다시 이야기를 이어 갔다. 한 10분 동안이나 숨 쉴 틈도 없이 이야기를 쏟아 놓았다.

"처음 한국에 올 때 너무 겁이 났어요. 하지만 마닐라에서도 별 볼일 없는 가수는 돈을 벌 수 없어요."

여자가 앳된 모습과 어울리지 않게 한숨을 쉬었다.

여자의 고향은 마닐라에서도 기차로 열두 시간이나 떨어진 밀림을 지난 바닷가 오지라고 했다. 그녀의 에이전시는 "외국에 나가서 돈을 모아야 해. 한국에 가서 노래하다가 혹시 한국 남자와 결혼하게 되는 행운이 올 수도 있잖아."라고 말하며 여자에게 더 늙기 전에 앞날을 생각하라고 했다.

그때부터 여자는 한국에서 온 사람이라면 누구든 관심을 가졌
다. 그만큼 한국에 대해서 궁금한 것이 많았다. 그러다가 그 남자
를 알게 되었다. 여자는 그 남자에게, 섬 마을 오지에서 마닐라로
올라와 겨우 자리를 잡았는데 또다시 낯선 나라 서울로 가려니까
겁이 나서 그런다며 서울에 대해서 말해 달라고 부탁했다. 그 남
자의 첫마디는 "나도 바닷가 출신 컨트리 보이인데, 당신도 나랑
같네."라는 거였다. 에이전시가 말한 그린호텔이라는 곳에서 가수
로 일하는 게 어떨지 여자가 묻자 썩 괜찮은 곳이라고 했다. 만약
당신이 그곳으로 간다면 내가 일하는 곳과 가까우니, 자주 들를
수 있겠다는 말까지 덧붙였다. 여자는 자칭 컨트리 보이라고 말
하는 그 남자에게 느끼는 친밀감을 조용한 미소로 표현했다. 서
울에 와 보니 그린호텔은 생각보다 좋은 직장이었다. 그 남자도
자주 찾아왔고, 생활은 모두 순조로웠다.

"그 남자와 첫 키스를 한 날 저는 더 이상 다른 입술이 필요하
지 않을 거라는 사실을 알았어요."

여자는 그 남자를 너무나도 깊이 사랑한다고 했다.

"그 남자가 영어를 잘하지 못해서 우리는 말이 잘 통하지 않
았어요. 그래도 만날 때마다 선물을 주었어요. 목걸이, 초콜릿,
옷…… 백……."

그 말을 하는 여자는 너무 행복해 보였다.

그런데 갑자기 그 남자가 나타나지 않았다고 했다. 그가 듣기에
는 뻔한 결말로 보였지만 여자는 진지하게 자신의 감정을 토로하

고 있었다.

"2주일째 기다리고 있어요. 내가 아는 건 그 남자의 핸드폰 번호밖에 없어요. 그런데 핸드폰은 내내 꺼져 있어요. 내가 불쌍해 보였는지 호텔 바의 웨이터가 그의 아파트를 알려주었습니다. 그 남자가 불렀던 대리 운전기사를 통해 알았다고요. 어제 휴가를 받아서 그 아파트 입구에서 그 남자를 기다렸어요. 그러나 만나지 못했습니다. 한국 날씨는 너무 추워요. 너무 추워서 배가 아팠나 봐요."

여자는 눈물을 흘리기 시작했다. 그녀의 앞에 놓여 있는 죽이 다 식는데도 여자는 남자 이야기만 계속하며 한숨을 내쉬었다.

"그 남자를 다시 못 보면 죽을 것 같아요."

그 순간 그의 머릿속에 기발한 생각 하나가 번쩍 스쳐 지나갔다.

"바로 그 남자가 부탁해서 내가 온 거요."

물론 농담이었다. 여자의 가라앉아 있는 분위기를 띄워 줄 생각이었다.

"그 사람한테 갑자기 일이 생겨서 당신한테 말도 못 하고 여행을 떠나게 됐다고 전해 달라고 하던데요. 그 친구는 영어를 잘 못 하잖아요. 그래서 자신의 복잡한 상황을 당신에게 설명할 수가 없으니 나보고 당신을 대신 만나 달라고 특별히 부탁했습니다."

그 생각이 말로 나왔을 때는 이미 침착한 목소리였다. 그 말을

하는 데 걸린 시간은 1~2초뿐이었지만 그녀의 상황을 바꾸기에
는 충분했다.

"그게 사실인가요?"

"그럼요. 그 친구가 내게 편지를 보내기로 했어요. 내 이메일을
체크하면 그 남자의 편지가 와 있을 거예요."

"정말이에요? 당신은 정말 나의 수호천사이시군요."

여자의 반응이 하도 자연스러워서 이번에는 오히려 그가 당황
했다. 여자는 그의 말을 그대로 믿는 사람처럼 말했다. 그는 여자
에게 어서 죽을 먹고 기운을 차려서 내게 이메일이 왔는지 안 왔
는지 체크하러 가자고 말했다. 여자는 남은 죽을 입에 떠 넣으면
서 연신 그에게 나의 수호천사라고 능청스럽게 되뇌었다. 그는 여
자가 너무 진지하게 보여서 자신의 기발한 생각 때문에 어딘가가
잘못되어 가고 있는 것은 아닌가 하는 느낌도 들었다.

대화를 나누고 나서 여자에 대한 그의 생각이 다소 바뀌었다.
그 여자의 순진한 기질 같은 것에 마음이 끌리면서 얼마쯤 정이
갔다. 그렇다고 해서 그가 여자의 매력에 끌렸다는 뜻은 아니다.
자기도 모르게 여자를 지켜 주고 보호하는 역할을 떠맡고 싶은
생각이 점점 더 커졌다. 어쩌면 그런 감정은 영양부족으로 거의
발육이 멎은 듯한 여자의 체구 때문인 것 같았다. 그 왜소한 몸집
이 아직 뭔가 완성되지 않은 것처럼 느껴졌기 때문일까. 혹은 그
남자에 대한 말도 안 되는 이야기 때문일 수도 있었다.

여자가 그 남자 이야기를 하는 내내 그는 어쩔 수 없이 자신의

인생에 대해 생각했다. 그러면서 자신과 여자 사이에서 찾아낸 이상한 일치감이 가슴에 와 닿았다. 그 남자에게서 버림받은 것이 빤한데도 땅속에 고개를 처박기만 하면 제 몸을 다 숨긴 줄 아는 타조처럼 그의 연기에 호흡을 맞춰 진실을 외면하려는 여자의 모습이 안쓰러웠다. 여자의 마음속에 도사리고 있는 불안의 크기를 짐작할 수 있을 것 같았다.

미래를 향한 열망을 품는 것보다도 불안을 견딘다는 것이 얼마나 두려운지 그는 알고 있었다. 사람들은 다른 사람에게서 자신의 모습을 보게 되면 더 이상 상대방을 낯선 사람으로 보지 않는다. 좋건 싫건 간에 어떤 유대감이 생겨나기 마련이다. 그는 그런 생각 뒤에 숨은 함정을 알고 있지만 지금 이 여린 여자에게 마음이 끌리는 것을 막을 도리가 없었다.

필리핀을 떠나올 때는 동생도 둘이나 있고 부모도 살아 있었는데, 지난여름 쓰나미에 그녀가 살던 마을 전체가 사라져 버렸다고 했다. 그 말을 할 때 여자는 별다른 감정을 드러내지 않았다. 그 남자가 자기를 버린 것 같다는 말을 할 때와는 너무 달라 보였다. 하긴 그래서 그 남자에게 더욱 집착할 수도 있겠다는 생각이 들었다.

"이 죽은 고향의 음식과 비슷하네요. 우리는 모든 음식에 코코넛 밀크를 넣거든요."

여자는 잣죽을 떠먹으면서 말했다. 그제야 조금 쓸쓸한 표정이 되었다.

"서울에는 바다가 없어요. 가끔 바다가 너무 보고 싶어요."

잣죽 얘기를 하다가 문득 바다가 보고 싶다고 하는 여자의 마음을 그는 이해할 수 있을 것 같았다.

그는 여자의 집안 이야기를 들으면서 어쩔 수 없이 자기 집안을 떠올렸다. 시댁 식구들에게는 전혀 관심이 없는 아내, 결혼하고 나서 5년 동안 한 번도 볼 수 없었던 누이동생, 중년에 부딪친 사업 실패로 좌절감과 함께 쓰러져 버린 아버지, 그리고 아주 가끔 회사 근처로 찾아와서 그에게 전화를 거는 어머니와 침묵 속에서 만나는 장면이 그의 머릿속을 스치고 지나갔다. 그는 갈가리 찢겨서 아무짝에도 쓸모없는 자기 집안의 진상을 지금까지 누구에게도 털어놓은 적이 없었다. 오히려 자신의 가슴속으로 밀어 넣어 버렸다.

"식구? 그거 다 아무 소용없어요. 나는 결혼 후에 누이동생을 한 번도 안 봤는데요. 마누라가 구질구질하다고 우리 식구들을 싫어하거든요. 그래서인지 식구들 만나면 오히려 마음만 불편하더군요."

집안 이야기를 꺼내고 보니 자신이 참으로 한심했다. 가족을 다 잃어버린 여자 앞이라고 이렇게 말을 마구 해도 되는가 하는 생각도 들었다. 어찌 되었건 그가 다른 사람 앞에서 가족 얘기를 꺼낸 것은 처음이었다.

해가 떠올랐어도 날은 아직 쌀쌀했다. 식당의 벽면에 붙어 있는 텔레비전에서는 전형적인 가을 날씨를 예보했다. 당분간 바람이 불어서 체감온도가 쌀쌀하게 느껴질 것이라고 했다. 그는 여자의 블라우스를 바라다보았다. 너무 추워 보였다. 그가 자신의 외관을 살피는 걸 의식했는지 여자가 웃었다.

"거의 외출할 일도 없고, 우리나라에 가면 필요하지도 않고……. 그래서 아직 외투 같은 거 없어요."

여자는 말끝에 배시시 웃었다. 이 여자는 곤란하면 웃는 모양이었다. 그는 문득 여자에게 코트를 하나 사서 입히고 싶어졌다. 그것은 어느 날 자신의 아들을 물끄러미 들여다보다가 앞으로 수많은 세월을 살아가야 할 아들이 가여워져서 자신이 해 줄 수 있는 무엇을 막연히 해 주고 싶어 했던 것과 흡사한 것이었다.

"일어납시다. 당신의 그 남자가 내게 부탁한 게 또 있습니다."

그는 여자를 재촉하여 자동차에 올라 백화점으로 갔다. 그러나 문을 열기까지 두 시간 남짓 기다려야 했다. 그렇다고 여자를 그냥 집에 바래다줄 수도 없는 기분이었다.

그는 우선 정상적으로 출근을 해야 할지 말지를 정해야 했다. 그는 잠시 망설이다가 몸이 아파서 출근할 수 없다고 회사에 전화를 걸었다. 그러고는 24시간 영업을 한다는 동대문시장으로 방향을 돌렸다. 회사와 그의 거리가 점점 멀어지고 있었다.

그들이 안면도에 이르렀을 때쯤에는 맑은 가을 햇살이 구름 한 점 없는 하늘에서 떨어지고 있었다. 햇빛 속에서 나무들은 또렷하고 정확하게 땅속으로 더 깊이 파고 들어간 것처럼 보였다.

그들은 송림을 지나 잠시 멈춰서 커피를 한 잔 마시기로 했다. 그는 길가에 있는 주유소에 들어가서 가스를 넣고, 소변을 보고, 캔 커피 두 개와 담배 한 갑을 샀다. 그는 평소에는 담배를 피우지 않지만 카드 게임을 할 때는 언제나 담배를 손에 들고 있었다. 게임을 하는 상대방들이 그를 너무 자세히 살피지 못하도록 하는 데 담배가 상당히 도움이 된다고 생각했기 때문이다. 그는 문득, 지금 이 가엾고 조그만 여자 앞에서 무슨 위장을 하겠다고 담배를 물고 있는가 하는 데 생각이 미쳤다.

포커 게임은 단지 카드에 대해 베팅을 하는 것만이 아니라 상대방의 약점을 살피고, 알 수 없는 표정을 유지하고, 자신의 주위에 담을 쌓아서 마음을 들키지 않는 것이 중요했다. 이런 사실들을 미리 알고 아내의 친구 남편들과 도박을 벌였더라면 그렇게 어리석은 패배는 하지 않았을 텐데, 하는 생각이 떠올랐다. 그는 지금도 돈을 크게 잃었던 마지막 게임을 잊을 수가 없다. 그의 머릿속에서 그 장면이 떠나지 않는 한 그는 패배를 인정하지 못할 것 같았다.

"포커 할 줄 알아요?"

그는 차에 돌아와 따듯한 캔 커피를 여자에게 건네며 말을 걸었다. 바로 조금 전 여자 앞에서 무심코 피워 물었던 담배에 대한 죄의식이 남아서 말이 저절로 부드럽게 나왔다.

"아니요."

"나는 도박사예요."

여자는 별로 개의치 않는 표정이었다.

"대학 시절부터 카드 게임을 좋아했습니다."

어떤 사람들이 일요일 아침 교회에 가는 것처럼 그는 주말이면 일종의 의식처럼 포커 게임 모임에 갔다. 거기에 오는 친구들은 그 같은 회사원도 있었고, 어머니를 거들어 식당을 운영하는 친구, 고시 공부에 매달렸다 결국은 법무사 사무실을 낸 친구, 공대를 나와 전구 도매상을 하는 친구 등이었다. 그 모임에서 가장 튀는 인간을 꼽으라면 아마 그였을 것이다. 그는 고액 연봉을 받는 투자 분석가인 데다 재력을 갖춘 마누라까지 있었으니까. 그렇지만 친구들은 그의 배경에 개의치 않았다. 어찌 되었건 그는 그 모임을 좋아했다.

"사실 스트레스를 푸는 데 친구들끼리 정답게 하는 카드 게임보다 더 좋은 약은 없지요."

그런데 어느 날 아내가 자신의 친구 남편들과 카드 게임을 해 달라고 했다. 아내는 노골적으로 "노는 물이 달라져야 레벨이 올라가지, 당신은 그렇게 파악이 안 돼요?"라고 말했다. 아내는 어떻게든 그의 주변에서 그 허술한 친구들을 떼어 놓고 싶어 했다. 그는 아내와 타협하는 심정으로 아내 친구의 남편들이 갖는 포커 모임에 참석했다. 친구들과 시시한 농담을 주고받으면서 하던 포커 게임과는 많이 달랐다. 우선 점잖고 조용한 분위기였다. 그리고 베팅 액수가 컸다.

여자는 그의 이야기를 조용하고 주의 깊게 듣고 있었다. 여자의 눈에는 평온한 빛이 배어 있었다. 그는 자신이 왜 이런 이야기를 늘어놓고 있는지 알 수 없었다. 그러면서도 이야기를 중단할 수 없었다.

아침에 그가 사서 입힌 여자의 하얀 코트가 눈이 부실 만큼 정갈해 보였다. 여자는 그의 말이 잠깐씩 끊길 때마다 코트의 소매를 문지르면서 그의 눈을 빤히 올려다보았다.

"부자들……. 참 이상한 사람들이야."

그는 여자에게 아내 친구 남편들의 모임 분위기를 설명하려고 했지만 말이 막혀 버렸다.

그들은 친절하고 부드러웠다. 또한 예의 바르고 각듯했다. 그러나 그들에 대해 격의 없다고 느끼는 바로 그 순간에 그들은 재빠르게 방어막을 쳤다. 그 순간을 기막히게 포착해서 거리감을 유지하는 능력이 탁월했다. 그들은 그가 결코 동급이 될 수 없다는 암시를 흘렸다. 그런 암시가 없었더라도 그는 그들과의 대화에 끼어들 수 없었다. 비슷한 연배였지만 그에게는 그들과 공유할 만한 과거의 경험이 없었다. 초등학교 시절 외국 캠프에 참가해 보지도 못 했고, 부유한 친척들의 알력 사이에서 일어나는 섬세한 감정 싸움이 뭔지도 몰랐던 그는 그들의 고민에 동참할 수 없었고, 그들도 그 순간을 놓치지 않고 알아챘다.

언젠가 그의 베팅액이 커졌을 때였다. 그들 중 한 명이 "과연 주영 씨 남편인데."라고 했다.

그는 그 말이 무슨 뜻인지 몰랐다. 그 말을 한 사람을 의아하게 바라보자 주위 사람들은 일제히 웃었다.

“주영 씨 별명이 큰손이잖아요.”

그들의 설명에 의하면 아내인 주영의 손이 여자치고는 크다는 거였다. 그래서 친구들이 큰손이라고 별명을 붙였다고 말했다. 아내의 손이 큰 것은 사실이었다. 그렇지만 그 별명은 사채업자인 장인을 은근한 방법으로 비웃는 것 같았다. 그 말을 하면서 거기 모인 네 남자는 의미 없는 헛웃음을 웃었다. 그 애매모호한 웃음이 그는 싫었다. 멸시를 당하고 있다는 생각이 계속 그를 붙들었다.

“그자들은 어느 순간, 내가 주제넘는다고 생각한 것 같아.”

그는 잠시 말을 끊었다. 여자에게 이야기를 하다 보니까 사실 별일 아닌 것 같았다. 자기만 그들의 농담을 심각하게 받아들이고 있었던 것이 아닐까. 어쩐지 모든 게 유치하고 졸렬한 것 같았다. 그들과 카드 게임을 벌이다가 돈을 잃은 뒤, 매일 전문 도박판을 찾아가 프로에게서 카드 기술을 배워 그 사람들 앞에 나타나 복수전을 벌이려고 했다는 사실도 비현실적으로 느껴졌다. 여자에게 이야기하다 보니까 자신의 발상 자체가 너무 유치해 보였다. 그러나 그들이 비쳤던 보이지 않는 멸시감은 더욱 생생하게 느껴졌다.

그들과 마지막 게임이 있던 날, 왠지 그는 강렬한 상승세를 감지했다.

그는 초전에 박살을 내고 일찍 판을 끝낼 것으로 기대했다. 처음 두 시간 동안에는 세 판에 한 번 꼴로 이기면서 돈을 거의 따지 못한 채 겨우 자기 몫을 지키기만 했다. 패가 잘 들어오지 않았고, 손에 카드가 세 장이나 네 장 들어올 때까지 베팅을 하고 나면 어쩔 수 없이 죽어야 했다. 때때로 그는 낮은 패를 들고 좋은 카드인 양 허풍을 치며 큰돈을 베팅하는 블러핑을 했지만 그것이 먹혀드는 것은 한계가 있었다. 그러다가 그는 에이스와 퀸들로 판돈을 거두어들이기 시작했고, 그 뒤로 한 시간 동안 계속해서 네 판에 세 판 꼴로 이기면서 독주해 나갔다. 그가 그렇게 자신만만하게 나가자 상대 둘은 의지가 꺾인 것처럼 축 늘어지고 눈에 띄게 초췌해졌다. 그때까지 그는 상당한 액수를 땄다. 그날 밤 처음으로 고개를 뒤로 꺾어 천장을 올려다보았다. 방 안은 담배 연기로 자욱했는데 그는 그 연기를 처음 본 것처럼 깜짝 놀랐다. 모든 일이 다 잘되어 가고 있었다. 두 시간 정도만 더 하고 게임을 그만둘 생각이었다. 나중에 돌이켜 생각해 보니 터무니없는 생각이기는 했지만 여기서 딴 돈으로 아내에게 '티파니' 보석을 선물할 계획을 세웠다.

"그래서 부자들하고 게임을 했어요?"

그는 고개를 끄덕였다.

그렇게 잘나가던 기세가 슬그머니 꺾였다. 두 사람이 판돈을 새로 가져오고 얼음물을 마시고, 화장실에 다녀온 후에 그는 다시 지지부진해졌다. 그가 풀 하우스를 터뜨렸지만 상대방이 마지막 카드를 받아 로열 스트레이트 플러시로 그를 누른 후부터 그의 기세는 확 꺾였다. 그 후 몇 판을 더 지지부진하게 하던 참에 잭 세 장이 들어와 이때다 하고 베팅을 했는데, 다른 상대가 킹 세 장으로 자신을 누르는 바람에 결국 그는 크게 잃었다. 그런 뒤부터 상황은 계속 그에게 불리했다. 몇 판 더 이기기는 했지만 밑천을 회복할 만큼 크게 따지는 않았다. 들어온 패가 좋아 보일 때마다 크게 베팅을 했다가 번번이 돈을 잃곤 하면서 밑천을 탕진해 버렸다.

밖에서는 새들이 깨어나고 있었고, 첫새벽의 희미한 빛이 방 안으로 흘러들었다. 탁자 위에서 움직이는 세 사람의 창백한 손은 그 어슴푸레한 흰빛 속에서 마치 시체의 것처럼 보였다. 그의 판돈은 거의 바닥이 났다. 다음 판에서 그에게 두 장의 킹이 들어왔다. 그다음 번에는 하트 8이 받쳐 주고, 네 장째는 하트 킹이 들어왔다. 그는 형세가 바뀌고 있다고 느꼈다. 그러나 베팅액이 커져서 다섯 장째 카드가 돌려지기도 전에 판돈이 떨어지고 말았다.

그는 충동적으로 벌떡 일어나서 집주인에게 말을 건넸다. 돈이 다 떨어졌는데 빌려 달라고 요구했다. 그러나 집주인은 즉각 거절했다. "우리의 원칙은 오직 현금입니다."라고 말하면서 빙긋이 웃었다. 재벌 그룹의 손자라는 집주인과 백화점의 후계자라는 사내가 그를 게임에서 몰아내려 하고 있었다. "내 생각엔 우리가 게임을 끝내야 할 때가 온 것 같은데요." 집주인이 그렇게 말하자 백화점의 후계자는 승리감에 취했다기보다는 피곤한 목소리로 대꾸했다. "그러지."라고.

그때서야 그는 자기가 들고 온 상당한 현금이 자신의 돈이라기보다는 그들에게 보여 주기 위해 위장한 허세와 배짱이었다는 사실을 깨달았다. 그가 잠시 고개를 숙이고 카드를 내려다보는 동안 방 밖에서 그들의 말소리가 들려왔다.

"쟤는 왜 저래? 누가 받아 준다고 우리한테 끼려고 저러냐?" "사채업자 사위 주제에……."라는 소리였다. 피곤이 일시에 걷혔다. 갑자기 너무나 부끄러웠다. 자신은 결국 이방인이었다는 자각이 들면서 새삼스레 끓어오르는 멸시감에 어쩔 줄 몰랐다.

그는 스스로 문제를 일으켰고 이제는 그 대가를 치르고 있는 셈이었다.

"그러다가 많은 돈을 잃었습니다. 그래서 도박사가 되기로 했습니다."

여자는 경이로운 시선으로 그를 올려다보았다. 지극한 경외와 존경이 가득 담긴 시선이었다. 그가 지금까지 살아오는 동안 전혀 본 적이 없는 특이한 시선이었다. 그는 홀린 듯 여자의 눈을 바라보면서 여자를 찾아갔던 남자도 그녀의 이런 눈빛에 매료되지 않았을까 하는 생각이 들었다.

"일생을 도박사로 사는 것도 재미있겠지요?"

여자는 그의 말을 심각하고 진지하게 듣고 있었다. 그가 하는 말 모두를 전적으로 믿는 것처럼 보였다. 실제로 그렇게 믿는 것일까, 표정만 그런 것일까. 그는 여자를 향해 불쑥 말했다.

"이제 바다를 보고 나서 당신의 그 남자가 이메일을 보냈는지 체크하러 갑시다."

여자가 고개를 끄덕였다. 그 순간 여자의 얼굴이 너무나 행복해 보였다.

그들은 잠깐 해변을 드라이브하다가 콘도로 들어갔다. 주변에 펜션이 많이 있었으나 그는 사람의 왕래가 더 많은 콘도를 선택했다. 어쩐지 그러는 것이 자기에게 더 편안할 것 같았다. 배정받은 콘도는 방 두 개에 거실과 부엌이 있었다. 여자와 거실에 들어서서 바다를 내려다보았을 때, 예상했던 것과 달리 그의 마음은 조금도 산란해지지 않았다. 물론 로비나 엘리베이터에서 마주치는 시선 속에서 낯선 여자와 콘도에 들었다는 사실이 떠오르며 불편한 것은 사실이었다. 하지만 여자에게 성적인 욕망을 거의, 아니 전혀 느끼지 못했고 지금 자신의 마음속 불안감을 조금이라도 잊게 하는 데 여자가 좋은 효과를 내고 있는 것 같아서 그런 불편은 감수할 만하다고 생각했다.

그는 거실의 커튼을 열어 바다를 내려다보았다. 여자는 바다를 보고 싶다던 아침과 달리 그다지 관심을 보이지 않았다. 여자는 그가 말한 이메일에만 관심이 쏠려 있는 것 같았다. 그는 여자에게 프런트에 가서 어디서 컴퓨터를 쓸 수 있는지 보고 오겠다고 말하고 방을 나섰다.

그는 잠시 컴퓨터 앞에 앉아서 그 남자의 편지를 무어라고 쓸까, 생각했다. 그러면서도 지금 자신이 하는 짓이 장난 같다는 생각이 들지 않는 것은 아니지만, 그냥 이대로 계속 나가 보고 싶었다.

그는 편지를 쓰기 시작했다. 여자에게 몹시 미안하기는 하지만 자신의 현실상 곧바로 서울을 떠나지 않을 수 없었다고 설명했다. 자신이 필리핀에 머물렀을 때와 비슷한 상황으로, 지금 그는 또 다른 나라에 머물지 않으면 안 되기 때문에 당분간 그녀를 찾아가지 못할 것이라고 썼다.

그는 방에 돌아와서 기다리고 있던 여자에게 편지가 와 있더라고 말했다. 그는 여자를 데리고 컴퓨터실로 갔다. 여자가 한글을 읽을 수 없었기에 그가 영어로 번역하여 들려주었다. 여자는 그가 읽어 주는 편지 내용을 듣고, 슬프지만 안심하는 표정을 지었다. 방으로 돌아온 여자는 거실에 앉아서 시커먼 밤바다를 내려다보며 그 남자의 이야기를 했다.

"그 남자는 항상 양복을 입고 왔어요. 그런데 넥타이는 매지 않았죠. 늘 그 사람 양복 주머니에 들어 있었죠."라는 이야기를 하기도 하고 "그 남자는 자기 전에 내가 노래 부르는 걸 듣기 좋아했어요."라고 말한 뒤에는 작은 소리로 노래를 불렀다. 여자의 노래는 1980년대에 한창 인기가 있었던 영국의 피터 프램프턴의 것이었는데 빠른 곡조였다. 가사는 슬펐지만 질척이지 않아서 그도 좋아하던 가수였다.

그는 여자가 부르는 노래를 들으면서 호주머니 안에 손을 밀어 넣어 핸드폰을 만지작거렸다. 밤이 되었는데도 아내는 그에게 전화를 걸지 않았다. 그는 여자의 노래를 들으며 밤바다를 내려다보았다. 바다는 그의 앞날처럼 분간할 수 없이 까맸다. 가끔 희고 가는 날을 세운 물결이 번뜩이며 검은 양탄자를 찢는 것처럼 보였다.

그는 검은 바다를 한참 동안 바라보았다. 밤이 되었는데도 그는 도박장에 가지 않고도 아무렇지 않았다. 그걸 깨닫자 스스로 조금은 놀라웠다. 그는 여자에게 침대가 있는 방을 내주고 온돌방으로 들어갔다. 그는 자는 내내 머리 밑에서 물결이 찰싹거리는 소리를 들었다.

다음 날 아침, 그는 가볍게 샤워를 하고, 식사를 한 뒤 여자와 아침 해변을 걸었다. 여전히 날은 쌀쌀했다. 여자는 한결 생기가 돌고 기분이 좋아 보였다. 그는 오전에 컴퓨터실로 가 또 한 통의 편지를 썼다. 여자를 사랑한다고, 많이 보고 싶다고 썼다. 그리고 서울에 있는 동안 그녀를 자주 찾지 않았던 자신의 행동을 후회한다고도 썼다.

그가 편지를 건조한 어조로 읽었을 뿐인데 여자는 한참 동안 울었다. 그는 그 남자가 여자에게 사랑한다는 말을 한 번도 하지 않았다는 사실을 알았다. 여자는 추워서인지 밖에 나가고 싶어 하지 않았다. 그도 덩달아 밖에 나가고 싶은 생각이 들지 않았다. 그들은 그날 하루를 거의 방 안에서 빈둥거렸다. 그는 편의점으로 내려가 카드를 사 와서 여자에게 카드 게임을 가르쳤다. 여자는 훌륭한 제자가 못 되었다.

그는 하루 종일 바지 주머니에 핸드폰을 넣고 다니며 진동을 기다렸으나 아내의 전화는 걸려 오지 않았다. 아파서 결근한다고 연락해 둔 회사에서 그와 관련된 업무를 문의하느라 대리 하나가 두세 번 전화를 걸어 왔을 뿐이다. 춥지만 날씨는 맑았다. 유리창 너머로 바라보이는 바다는 쓸쓸했다. 저녁이 되어 바다로 빠지는 태양을 지켜보면서 아름답다고 느꼈다.

밤에 그는 또 한 통의 편지를 썼다. 그녀를 사랑하지 않아서가 아니라 변화를 갈망하기 때문에 당분간 이곳에 머물러 있어야 할 것 같다고 썼다. 조용하고 아름다운 주변을 보면서 그녀를 떠올린 다고 했다. 그리고 계속해서 그녀를 사랑한다고 했다. 그 편지를 읽어 주자 여자는 안심하는 듯한 표정을 지었다. 그는 여자의 표 정을 보면서 어쩐지 만족스러운 기분이 들었다. 여자를 행복하게 하는 편지를 쓰고 있는 자신이 뿌듯했다.

그날 밤 그는 자면서도 이 편지 쓰기의 결말을 어떻게 해야 할 지 생각했다. 그는 여자가 아무런 의심도 품지 않는 상태로 편지 쓰기를 마무리하고 싶었다. 물론 그녀가 더 이상 이런 유희를 진 행하고 싶지 않다고 말한다면 모든 것은 현실로 돌아가겠지만 유 희를 진행하는 한, 마냥 사랑한다고만 쓸 수는 없었다.

뜻밖에 곤란한 사정이 생겨서 서울로 돌아올 수 없게 되었다 는 말을 해야 한다고 생각했다. 여자의 삶에서 그 남자가 영원히 사라지는 순간을 여자가 쉽게 맞이할 수 있도록 준비시키고 싶었다. 그런데 그 시점을 정하는 것이 아주 어려웠다. 집으로 돌아가지 않고 이렇게 콘도에 계속 머물러 있을 수는 없었다. 여자 또한 주말인 내일은 직장으로 복귀를 해야 할 터였다.

서울로 돌아갈 것을 생각하자 추운 날 새벽에 집을 나섰을 때처럼 갑자기 추위가 한꺼번에 그의 주위로 확 몰려드는 것 같았다. 그는 어느 때보다도 더 세상으로부터 단절되고, 자신의 내면에 있는 모든 것이 무너지는 기분이었다. 그가 밟고 서 있는 땅도 끝없이 무너져 내리는 듯했다.

정오쯤 그는 아내가 보낸 문자 메시지를 받았다.

—아버지가 찾으셔. 저녁 식사에 함께 오래.

드디어 마음이 놓였다. 저녁 식사를 같이하자는 것은 장인이 그를 용서했음을 뜻했다. 그의 아내는 아버지의 말이라면 꼼짝하지 못했다.

저녁 7시까지 집에 도착하겠다고 아내에게 문자를 보냈다.

이제 편지 쓰는 일을 서둘러 마무리하지 않을 수 없었다. 그는 여자에게 돌아올 수 없다는 사연을 편지에 쓰기로 했다. 물론 앞으로도 종종 그린호텔로 여자를 찾아가서 편지를 전할 수 있겠지만 여자와 더 이상 어떻게 얽힐지 앞날의 시간을 예측할 수 없었다. 그는 오후에 헤어지기 전에 그 남자의 마지막 편지를 보내기로 했다.

그가 편지를 읽는 동안 여자는 바다를 바라보았다. 편지를 다 읽자 여자는 눈을 꼭 감더니 소리를 죽이고 울었다. 그는 여자의 충격이 가라앉아 잠잠해지기를 기다렸다. 어색한 정적이 그들 사이에 흘러갔다. 여자는 한참 만에 입을 열었다.

"불길한 예감은 항상 현실이 되어 나타나네요."

조용한 음성이었다. 너무 슬프고 쓸쓸하게 들려서 그는 아무 대꾸도 할 수 없었다. 차라리 여자가 그들의 유희를 전적으로 부정하면서 엉터리 같은 짓을 때려치우라고 그에게 소리 지르기를 바랐다. 그러나 여자는 그가 쓴 편지를 마지막까지 그 남자의 편지로 남겨 두었다.

서울로 돌아가기로 하고 늦은 점심 식사를 주문하면서 그는 분위기를 띄우기 위해 일부러 호기를 부렸다. 목소리 톤을 높여 바다가재를 시킨 후 한 마리씩 통째로 먹어 치우고 차가운 맥주를 마시는 동안 그의 기분은 점점 더 낙관적으로 바뀌었다. 여자도 그가 풍기는 밝은 기색에 조금씩 감응되어서 얼굴 표정이 점차 부드러워지고 밝아졌다. 여자는 소리 내어 웃으면서 이야기도 하고 노래를 부르기도 했다.

여자의 목소리는 맑고 청아했다. 새벽 숲 속에서 나뭇가지들이 서로를 부딪치며 나는 소리 같았다. 그러나 서울에 돌아오는 차 속에서는 서로 꽤 불편했다. 더 이상 무슨 말을 하려 해도 어색하고 당황스럽기까지 했다.

그는 여자를 이태원에 있는 호텔 근처에 내려 주면서 일간 한 번 들르겠다고 약속했다. 그렇지만 그런 일이 결코 일어나지 않으리라는 것을 그는 막연히 알았다. 자동차에서 내려 선 여자는 그를 향해 고개만 한 번 까딱하고는 작별 인사도 없이 몸을 돌렸다. 그리고 여자는 호텔 옆의 어두운 좁은 길로 빠르게 달려가 버렸다.

장인의 음성은 날이 서 있었다.

"이번 일로 정말 실망했네. 자네가 그토록 지각없는 사람이라고 생각하지 않았기에 정말 화가 났었네. 내기 도박이라니…… 더군다나 주영이 친구 남편들하고……. 걔네들이야 어쨌거나 재벌 아닌가……. 우리야 뭐가 있어? 내 사업이라는 게 좋게 말해서 금융업이지, 사채업자네……."

장인은 갑자기 뛰어 들어온 손자를 무릎에 앉히느라 말을 끊었다. 할아버지 무릎에 앉은 어린 아들이 그에게 작은 손을 뻗쳐 왔다. 그는 아들의 꼼지락거리는 손을 마주 잡았다. 그의 손안에 들어 있는 조그만 손에서 무언가 찌르르 전기 같은 게 지나갔다. 그는 어린 아들의 손을 쥔 채 방 안을 둘러보았다. 장모는 말없이 과일을 깎고 있고, 아내는 텔레비전 화면을 보고 있었다.

"설마 자네와 이런 대화를 또 나누지는 않겠지?"

"예, 다시는 그런 일이 없을 겁니다. 심려를 끼쳐 드려 죄송합니다."

장인은 길쭉한 얼굴에 마른 체형이었는데 이렇게 다그칠 때는 어조까지 냉혹해서 아주 어렵게 느껴졌다. 그는 말로만이 아니라 마음 깊은 곳에서 다시는 그런 실수를 하지 않고 성실한 가장으로써 열심히 살겠다는 의욕이 솟구쳤다.

지난 일이 포커 게임에서 블러핑을 걸 때처럼 두근거리는 가슴을 누르고, 대신 과장된 무표정으로 포장했던 시간처럼 느껴졌다.

그는 오랜만에 행복하다는 느낌까지 어렴풋이 들었다.

사무실에서 늦게 귀가하던 중이었다. 차의 뒤 좌석에 앉아 텔레비전의 마지막 뉴스를 무심히 보다가 돌연 찬물을 뒤집어 쓴 듯 소스라치게 놀랐다.

"이태원의 그린호텔 뒤에 있는 건물에서 누전으로 인한 것으로 보이는 화재가 발생했습니다. 한밤중에 일어난 화재로 인하여 건물에 있던 사람들 대부분이 유독가스에 질식해 사망했습니다. 그린호텔에서 가수로 일하던 젊은 필리핀 여성이 주검으로 발견되어 동료들을 안타깝게 했습니다."라는 짤막한 보도였다.

뉴스의 어디에도 죽은 사람이 그 여자일 것이라는 증거는 없었다. 그러나 그의 가슴은 철렁 내려앉았다.

만약에 그가 좀 더 시간을 두고 그 남자의 편지를 끝맺었더라면 어떤 결말이 되었을까.

여자는 기다리는 남자를 만나야 한다는 집념에 매달려 불길을 뚫고 살아 나오지 않았을까?

속절없는 가정을 떠올렸지만 순간 그뿐이었다.

그래, 하고 넘어가려는 순간, 가슴속에서 무엇인가가 북받쳐

올랐다.

까닭 모를 슬픔이었다. 슬픔이 아닌지도 몰랐다.

그는 눈을 감고 한참 동안 앉아 있었다.

숲 속에서 나뭇잎들이 서로 비비대는 소리 같던 여자의 노랫소리가 들리는 듯했다.

고개를 옆으로 돌리자 안면도의 파도가 유리창에서 넘실대고 있었다.

나쁜 자식

"그런 일이 꼭 일어나고 말 줄 알았어요."

평소와 다름없이 저녁 식사를 하고, 깎아 내온 과일을 먹고, 일요일 시사토론 프로그램이 끝나고 나서 잠자리에 들기 위해 양치질을 하고 있을 때 아내가 한 말이었다. 짐짓 나는 가슴이 철렁하면서도 무슨 뜻밖의 말이라도 들은 사람처럼 거울을 통해서 아내의 얼굴을 빤히 들여다본다.

"그 여자가 거기서 왜 떨어졌겠어요? 애도 아니고. 분명히 뭔가 있어……."

이제 아내는 형사처럼 상황을 추론하기까지 한다.

"뭐가 있다는 거야?"

"뻔해요. 나이 많은 남편이 바람난 젊은 아내와 다투다가 솟구치는 질투 때문에 계단에서 여자를 밀어 버린 거라고요."

　아내는 유부남, 유부녀가 저지르는 외도에 관하여 특히 민감하다. 하다못해 일간지에 보도된 평범한 사건들에 대해 읽으면서도 어떤 치정 관계가 원인이 되지 않았을까 하고 당찮게 추정할 정도다. 수년 전 내가 저지른 연애 사건이 발각되고 나서 생긴 습관이라서 나는 내놓고 그녀를 비난하지도 못한다. 아무튼 아내는 유부남, 유부녀의 외도를 거의 저주에 가까운 수준으로 증오한다. 그녀의 이런 감정은 어떻게든지 그녀 자신이 바람이 나서 내게 일격을 가하지 않고는 해소되지 않을 것처럼 보인다.

　"그 집 젊은 부인이 바람피우는 거 봤어? 나오는 대로 말하지 마. 아무튼 이런 일에는 입 다물고 있는 게 상책이야."

　나는 진심으로 툭툭 던지는 아내의 말이 걱정되어 목소리에 무게를 잔뜩 실어 보지만 공허할 뿐이다. 어쩌면 이 밤 같은 시간 이 빌라에 살고 있는 다른 열아홉 세대에서도 지금 우리가 나누고 있는 내용과 똑같은 대화를 하고 있을지 모르겠다. 바로 옆집에 사는 검사는 검사의 관점으로, 5호의 은행장 네는 은행원 식으로 생각하겠지. 그러고 보면 지금쯤 각 집에서 자기 식으로 반응하고 있을 것이다. 사람들의 행동이란 것은 크게 일반론을 벗어나지는 못할 테니까. 깜짝 놀랐다가 일단 진정하고 다시 그 사건을 곰곰이 따져 보면서 다른 사람들의 생각은 어떤가 하는 호기심이 일어나는 것이 가장 일반적 과정이다.

　아내의 말대로 다 큰 어른이 제 집 2층에서 떨어진다는 건 말도 안 된다. 그것도 10년 넘게 살던 집에서……. 잠결에 침실에서 걸어 나오다가 실족한 것도 아니고, 일요일 한낮에 일어난 일이라니, 도무지 납득이 가지 않는다. 게다가 그처럼 머리를 세게 부딪치다니……. 정말 모를 일이다. 더군다나 젊고 날렵한 30대 여자가 계단에서 떨어져 정신을 잃었다는 것이 의사인 나로서도 도저히 납득이 가지 않는 것은 사실이다.

그날 오후 2시쯤이었다. 매주 일요일 동료 의사들과 치는 새벽 골프를 마치고 단지 입구에서 편승한 친구의 차에서 내려 골프 백과 옷 가방을 쥐고 도와줄 경비원을 찾느라고 주변을 둘러보는 중이었다.

"아유, 박사님. 큰일 났습니다. 저 집에서 사람이 떨어졌습니다."

경비원은 한 집을 가리키면서 당황하여 말했다. 나는 본능적으로 빌라의 지붕을 올려다보았다. 경비원은 이미 내 골프 백을 들고서 그 집 쪽으로 뛰어가고 있었다. 나도 황급히 옷 가방을 든 채 함께 뛰었다.

왜 사고는 공휴일에 자주 터지는 것일까. 이것도 머피의 법칙인가. 뛰어가는 도중에 몇 명의 당직 근무자만이 남아서 환자들을 보살피고 있을 종합병원의 응급실이 떠올라서 든 생각이다. 특별히 통계를 내 본 적은 없지만, 내 경우 기억에 남을 정도로 불편한 일은 대개 공휴일에 발생했다. 크레디트 카드가 없어진다든가, 케이블 이상이 생겨 인터넷이 끊긴다든가, 텔레비전이

고장 나는 것도 일요일이다. 지금도 일요일이다. 때로 이상하게도 극히 짧은 시간에 엉뚱한 생각을 할 때가 있다면 지금이 그런 경우였다.

현관문은 열려 있었고 주인 남자와 가정부인 듯싶은 여자가 서서 다급한 표정으로 달려드는 우리를 보고 있었다.

"장군님, 의사 선생님입니다."

경비원이 느닷없이 "장군님." 하고 부르는 소리에 나는 순간 황당하고 우스워졌다. 그러나 장군님이라고 불린 주인 남자의 얼굴을 보자 사태의 심각성을 바로 깨닫게 되었다. 현관 바로 앞에 2층 침실로 올라가는 계단이 있었다. 빌라는 전체가 다 같은 구조로 지어져 있었다. 계단 끝에 한쪽 다리를 걸친 채 젊은 여주인이 쓰러져 있었다. 도움을 요청하는 다급한 눈빛으로 나를 바라보고 있는 사내를 밀치고 여자의 손목을 잡으려고 몸을 숙였다. 눈동자의 상태를 확인하려고 고개를 젖히는데도 신음 소리가 나지 않았다. 상태가 좋지 않다는 예감이 들었다. 추락 사고에서는 목뼈나 척추에 손상이 갔을지도 모를 경우에 대비하여 환자를 최대한 움직이지 않는 것이 기본이지만, 설마 그런 일이 일어날 리야……. 그러나 신음 소리조차 내지 않는 여자를 보면서, 목뼈 내지는 척추를 다쳤을 확률이 높다는 것을 나는 직감했다. 손등으로 여자의 숨결이 느껴졌다. 절명한 것은 아니구나. 하긴 2층 계단에서 떨어져서 절명했다는 소리는 들어 본 적도 없지만……. 나는 여자의 닫힌 눈꺼풀을 들어 올렸다. 동공이 열려 있었다.

기절이다.

"언제 그랬습니까?"

"지금 금방요."

잔뜩 겁에 질린 가정부가 거의 울 듯한 목소리로 대답했다.

"네, 지금 막……. 한 5분쯤 되었나……."

남자의 음성은 인상보다 젊고 세련됐다.

"2층 난간을 스테인리스 파이프로 교체한다고 뽑아냈거든요. 발을 헛딛으셨나 봐요……."

"119에 전화하세요."

"했습니다."

장군의 얼굴은 정신이 빠져나가 버린 것 같았다. 굳게 다문 입술, 변화 없는 표정, 여전히 근엄한 자세가 이 자리에 전혀 어울리지 않았다. 어쩐지 어색해서 꼭 연극을 하고 있는 기분이 들게 했다. 남자의 다리에 바짝 붙어 있는 사내아이의 굳은 표정도 마찬가지였다. 마치 종이 가면을 쓴 것처럼 평면이었다. 모든 것이 정지 화면 속에 갇힌 듯한 느낌이 들었다. 갑자기 전원이 켜지면서 다시 움직이기 시작하는 화면 같은 그런 기분이 들었다. 잠시 후 구급차가 오고 여자가 시체처럼 들것에 실려 나갔다. 나는 가정부와 사내아이를 위해 안심시키는 몇 마디 말을 남기고 그 집을 빠져나왔다. 그러나 그 집 안의 정지된 화면 속에 갇혀 있었던 느낌이 아직도 생생하게 남아 있다. 아주 기묘하고 꺼림칙한 느낌이었다.

아이는 아주 어려서부터 생필품 난을 겪은 주부처럼 물욕에 사로잡혀 있었다. 아이의 부모가 엄격해서라기보다는 무관심해서 아이의 소유욕을 만족시켜 주지 않았던 탓인지, 아니면 아이 자신의 본질 속에 깊고 어두운 본능적인 탐욕을 타고난 탓인지, 아이는 온갖 물건에 대한 지독한 집착으로 해서 항상 자신의 내부에서 갈등을 겪고 있었다. 자고 나면 개발되는 플레이스테이션의 게임 디스크들, 새로 나온 모양의 축구화, 일본제 줄루 펜, 일본 만화책, 그 밖에 하잘것없는 물건들이, 처음 그의 가슴에 어처구니없이 치열한 욕망을 눈뜨게 하고, 이어 그것이 한번 자기 수중에 들어오기만 하면 미칠 것 같은 황홀한 만족감을 느끼게 되곤 했다.

아이의 방 책상에 흩어져 있거나 서랍 속에 있는 물건들은, 그것을 입수한 것이 최근이냐 이전이냐에 따라서, 그의 눈에는 소중해 보이거나 시시해 보이거나 했다. 중요한 것은 자신의 방에 있는 그 물건들은 집 안에 있는 다른 물건들과는 다른 것이고, 그 어느 것이건 자신만이 느끼는 정열과 비밀을 속에 간직한, 과거나 미래의 그 어떤 경험과 관계됐다는 것뿐이었다. 아이는 이 야릇한 소유벽을 제 나름으로 이미 깨닫고 있었고, 그럼으로써 미칠 것 같은 환희를 경험하는 동시에, 항상 되풀이되어 후회할 겨를조차 없는 과오로 해서 고민하듯이, 자신의 행동에 고민하고 있었다.

그러한 물건들 중에서도 유난히 아이의 마음에 불을 지르는 것은, 아마 그것이 금지를 당했기 때문이겠지만, 권총이었다. 그것도 아이들이 가지고 노는 꼭 진짜처럼 보이는 플라스틱 제품 같은 것이 아니라, 진짜 권총, 아이의 아버지가 가끔 자신의 서재에서 은밀한 분위기를 풍기며 만지는 그 진짜 권총, 공포나 위험 내지 죽음을 유도할 수 있는 그 진짜 권총이었다. 아이들의 권총은 실지로 죽는다는 위험이 거의 없이 죽는 시늉을 하면서 놀 수 있다. 그러나 아버지의 권총으로 말하면 죽음도 가능할 뿐 아니라, 신중히 다룸으로써 간신히 억제되어 있는 욕망과도 같은 것이었다. 아이는 권총을 가끔 만져 볼 기회가 있었다. 아버지가 가끔 품속에서 그것을 꺼내 서랍 속에 넣느라고 이동하는 순간, 그에게 만지도록 해 주었다. 아이는 권총이 손에 닿을 때마다 전율이 그의 손을 꿰뚫고 나가 자신의 손이 저절로 움직이고 있는 것 같은 착각이 들곤 했다.

아이는 학교에 친구들을 많이 가지고 있었다. 그들은 점심시간에 병정놀이를 자주 하고 놀았는데, 다른 아이들은 대부분 맹렬하고 잔인한 어투나 행동을 아무런 의미 없이 흉내 냈으나, 그의 경우에는 반대였다. 전쟁놀이를 할 때에 그의 잔인성과 맹렬성이 실제 배출구를 찾아 뿜어져 나가는 것을 아이는 알고 있었다. 전쟁놀이가 아닌 다른 놀이를 할 때에도 파괴와 죽음의 욕구가 반드시 고개를 쳐드는 것이었다. 아이는 이 느낌에 대하여 부끄럽거나 꺼림칙한 기분을 느끼지 않았다. 지극히 자연스럽게 잔인했던 것이다. 그럴 수밖에 없는 것이 아이에게 있어서 시시하지 않은 유일한 환희가 이 잔인성으로 해서 생겨났으며, 이 잔인성은 아직 어린아이의 것이어서 그 자신에게나 다른 사람에게나 아무런 의심도 불러일으키지 않았기 때문이다.

어느 초여름의 가장 무더운 시간에 아이는 뒷동산에 올라간 적이 있다. 조그마한, 그러나 나무가 빽빽이 자라난 뜰 뒤로 동산이 있었는데, 여러 해 전부터 방치돼 있었기 때문에 수많은 수목이며 식물이 아무렇게나 우거져 있었다. 아이는 자신의 옷장에서 발견한 가늘고 나긋나긋한 가죽 허리띠를 가지고 있었다. 그는 방 안에서 가끔 그 허리띠를 허공에 대고 후려치곤 했다. 그러면 가는 가죽 허리띠가 위잉 하는 바람 가르는 소리를 내는 것이 어쩐지 그의 마음에 들었다. 그는 그 허리띠를 휘두르면서 사람들이 자주 산책을 다녀 저절로 길이 되어 버린 동산의 비탈을 오르기 시작했다. 잠시 동안 아이는 주위의 식물에게 시선을 보내면서 어슬렁어슬렁 걸어 나갔다. 나무숲이 흔들리는 그림자와 눈부신 태양광선이 주위에 내리 꽂히고 있었다. 울창하게 우거진 숲으로 내리쪼이는 강렬한 태양 빛이 한데 어우러지며 넘치는 생명력과 하나로 융합되는 것만 같은 행복감이 온몸을 감싸오자 아이는 아주 행복해졌다.

그러나 그 행복감은 자연과 하나가 되면서 느끼는 행복감과는 다른 것이었다. 그것은 공격적이며 잔인한 행복감이었다. 숲 속에서 희고 노란 꽃을 피운 민들레와 클로버, 또는 육감적인 희고 커다란 꽃을 펼치고 있는 할미꽃이 눈에 띄었다. 처음에 아이는 아무 생각 없이 손에 든 가죽 허리띠를 검처럼 윙 휘둘러 그것들 위에다 일격을 가했다. 잘린 꽃과 잎은 바닥에 소리 없이 떨어지고, 꽃을 잃어버린 줄기만 남아 허공에 떨렸다. 이렇게 하면서 아이는 자신의 활력이 배가되는 것을 느꼈다. 너무나 오랫동안 억압되었던 내부의 힘이 폭발하면서 가져다주는 더할 나위 없는 만족감을 동시에 느꼈다. 그러면서 아이는 힘과 정의라는 뚜렷한 감정도 경험했다. 마치 그들 초록에 죄가 있고, 그에게 권한이 있어서 그것들을 처벌한 것만 같이 느껴졌다.

그러나 그는 그 행위가 금지돼 있고 추궁을 피할 수 없다는 걸 전연 알지 못할 나이는 아니었다. 가정부가 부엌 창문으로 자기를 보고 있을지도 모른다는 걱정 때문에 이따금씩 집 쪽을 흘금흘금 훔쳐보았던 것이다. 그러나 아이가 두려워하는 건 야단을 맞는 것보다도 그 자신이 비정상적이며 어쩐지 죄를 짓는 것같이 느껴지는 그 행동의 의미를 확인하는 것이었다.

화초를 대상으로 시작된 그의 가학 행위는 어느 틈에 동물로 옮겨졌다. 초목을 짓밟거나 꽃을 휘갈겨 떨어뜨리는 데서 그가 느끼는 그 환희가, 동물에게 똑같은 폭력을 가할 때에는 한층 더 치열하며 한층 더 깊어진다는 사실을 깨달은 순간이 언제였는지는 그 자신도 분명치 않았다. 가죽 허리띠를 작은 관목 위에 후려치는 것보다, 풀숲에서 쉬고 있는 청개구리를 후려치도록 그를 잡아끈 것은 단순한 우연이었는지도 모른다. 그에게 잠재되어 있는 무의식적인 잔인성이 가학할 새로운 대상을 찾아내도록 그를 충동한 것은 그가 막 느끼기 시작했던 권태인지도 모른다.

아무튼 어느 조용한 하오, 어머니는 외출하고 없었고, 가정부만이 라디오에서 흘러나오는 노래를 콧소리로 따라 부르는 그때, 아이의 집 뒷동산에서 아이는 개구리의 시체를 앞에 놓고서 심각한 후회와 오욕의 심정에 문득 사로잡혀 있었다. 개구리는 일곱 마리였다. 개구리 우는 소리가 도시 생활을 얼마나 운치 있게 하는지 모른다면서 빌라 주민들이 일부러 사다가, 뒷동산에 있는 연못에 풀어 놓은 것들이었다. 어느 놈이고 다 풀숲이나 연못의 바위 위에 나와 앉아 있다가 그한테 들킨 것들이었다. 하나같이 말끄러미 노리고 서 있는 그의 자세에 놀라 어디 숨을 곳을 찾아서 달아나려는 순간에 그의 가죽 허리띠에 맞아 죽음을 당한 것들이었다. 무엇이 자기를 이런 행위로 몰아세웠는지 아이는 알 수 없었다. 그는 그 일에 대해서는 생각하고 싶지 않았다. 그러나 일은 이미 저질러진 후였다. 거무죽죽한 진액과 흙먼지로 얼룩진 죽은 개구리의 몸 위로 퍼붓는 격렬한 햇빛이 있을 뿐이었다. 그는 가죽 허리띠의 버클 부분을 손아귀에 꽉 쥐고, 개구리의 시체들이 누워 있는 연못 가장자리의 돌 위에 서 있었다. 그는 방금 저지른 살육 행위 때에 자신을 엄습한 흥분이 아직도 그의 몸에 남아 있는 것을 느끼고 있었다. 그러나 이미 그것은 아까처럼 격렬하지 못했다. 대신 후회와 오욕으로 상처가 나 있었다. 게다가 그 때까지 경험한 적이 없는, 기묘하게 육체적이며 이상한 불안이 그에게 더해지는 것을 느끼고 있었다. 그것은 공포와 흡사한 감정이었다. 어쩌면 자신이 다른 사람과는 다른 어떤 어두운 성향을 타고났을지도 모른다는 깊은 불안감에서 오는 공포 같은 거였다. 스스로 부끄러워해야만 할, 그리고 남의 앞에서 창피를 당하지 않으려면 비밀로 해 두어야만 할, 따라서 그를 같은 또래의 아이들 세계로부터 영구히 구별해 버릴, 지극히 이상한 성격을 자기 속에서 발견한 것만 같이 느껴졌다.

의문의 여지가 없었다. 자신이 다른 아이들하고는 확실히 다르다고 느껴졌다. 다른 아이들은 무리를 지어 있거나, 혼자 있거나 간에, 이런 일을 심심풀이로 하지는 않을 것이다. 자신은 확실히 남과 다른 것이다. 개구리는 죽었다. 자신이 죽인 것이다. 그것은 분명한 사실이다. 그 죽음도, 이 죽음을 일으키게 한 잔인하고 과격한 행위도 이제는 보상할 수 없다. 아이는 알지 못할 쓸쓸한 기분이 되어 죽은 개구리들을 하염없이 내려다보고 있었다.

그날, 자신의 이상한 면에 대한 매우 새롭고도 괴로운 이 발견을 어떻게든지 확인해 보고 싶은 심정에 아이는 이웃에 살고 있는 친구와 자신을 비교해 보기로 했다. 친구의 집은 빌라 뒷동산의 다른 쪽에 붙어 있었다. 이 동네에는 그만 한 또래가 거의 없었는데, 그 집의 아이가 유일하게 그와 나이가 비슷했다. 두 아이 다 사립학교에 다니고 있었으므로 물론 다니는 초등학교가 달랐으나, 아이의 부모와 친구의 부모가 서로 아는 사이여서 그들은 가끔 부모의 동의하에 집을 오가는 사이였다. 친구는 아이보다 한 해 아래였지만 덩치가 비슷해서 그런대로 잘 지내는 편이었다. 게다가 초등학교 3학년에 들어서면서 일주일에 두 번씩 외국인에게 영어 회화 수업을 함께 받고 있었다. 마침 그날은 그의 집에서 수업을 받는 날이었다. 아이는 자기 방에 들어가서 침대에 누웠다. 그는 조용한 하오의 한 나절 동안 안타까운 심정으로 그 시간이 어서 오기를 기다리고 있었다.

어머니는 아직 돌아오지 않았다. 집에 있는 건 다만 가정부 한 사람뿐이었는데, 1층 부엌에서 나직하게 콧노래를 부르면서 음식을 하고 있었다. 다른 날 이 시간이라면 그는 혼자 자기 방에서 공부를 하든지, 컴퓨터 게임을 하든지, 텔레비전을 보든지 하면서 시간을 보냈다. 그러나 이날은 놀이도 공부도 그의 기분을 돋워주지 못했다. 그는 자기가 아무것도 하지 않고 있다는 것이 몹시 고통스러웠다. 자신의 이상함을 발견했다는 생각에서 생긴 불안감과, 얼마 후 친구를 만나서 이야기를 나누고 나면 이 불안감은 사라질 것이라는 기대가 너무 오랫동안 초조하게 그의 가슴 한가운데에 걸려 있었다. 그는 금방 자신의 가슴이 마비될 것만 같았다. 만약에 친구가 그도 개구리를 죽인 적이 있으며, 그것을 죽이는 일은 재미가 있고, 그런 일을 하는 것이 별로 이상하지 않다고 말한다면, 아이는 자기를 이상하다고 생각하는 일을 그만두고, 별다른 의미도 없는 하잘것없는 일인 것처럼 안심하고 개구리 죽이는 일을 계속 할 작정이었다.

친구에게 왜 그런 권위를 부여하는지는 그 자신도 알 수 없었다. 친구가 같은 방법, 같은 기분으로 그 일을 할 수 있다고 생각한다면, 누구나 다 그럴 것이라고 그는 막연하게 생각했다. 그리고 누구나가 하는 일이라면 그것은 정상적인 일이며, 따라서 좋은 일인 것이다.

하기는 그러한 생각들은 아이의 가슴속에서 그다지 분명한 것은 아니었고, 명확한 생각이라기보다는 차라리 깊은 충동이나 흥분 비슷한 것이었다. 그러나 한 가지만은 분명하다고 느꼈다. 그것은 그의 마음의 안정이, 오로지 친구의 대답 여하에 달려 있다는 것이었다.

이런 기대와 불안을 안고 그는 이제나저제나 수업이 끝나기를 기다렸다. 그날따라 미스 코난트는 'will'과 'shall'의 다름을 설명하고 있었는데, 그에게는 관심이 없었다. 어서 친구의 반응을 알고 싶은 마음뿐이었다. 이윽고 친구가 꾸벅꾸벅 졸기 시작했을 때에야 미스 코난트는 다음 시간에 다시 한 번 가르쳐 줄 테니까, 너희들도 예를 다섯 개씩 찾아오라고 이르면서 수업을 끝냈다. 그는 친구를 배웅한다는 구실을 앞세워 뒷동산을 가로지르는 지름길로 들어섰다.

기울어진 여름 석양의 빛을 받아 나무숲은 음산한 표정으로 꼼짝도 않고 서 있었다. 나뭇가지 밑 그늘에서는 이제 밤기운이 느껴졌다. 풀 냄새, 꽃향기, 뜨거운 땅에서 올라오는 흙냄새가 숲의 서늘한 기운에 한데 어우러졌다. 빌라의 뒤뜰과 동산을 가르는 울타리처럼 심어 놓은 쥐똥나무의 꽃향기가 더운 공기에 실려 그의 숨을 턱 막히게 했다. 그는 어둠이 가장 짙고 쥐똥나무가 가장 우거져 있는 한구석으로 곧장 걸어가서 그 아래에 얽혀 있는 덩굴 풀 무더기를 단호한 동작으로 헤치고 쥐똥나무 사이를 벌렸다. 이곳은 친구와 그 둘만이 다니는 그들만의 통로였다. 그들은 나뭇가지가 자신들의 민소매 옷을 입은 팔뚝을 찌르는 것도 개의치 않고 곧장 나무 울타리를 빠져나갔다.

"너 왜 졸았니?"

아이는 친구에게 지나가는 말로 물었다.

"……몰라. 피곤하고 재미도 없어. 공부할 기분이 돼야지……."

그것은 아이가 친구에게서 기다리고 있던 말인 것 같았다.

"나도 마찬가지야. 재미가 없어. 피곤하기만 하고 말이야."

"나는 오후에 수영장에 가서 피곤했지만 너는 뭘 했는데?"

친구는 말끝에 하품을 했다.

"오후에……? 뭘 했냐 하면…… 개구리를 잡았어."

아이는 친구가 즉각 '그래? 나도 가끔씩 개구리를 잡는데, 너도 그러니!' 하는 비슷한 대답 같은 것을 하기를 바라고 있었다. 그러나 친구의 얼굴에는 공감도 흥미도 보이지 않았다. 아이는 당황한 빛을 숨기려고 열심히 덧붙이기 시작했다.

"전부 죽여 버렸어."

친구가 조심스럽게 물었다.

"죽였다고……? 왜……? 몇 마리나?"

"응, 일곱 마리였어."

아이는 흘끔 친구의 표정을 살폈다. 친구의 얼굴에서는 더 이상 하품이 나오지 않았다.

"연못 돌 위에서 나를 빤히 쳐다보잖아. 그래서 움직일 때까지 기다렸다가 그것들이 움직이려고 하면 내가 방에서 가지고 놀던 그 가는 가죽 허리띠 있잖아, 그걸로 후려쳤어. 모두 다 한 방에 해치웠다."

그렇게 말하면서 아이는 친구에게 그 허리띠를 지금 보여 주면서 얘기하지 못하는 것이 너무나 아쉽다는 듯한 표정을 지었다.

친구가 얼마간 놀라움이 섞인 흥미를 가지고서 그를 바라보는 것을 아이는 알아챘다.

"어째서 죽였는데……?"

"그건…….'"

아이는 망설이면서 재미있으니까, 라고 말하려 했지만, 왠지 몰라도 그 말을 꿀꺽 삼키고 "해를 끼치니까." 하고 대답했다.

"해를 끼친다고……? 무슨 해?"

"밤에 어찌나 울어 대는지 시끄러워서 문을 열어 놓을 수가 없다고 우리 부모님이 그러셨어. 우리 아빠가 농약을 쳐서 다 죽여 버릴까 보다, 라고도 하셨거든. 너희 집에서는 그 소리가 안 들리니?"

"아니, 우리 집에서도 무지 시끄러워. 우리 엄마도 시끄럽다고 하긴 했어. 그렇다고…….'"

"그리고 말이지, 그것들 순 악질이다. 어떤 놈은 날 보고도 달아나지 않고, 입을 커다랗게 벌리고 내게 달려들 것처럼 보였어. 아마 내가 죽이지 않았다면 그것들이 나에게 덤벼들었을지도 몰라."

아이는 입을 다물었다가 한층 은근한 말투가 되어 "넌 그런 적이 없니?" 하고 물었다. 친구는 고개를 저으면서 아니, 라고 대답했다. 그러더니 눈을 내리깔고서는 제법 의젓한 목소리로 진지하게 덧붙이는 것이었다.

"산 것들을 해치면 안 된다고 하잖아."

아이는 어둠 속에서도 자신의 얼굴이 새빨개지는 것이 느껴졌다. 친구가 자신의 그런 얼굴을 보지 않기를 바라는 마음이 들었다.

"누가?"

"우리 엄마가 늘 그렇게 말하셨어."

"어른들이란 별 소리를 다 하시지……."

아이는 차츰 자신을 잃으면서 힘없이 대꾸했다.

"하지만 너도 해 봐. 꽤 재미있다. 내일은 연못 속의 금붕어들을 잡아서 손가락으로 눌러 볼 거야. 아까 오후에 생각이 났는데 그것들이 죽을 때 무슨 소리를 내는지 알고 싶어졌어. 그렇게 시끄럽던 개구리들이 죽을 때는 찍 소리도 안 내더라. 신기하지 않니?"

"싫어. 난 안 할래."

"어째서?"

"어쩐지 해선 안 될 일인 것 같아서."

친구가, 그것도 자신보다 한 살이나 어린 녀석이 저런 말을 하다니……. 이건 말도 안 된다는 생각이 들어서 그는 아주 낙담을 했다. 그리고 자신도 의식하지 못하는 사이에 자신의 이상함을 확연하게 부각시켜 준 친구에 대하여 발작적인 분노가 일어나는 것을 느꼈다. 그러나 아이는 억지로 그 감정을 누르면서 한 번 더 친구에게 말했다.

"내일 금붕어를 손가락으로 눌러 죽여 볼 건데 너도 같이하겠다면 이승엽이 올 봄 시즌에 첫 홈런 쳤던 그 사인 볼을 줄게."

아이는 친구가 그 공을 몹시도 가지고 싶어 하는 것을 알고 있었다. 그 공을 갖고 싶다고 그에게 몇 번이나 말을 한 적이 있었다. 아니나 다를까, 친구는 돌연 무슨 지시라도 받은 듯이 대답했다.

"그래, 갈게. 하지만 금붕어 죽이는 거는 싫고, 그냥 개구리를 산 채로 잡아 가지고 병 같은 데 넣어 두고 관찰하는 건 어떠니? 그래도 사인 볼은 줄 거지?"

"그건 안 되지. 허리띠로 휘두르는 맛이 재미난걸. 넌 아마 못 할 거야."

친구는 잠자코 있었다.

"그게 싫으면 금붕어를 죽여 보자니까……. 어때. 내일 낮에 나올 거지?"

"아냐, 난 안 갈 테야."

친구는 고집스레 말했다.

"난 아무것도 죽이지 않을 거야. 아무리……."

친구는 뭔가 비교할 만한 다른 것을 찾는 모양이었다.

"더 귀한 것을 준다 해도 말이야."

아이는 이젠 더 어쩔 수 없다는 것을 알았다. 그러자 아까부터 가슴속에서 부글거리던 분노가 갑자기 폭발했다.

"넌 겁쟁이니까 못 하는 거야. 넌 무서워서 못 하는 거라고."

"뭐가 무섭단 말이니? 시시한 소리하지 마."

"무섭지? 넌 겁쟁이야. 넌 겁쟁이라니까."

아이는 화를 내면서 말했다. 그러곤 느닷없이 손을 뻗어 친구의 귀를 잡아당겼다. 친구의 귀는 빨갛고 비쭉하게 솟았다. 아이가 친구의 귀를 잡아당긴 것은 처음이 아니었다. 그렇지만 언제고 지금처럼 분노와 상대방을 골려 주리라는 명백한 의도를 가지고 한 것은 아니었다.

"나는 겁쟁이라고 말해."

"싫어, 이거 놔. 놓으란 말이야."

친구는 자신의 귀를 빼내려고 얼굴이 시뻘게져 가지고 몸부림을 치기 시작했다.

"겁쟁이라고 고백해."

아이의 손에 잡힌 친구의 귀는 불붙은 듯 뜨거워지고 송골송골 땀이 배었다. 친구의 검은 눈동자에 눈물이 떠올랐다. 머뭇거리면서 친구가 말했다.

"알았어. 난 겁쟁이야."

아이는 손을 놓았다. 친구는 폴짝 뛰어 제 집 쪽으로 줄행랑을 치면서 외쳤다.

"난 겁쟁이가 아니란 말이야. 아까 그 말을 할 때도 마음속으로는 겁쟁이가 아니라고 생각하고 있었어. 널 속여 먹인 거야, 바보야."

친구의 모습은 사라지고 그를 조롱하는 듯한 목소리도 동산의 나무 숲 저편으로 사라졌다. 그러곤 갑자기 개구리들의 울음소리만이 양철 지붕 위로 쏟아지는 소나기처럼 일시에 터져 나오는 것이었다.

친구가 달아나면서 남긴 말은 아이의 가슴에 깊은 불쾌감이 되어 남았다. 친구는 그와 연대행동을 거부했으며, 그 연대행동에 결부되어 있는 것으로 생각되는 사면을 거부했다. 그는 이제 명백히 '이상한 아이'인 것이다. 이제는 개구리를 죽였다는 부끄러움 이외에 공범 행위를 하자고 친구에게 되지도 않는 이유들을 나열한 것이 창피했다. 게다가 분노가 발작한 나머지 친구의 귀를 잡아당겨서 거짓 자백을 강요하는 추악한 본성까지 드러나 버린 것이다. 최초의 과오에 제2의 과오가 더해진 것이다. 무슨 방법으로 그것들을 소멸시킬 수 있을까……. 아무리 따져 보아도 그것은 불가능한 일이었다.

이런 쓰라린 생각에 잠겨 있으면서도 그의 생각은 다시 개구리잡이로 돌아갔다. 아까 친구에게는 일격에 그것들을 죽였다고 말했지만 사실은 그게 아니었다. 개구리들이 폴짝 뛰어 피하면 그는 얼른 다시 한 번 허리띠를 휘둘렀던 것이다. 놀라서 그랬는지 개구리들은 생각보다 멀리 나가지 못했다.

그는 허리띠를 후려치면서 느꼈던 흥분과 육체적인 착란의 그 느낌이, 전혀 불유쾌한 것은 아니지만 그만큼 한층 더 꺼림칙하고 생생하게 그의 가슴에 되살아오는 것을 느꼈다. 그 느낌은 가까운 시일 내 또 개구리를 잡고 싶어졌을 때, 그 욕구를 누를 수 있을까 하고 자신에게 자문할 정도로 강렬한 것이었다.

그는 집에 돌아와서 저녁 식사도 하지 않고 자기 방에 틀어박혔다. 그는 어떻게든 현재 그가 가지고 있는 이 기분을 털어 내 버리고 싶었다. 친구는 어머니 평계를 대면서 자신이 요청한 공범 관계를 빠져나간 것이다. 결국 친구의 어머니가 그의 무죄 확인을 거부한 것이다.

아이는 자신도 역시 어머니에게 매달릴 수밖에 없다고 생각했다. 어머니만이 그에게 벌을 줄 수도, 무죄를 선고할 수도 있을 것이다. 그래서 그의 행위를 어떤 보편적인 질서 속으로 되돌려 줄 수 있을 것이다.

아이는 본능적으로 어머니에 대해선 그다지 신뢰를 느끼지 못했으나, 그가 매달릴 수 있는 건 어머니뿐이라고 생각했다. 어머니를 사랑하고는 있었으나, 그것은 특별한 습관과 성격을 가진 큰 누나를 대하는 것 같은 매혹된 사랑이었다.

아이의 어머니는 아주 젊은 시절에 결혼하여 이제껏 정신적으로나, 육체적으로도 소녀 때 그대로 머물러 있는 것 같은 여자였다. 항상 모임이나 자신을 치장하는 일에 바빴으며, 아들의 일 같은 건 거의 챙기지 않았다. 그러나 두 사람 사이의 친밀감이 없음에도 아이의 생활에 간섭하는 것은 잊지 않았다. 그래서 아이는 사람들의 잦은 출입과, 걸쳐 보고선 이내 벗어 던지는 어머니의 의복과, 시시하고 언제 끝날 줄 모르는 어머니의 수다스러운 전화 내용과, 하찮은 이유로 인해 끊임없이 이어지는 어머니의 변덕 속에서 성장했다.

아이는 아무 때고 어머니의 침실로 들어갈 수 있었다. 이따금 그의 어머니는 평소의 무관심을 갑작스럽게 후회하는 심정으로 그에게 관심을 기울였다. 그럴 때면 자신의 과오를 어떻게든지 덜어 보려고 결심이나 한 사람처럼 그에게 상냥했고, 그를 백화점 같은 데로 데리고 갔다. 거기에서 어머니가 그가 입을 옷이나 신발을 이것저것 살펴보는 동안, 그는 매장 한구석 의자에 걸터앉아 어머니를 기다리면서, 이제까지 겪었던 그 외톨박이 상태가 정답게 느껴지는 것 같은 기분이 들 때도 있었다.

아이는 2층 어머니의 방으로 들어갔다. 그가 이내 알아차린 것과 같이 그날 밤 어머니는 외출 준비로 어느 때보다도 분주했다. 화장을 끝낸 어머니는 그에게 등을 돌리고 옷 방 속으로 막 들어가는 중이었다. 어머니는 그가 저녁을 먹었는지, 아닌지 같은 것에는 전혀 관심이 없는 사람처럼 느껴졌다. 그러나 아이는 자신이 필요로 하는 판결을 더 이상 기다릴 생각이 없었다. 그는 어머니의 침대에 턱 주저앉으면서 옷 방을 향해 "엄마!" 하고 큰소리로 불렀다.

어머니는 몇 가지 옷을 들고는 문께로 돌아와서 그를 바라다보
았다.

"왜?"

어머니는 빛을 등지고 그가 걸터앉은 침대 가까이에 서 있었
다. 희고 호리호리한 몸을 목둘레가 넓게 파인 검은 옷이 감싸고
있었다. 짙은 꽃향기가 그의 코를 찔렀다. 그러나 아이는 어머니
의 얼굴에서 부산한 듯 성가셔 하는 표정을 알아차렸다. 그렇지
만 그는 말을 하지 않을 수 없었다.

"엄마, 할 얘기가 있는데요……."

"그래. 뭔데? 하지만 빨리 해야 돼요. 아빠가 약속 장소에서 기
다리고 계시는데 엄마가 지금 늦었거든……."

그렇게 말하면서 어머니는 침대 옆의 큰 거울 앞으로 걸어가
진주 목걸이를 거느라고 부산했다.

아이는 가죽 허리띠를 후려쳐서 개구리를 죽였다는 사실을 어
머니에게 고백하고 그것이 나쁜 일이냐 어떠냐를 물으려고 했다.
그러나 어머니의 바쁜 듯한 거동은 그의 마음을 변화시켰다. 이렇
게 바쁜 듯이 돌아가는 어른의 주의를 끌기 위해서는 왠지 자신
의 죄를 중대한 것으로 만들지 않으면 안 될 것 같은 생각이 들었
다. 그는 순간적으로 거짓말을 조작해 냈다. 그래야만이 그가 막
연하나마 평소 둔하다고 느껴 온 어머니의 감성을 움직일 수 있으
리라고 확신했다.

"엄마, 나, 고양이를 죽였어요."

마침 그때 어머니는 목걸이의 양쪽 끝을 간신히 맞걸어 놓으려는 참이었다. 목 언저리에 양손을 대고 턱을 가슴에 붙인 채, 어머니는 바닥을 응시하곤 "아, 그래." 하며 목걸이에 관심을 다 빼앗긴 듯한 멍청한 목소리로 말했다.

아이는 망설이면서 말했다.

"새총으로 고양이를 죽였다고요."

어머니는 맥이 풀린 듯 고개를 저으며 손을 내리고 아무래도 맞걸어 놓을 수 없는지 한 손으로 목걸이를 쥔 채 말했다.

"애야, 안 되겠다. 영리한 네가 이걸 좀 걸어 주겠니?"

그러곤 침대에 비스듬히 걸터앉아 아이에게 등을 돌려 대면서 부산한 어조로 덧붙였다.

"호크를 구멍 속에 제대로 넣어. 안 그러면 흘러 내려서 잃어버리니까. 알았지?"

그렇게 말하면서 어머니는 아이에게 등을 돌려 대고 있었다. 그러곤 먼저 자라고 말하고는 부산하게 방을 떠났다. 방바닥에는 어머니가 흘려 놓은 옷가지들과 짙은 꽃향기만 가득 남아 있었다.

그 다음 날은 구름이 많은 더운 날이었다. 아이는 말없이 앉아서 일요일 아침 겸 점심을 먹는 부모들 사이에 앉아서 식사를 하고 있었다. 아이는 그의 부모들이 적의에 찬 불쾌한 표정으로 있다는 것을 깨달았다. 어머니는 모멸적인 침묵 속에서 눈을 내리깔고 그 어린애 같은 얼굴에 과장된 위엄의 표정을 띤 채 등을 꼿꼿이 세우고 앉아 있었다. 그 맞은편에 있는 아버지도 어머니 못지 않은 노여움의 감정을 얼굴에 여실히 드러낸 채 앉아 있었다. 아버지는 어머니보다 훨씬 연상이었으므로, 아이는 어머니가 어머니 같지 않고 누나이기나 한 것처럼 자기와 어머니가 한가지로 어리고 아버지에게 종속되어 있는 것처럼 여겨졌다.

아버지는 여위었으며 얼굴에는 주름이 많았다. 그 얼굴에 드물게 떠오르는 웃음은 극히 짧고 음산하게 보였다. 아마도 아버지는 긴 세월을 보내 온 군대 생활에서 비롯된 정확한 동작과 단정한 자세에 젖어서 웃는 방법을 알지 못하는 것 같았다. 아버지가 화를 낼 때에는 평소의 정확하고 꼼꼼한 면이 한층 극단적으로 부각되어 지극히 냉정하면서도 격정적이 되었다. 아이의 아버지는 컵을 치켜들고 물을 꿀꺽 한 모금 삼킨 다음 퉁명스러운 손짓으로 크게 소리를 내면서 컵을 식탁에 내려놓았다. 수저나 젓가락질도 마찬가지였다. 필요 이상으로 거칠게 소리를 내고 있는 것이다. 맞은편에 앉은 어머니는 아버지가 큰 소리를 낼 때마다 성가시다는 듯한 표정으로 한숨을 짓고 어지간히 참고 있다는 듯이 눈썹을 찌푸리면서 어깨를 솟구쳤다.

아이는 부모가 모든 것을 다 알고 있다고 생각했다. 멍청한 친구가 저희 엄마에게 자신을 일러바친 것이다. 부모님은 지금 그가 개구리를 여섯 마리나 죽인 사실을 알고 있는 것이다. 친구는 얼마나 사실을 왜곡해서 그의 엄마에게 일러바쳤을 것이며, 그의 엄마는 또 얼마나 부풀렸겠는가……

아이는 이제 자포자기하는 심정이 되어 처벌을 바라고 있었다. 차라리 엷은 안도감까지 느꼈다. 하지만 이토록 화를 내고 있는 부모를 보고서는, 아버지에게 매를 맞게 될지도 모른다는 사실이 너무나 무서웠다. 어머니의 자애로운 표정이 그녀의 모정에 의해서라기보다는 차라리 양심의 가책 같은 데서 비롯되는 것과 마찬가지로, 아버지의 엄격함도 돌발적이고 근거가 없으며 극단적이었다. 아버지는 가끔 폭력을 썼는데, 아이는 아버지의 커다란 손으로 맞는 따귀가 정말 싫었다. 아버지는 문득 자신에게 아들이 있다는 사실을 상기해 낸 사람처럼 아이의 온갖 나쁜 습관들을 줄줄이 떠들면서 마구 때리는 것이었다.

겁을 먹고 불안해진 아이는 얼른 거짓말을 생각해 내려고 했다.

"개구리는 제가 죽인 것이 아니라, 죽어 있었던 거예요. 그냥 친구에게 거짓말을 한 것뿐이에요. 재미있으라고요."

그러자 아이의 목소리가 긴 침묵을 깨뜨리기나 한 것처럼, 아버지는 어머니에게 얼굴을 돌리며 말했다.

"자, 무슨 말이든 해 봐. 뭔가 할 말이 있겠지. 어제 저녁은 어떻게 된 거야?"

"할 말 없어요."

어머니는 눈꺼풀을 깔고 냉담한 어투로 대답했다.

"지껄이고 싶은 게 있을 테지. 그걸 지껄여 봐."

"당신한테 말할 거란 아무것도 없어요."

아이는 겨우 개구리의 죽음과 부모의 불쾌한 상태와는 관련이 없다는 것을 깨달았다. 갑자기 모든 것이 무너져 내리는 것만 같이 느껴졌다.

"자, 말을 할 테냐? 안 할 테냐?"

그러곤 아버지는 유리컵을 식탁에다 때려 붙였다. 유리컵은 산산조각이 났다. 아버지는 욕설과 함께 피 흐르는 손을 입으로 가져갔다. 그사이에 어머니는 겁을 먹고 일어나 식당 문어귀로 갔다.

"나가지 마. 말을 해."

아버지가 피 묻은 입술을 실룩이며 소리를 질렀다. 그러나 어머니는 대답 대신에 요란한 소리를 내며 문을 닫았다. 아버지는 자기도 일어서더니 문어귀로 돌진했다. 아이도 이 과격한 광경에 흥분해서 아버지의 뒤를 따랐다. 어머니는 위층 층계 모퉁이를 막 돌아 자기 침실이 있는 2층으로 뛰어 올라가고 있었다. 아버지는 식당 문을 박차고 나오던 기세를 갑자기 꺾고, 얼른 보아선 침착성도 잃지 않고 서둘지도 않는 걸음걸이로 거실을 가로질러 층계 쪽으로 걷기 시작했다.

'아, 아빠는 엄마를 죽이려고 하는구나.'

아이는 아버지의 뒤를 따라가면서 생각했다. 쿵쾅거리며 계단을 뛰어 올라가는 소리만 들릴 뿐, 어머니의 모습이 보이지 않는데도 그는 어머니가 너무 애처로운 생각이 들었다. 아버지가 위층을 목표 삼아 소리도 없이, 날 듯이 걸어가고 있는 것이 보였다. 그 모습을 보면서 아이는 아버지가 사람 잡아먹는 도깨비 같다고 느꼈다. 갑자기 아이는 야릇한 감정이 그의 가슴을 엄습하는 것을 느꼈다. 이 격투에 자신도 참가할 수밖에 없구나 하는 사명감 같은 것을 느꼈다. 그렇지만 누구의 편에 서야 하는 것인지 그로서는 아직 알 수 없었다. 아버지는 층계 밑에 당도해서 한 손을 난간에 올려놓은 채, 가벼이 뛰어 올라가고 있는 어머니를 올려다보면서 소리 질렀다.

"말하지 않고 배길 수 있을 것 같니? 빨리 말을 해!"

아버지의 음성은 아까보다 낮았으나 훨씬 무섭게 들렸다. 그때 층계를 다 올라가서 침실 쪽으로 뛰어가던 어머니가 뒤를 홱 돌아다보았다.

"당신한테 말할 거란 아무것도 없다니까요!"

어머니를 보니 입이 비틀려 올라가면서 전혀 낯선 사람처럼 보였다. 갑자기 내리덮는 광기에 완전히 사로잡힌 사람처럼 손을 휘젓고 발을 구르고 몸을 마구 흔들며 날카로운 비명을 지르기 시작했다.

"정말 지겨워. 지긋지긋하다고오. 아아악."

어머니의 뒤를 따라 계단을 오르던 아버지는 순간 걸음을 멈추고 주먹을 꽉 쥔 채 아이에게로 두 눈을 돌렸다. 그러곤 아주 작게 고개를 저었다. 아이는 그것이 무슨 뜻인지 알 수 없었지만 조금 전에 본 얼굴보다는 아버지의 표정이 부드러워진 것 같다고 느꼈다.

그때 곧이어 "어, 어억!" 하는 어머니의 당황한 소리가 그의 귀에 울려왔다. 어머니가 쿵 하고 계단으로 떨어지고 있었다. 그와 동시에 아버지가 팔을 뻗치면서 계단으로 뛰어 오르는 순간 어머니는 이미 아버지의 발치까지 내려와 있었다. 아이는 놀라움으로 허둥거리면서 뒷걸음을 쳤다. 그러곤 소동에 놀라서 부엌에서 뛰쳐나온 가정부와 나란히 서서 층계에 쓰러져 있는 두 사람을 쳐다보았다.

세상에서 가장 혼란스러웠던 일요일 오후를 보낸 아이는 이제 무엇을 하고 있어야 할지 알 수 없었다. 빨간 불이 회전하면서 사이렌을 울리는 앰뷸런스가 어머니와 아버지를 태우고 떠난 후, 얼마나 시간이 흘렀는지 알 수 없었다. 어스름에 잠긴 거실에 가만히 앉아 있던 아이는 집 안이 갑자기 무서워졌다. 그는 소파에서 일어나 부엌문을 열고 들어섰다. 중년 여자인 가정부가 여느 때와 다름없이 저녁 식사 준비를 하고 있는 부엌의 풍경이 그에게는 아주 평화스럽게 느껴졌다.

가정부는 냉장고를 열고 케이크를 한 조각 꺼내더니 접시에 담아 조리대 옆에 있는 간이 식탁에 올려놓았다.

"많이 놀랐지? 엄마는 괜찮으실 거야. 걱정하지 마. 배고프지? 조금만 기다려. 그동안 이거 먹고 있어."

아이는 지치고 피곤했다. 전혀 식욕도 나지 않았다. 정신은 멍하고, 도대체 무슨 일들이 왜 일어난 건지 이해할 수 없었다. 내가 개구리를 죽여서 이런 일들이 일어난 것인가⋯⋯. 아이는 케이크에 손도 대지 않고 가만히 의자에 앉아서 생각에 잠겼다. 그런 아이가 안돼 보인 가정부가 아이의 앞에 앉았다.

"아줌마, 개구리를 죽였어."

가정부가 아이의 말에 빙긋 웃으면서 고개를 끄덕이며 "그랬니?" 하고 답했다. 가정부의 친절하고 자애 넘치는 대답에 아이는 가슴이 뭉클해지는 것을 느꼈다. 그런 다음 거역할 수 없는 충동에 끌린 듯 느닷없이 아이는 말했다.

"아빠가 가죽 허리띠로 후려쳐서 개구리를 여섯 마리나 죽이는 걸 봤어. 그리고 동산에 들어 온 고양이도 돌멩이를 던져서 딱 맞히던걸. 아마 그 고양이도 죽었을 거야."

"고양일 죽였단 말이야?"

"난 봤어. 동산 숲에서 고양이가 시끄럽게 울었거든. 아빠가 저리 가라고 쫓는데도 가지 않고 울었거든. 그래서 아빠가 죽여 버려야지, 하면서 돌멩이를 들고 쫓아갔어. 그러고는 그 고양이를 다시 보지 못했어. 아마 틀림없이 죽었을 거야."

이야기를 하면서 그는 차츰 자신의 이야기에 열중했는데, 자기가 목격한 사실을 말하는 어린아이의 천진하고 구김살 없는 말투는 잊지 않았다.

"아니, 어쩌면…… 얘……."

아이는 사뭇 침통한 표정으로 앉아 있었다. 가정부는 한없이 측은한 눈빛으로 아이를 바라보았다.

"얘, 아빠가 엄마를 밀었니?"

아이는 가정부의 눈을 똑바로 쳐다보았다. 더 이상 아무 말도 하지 않았다. 다만 슬픔이 담긴 눈빛으로 여자를 바라볼 뿐이었다. 여자도 아이를 말없이 바라보기만 했다.

"여보, 그 집 젊은 부인은 어떻게 됐어요?"

9시 저녁 뉴스가 막 끝나고 스포츠 뉴스가 시작하기 바로 전이었다. 그렇지 않아도 퇴근하기 직전에 어제 응급차가 간 병원에 전화를 걸어 본 참이었다.

"아, 그 집 큰일 났어. 마침 잘 아는 후배가 그 병원 응급실에 있어서 알아봤는데, 외상은 전혀 없는데 목뼈를 다친 것 같대. 안 됐어. 아무튼 아직은 혼수상태인가 봐."

"아까 시장 가려는데 경비가 내 차를 세우더니 이상한 소리를 하더라고요. 그 댁 가정부가 그러더래요. 아이가 그러는데 아빠가 엄마를 계단에서 밀었다고요. 어저께 당신 앞에서 그 소리를 안 한 것은, 그때까지는 자기도 모르는 사실이었기 때문이라고 당신한테 꼭 말해 달라고 했대요. 자기는 결코 위증할 뜻이 없었다고 꼭 말해 달랬대요."

아내의 말을 들으면서 아내나, 경비원이나, 그 아주머니나, 모두가 영화나 텔레비전 연속 추리극을 너무 많이 봤다는 생각이 들어서 속으로 쓴웃음을 짓고 말았다.

"반상회라도 열어서 대책을 세워야 하지 않나 하고 빌라 사람들이 난리예요."

"뭐라고?"

"옆집 사모님은 경찰에 신고를 해야 하는 거 아닌가 하시더라고요."

"여보, 그 부인이 깨어나면 밝혀질 일을 가지고 왜들 그래? 점잖지 못하게……. 그렇지 않아도 사고 때문에 정신없을 그 댁을 왜 그렇게 들먹여? 당신은 가만있어."

고개를 돌려서 보지 않아도 아내는 나를 향해 입을 비쭉이고 있을 것이다. 하긴 아내의 말이 사실이라면 참으로 복잡한 문제다. 나는 의사이자 증인으로서 경찰서에 가야 하겠지. 갑자기 심란해졌다.

"아이가 그랬대요. 저희 아빠가 개구리도 죽이고 고양이도 때려죽였다잖아요."

나는 아내의 말을 들으면서 소파에서 일어나 담배를 한 개비 챙겨 가지고 뜰로 나갔다. 개구리 울음소리만이 어둠 속에서 힘차고 줄기차게 들려왔다. 저 소리는 개구리들이 서로의 짝을 찾는 소리라지. 가장 잘 어울리는 암수 관계를 어떻게 알아볼 수 있을까. 그것은 모든 생물들이 짊어진 화두인 것이다. 갑자기 사람 사는 일이 왜 이처럼 욕되게 느껴지는 것일까. 나는 살아갈수록 선명해지는 삶의 의문부호 하나만을 가슴속에 간직한 기분이 됐다.

'나도 힘들다고요. 진찰실 안에 갇혀서 오늘 하루 주어진 이 시간을 어떻게 써야 하나 하는 절망감으로 하루를 시작하는 적이

더 많다고요.'

　나는 누구에게인지 모를 투정을 부리고 싶은 심정을 꾹 누르면서 담배에 불을 붙였다. 끊어졌던 개구리 울음소리가 다시 힘차게 울려 대기 시작했다. 나는 멍하니 서서 그 울음소리를 가만히 듣고 있었다.

산수유 열매

산수유 열매

친구는 갑자기 영해의 눈앞에 자기 얼굴을 가까이 디밀면서 손가락으로 양미간을 가리켰다.

"어때?"

"……아, 정말 없어졌네!"

친구의 양미간에 깊게 있던 세로 주름은 유명했다. 언젠가 한참 열변을 토하던 친구가 잠깐 자리를 떴을 때, 영해와 다른 일행들이 평소에도 까다로웠던 친구의 성격과 만만치 않은 인상이 그 주름에 고스란히 새겨 있다고 말하며 웃은 적이 있을 만큼 그 주름은 친구의 상징 같은 것이었다. 자주 만나는 사람들끼리는 상대방의 사소한 변화 같은 건 잘 알아채지 못한다지만, 친구의 그 주름이 사라진 것만큼은 결코 놓칠 수 없었다. 그만큼 친구의 인상은 부드러워졌다. 기분이 좋은 날에는 '자나 깨나 세상을 구원할 방도를 찾아 헤매느라고 내 미간의 주름은 펴질 날이 없다.'라고 제 입으로 농담을 건네곤 하던 친구의 그 주름이……

"너도 해 봐."

친구의 말에 영해는 자신도 모르게 고개를 위아래로 끄덕인다. 친구는 피부에 바늘을 찔러서 주름살을 폈다고 말한다. 침을 맞는 게 아니라 말 그대로 주름살 아래 진피층을 바늘로 찔러 자극하면 새살이 돋아나는 이치를 이용한 주름 제거술이라고 설명한다. 바늘로 얼굴을 찔러 댄다는 것, 불가에서 말하는 무간지옥 중에 열 손가락 손톱 밑을 바늘로 찔러 대는 지옥이 있다는데, 멀쩡한 세상에서 스스로의 얼굴을 바늘 아래 들이민다는 사실이 오히려 아이러니하게도 영해의 흥미를 끌었다. 순간 영해는 찔러 댄 바늘구멍마다 피가 송송 배어 나온 자신의 모습을 상상하는 것만으로도 팔에 소름이 조옥 돋는 것을 느낀다.

"얼굴에 바늘을 주욱 꽂아 놓니?"

친구는 영해의 사뭇 진지한 태도가 아주 뜻밖인 모양이다.

"어머, 너 보기보다 왕 내숭이었구나. 모양내는 거엔 통 관심 없는 것 같더니 전혀 아니네. 바늘로 찌른대도 눈도 깜박 안 하는 것 좀 봐. 애 정말 다시 봐야 되겠네."

그건 친구의 말이 맞았다. 항상 소극적이고 누가 무엇이 좋다고 권해도 항상 심드렁하고 무얼 해도 열정이나 관심 같은 건 거의 일어나지 않는 자신을 그녀 스스로도 잘 알고 있었다. 대학 1학년

때부터 40년 동안 친구인 그녀가 영해를 새삼스럽게 훑어보면서 놀라는 것도 전혀 생뚱맞은 일은 아니었다. 그러나 영해는 자기 얼굴을 바늘로 찔러 댄다는 것을 상상만 해도 온몸에 짜릿한 전율이 느껴지고 머릿속에서 윙윙 소리가 나도록 흥분되었다. 무언지 명확하지는 않았지만 인생의 확장 그 자체라는 생각까지 떠오르자, 영해는 소리까지 내며 웃지 않을 수 없었다. 친구는 그런 영해를 입을 벌리고 한참 동안 의아한 표정으로 바라보았다.

이 집 2층은 영해가 여자와 얘기하고 있는 세 평 넓이의 방과 그 옆에 있는 다른 방 외에는 더 없는 듯하다. 좁은 아래층에도 또 다른 치료실은 없는 듯하니 한눈에도 성시를 이루는 피부 관리실답지 않다. 집 외관 어디에도 피부 관리실이라고 알려 줄 만한 간판 따위는 아예 내걸지 않았다. 하긴 이 집의 비밀스러운 시술 때문에 그런 걸 내걸 순 없으리라. 집 안은 아주 고요하다. 문을 열고 영해를 맞아들인 뒤에 지금까지도 얘기를 하고 있는 여자 이외엔 사람을 보지 못했다. 여자가 이 집의 주인인지, 종업원인지 처음 온 영해로서는 알 수 없다. 영해는 여자가 시키는 대로 스웨터를 벗고, 그녀가 건네주는 가운으로 바꿔 입고, 방 옆에 있는 화장실 세면대에 가서 세수를 한다.
"비누거품을 충분히 내서 두 번쯤 씻으세요. 여러 번 헹궈서 비눗기가 남지 않게 씻어 내세요."
여자는 초등학생에게 하듯이 일부러 꾸민 듯한 온화한 말씨를 쓴다. 30대 후반 정도의 작은 몸매로 음성이 앳되다. 얇은 입술을 벌리지 않을 정도로 움직이면서 상대방의 얼굴을 별로 보지 않는다. 내리깐 까만 눈동자에는 상대방의 경계심을 완화시키는 부드러운 빛이 있을 뿐만 아니라, 여자 편에서도 경계심이 없는 듯한 자연스러운 침착성이 느껴진다.

영해는 마치 여자가 바로 옆에서 자신을 지켜보고 있기라도 하는 것처럼 여자의 지시대로 연두색 비누를 여러 번 문질러 공들여서 비누거품을 만든다. 누군가가 자신에게 사소한 지시만 해도 마음속에서 막연한 적대감부터 일어나는 영해로서는 여자가 시키는 대로 충실히 노력하고 있는 스스로가 아주 생소하고 신기한 느낌마저 든다.

"일본에서는 아주 오래전부터 이 방법으로 주름을 제거했다고 합니다. 이 방법은 어떤 이물질을 피부에 집어넣는 것이 아니니까 후유증이나 부작용 같은 것은 염려할 필요가 없습니다. 주름살을 없앤다고 남는 피부를 잘라 내는 수술은 자칫 잘못해서 피부를 너무 당기게 되면 얼마나 어색합니까. 그렇다고 자연스러움을 강조해서 너무 덜 당기면 금세 하는 둥 마는 둥 하니 그 시간과 노력과 금전적 손실은 또 어떻겠어요. 보톡스 주사도 몇 년간 맞다 보면 피부가 매끄럽지 않고 더러 울퉁불퉁해져서 인상이 변하는 거 보셨지요. 이 방법은 정말 안심할 수 있답니다."

영해가 세수를 하고 침대에 오르는 동안에 여자가 한 말이다. 하긴 여자의 말에도 일리가 있다. 어떤 약품을 쓰는 것도, 수술을 하는 것도 아니니까. 그렇지만 영해는 아직도 자신이 무엇에 이끌려서 충동적으로 결정을 내렸는지 명확하지 않다. '보톡스 시술이 막 시작되었을 때 함께 가 보자고 하는 친구들의 권유에는 끄떡도 하지 않았는데, 지금은 왜 이 여자의 손에 자신의 얼굴을 주저 없이 맡겨 버리자고 작정을 한 걸까?' 하고 생각한다. 성형수술을 잘못 받은 늙은이의 얼굴처럼 혐오감을 일으키는 것이 또 있을까? 그 얼굴이 얼마나 추악해 보이는지 잘 알고 있는 영해로서는 지금 자기가 결행한 일이 얼마나 파격적인 용기를 낸 결정인지 너무나도 잘 알고 있다. 어쩌면 막내 딸아이의 혼사만 치르지 않았어도 감히 상상도 못 했을 행동을 지금 그녀는 하고 있는 것이다.

"우선 얼굴의 주름 부위에 마취약을 바르겠습니다. 개인차가 있지만 대략 30분 정도 기다리시면 피부가 얼얼해지지요. 그때 시술을 시작하기 때문에 통증은 거의 없을 겁니다. 시간은 20분 정도 걸리고요. 바늘 치료가 끝나면 얼굴이 화끈거리기 때문에 차가운 해초 팩을 할 겁니다."

영해는 여자의 지시대로 침대 위에 눕는다. 여자가 얇은 솜이불을 덮어 주는데, 엷은 화장품 냄새가 영해의 코끝을 살짝 건드린다. 이불 속은 전기 패드를 넣어 따뜻했다. 적당한 온기가 영해의 긴장을 사악 누그러뜨린다. 여자가 스탠드를 켜자 영해는 자신도 모르게 눈을 감는다. 스탠드 불빛이 감은 눈 속까지 파고 쫓아오는 것처럼 눈이 아리다. 영해는 자신도 모르게 미간을 찌푸린다.

"찡그리지 마세요. 지금 마취약을 바르겠습니다. 깊은 주름 위에만 바르고 있습니다."

영해는 여자가 하라는 대로 얼굴의 긴장을 편다. 약 냄새 같은 건 느껴지지 않는다. 쉬 하는 바람 소리에 영해는 여자 쪽으로 살짝 실눈을 떠 본다. 여자가 작은 스프레이 통을 위아래로 흔들어 다른 손의 검지와 중지에 뿌린 다음 그 액체를 영해의 얼굴에 문지른다.

"눈 감으세요. 약이 들어가면 안 되니까요. 약을 다 바른 다음에 비닐 랩을 씌우고 30분 정도 기다렸다가 마취가 되면 그때 시작하겠습니다."

여자는 영해의 불안한 표정을 읽었는지 시종 조용한 어조로 설명한다. 영해는 여자의 상냥한 말소리 속에 눈을 감는다. 여자가 언제 틀어 놓았는지 클래식 음악이 귀로 흘러 들어온다. 작업을 마치고 여자가 나가는 기척이 들렸다. 혼자 남은 영해는 눈을 뜬다.

매우 평범한 방을 둘러보다가 그녀의 얼굴 옆 탁자 위에 놓인 작은 알루미늄 통에 시선을 멈춘다. '리도카인 스프레이 사노바'라고 용기 위에 적힌 영문 글씨를 읽는다. 바로 옆에는 '0.50×16mm 25g×5/8inch braun'이라고 쓰인 상자가 놓여 있다. 알루미늄 용기는 마취약이고 상자는 주사바늘인 모양이다. 그밖에 그녀가 주방에서 사용하는 것과 같은 비닐 랩 케이스가 보인다. 그것

들이 초라하고 조악해 보여서 그랬는지 영해의 마음속에서는 여
자를 향한 의심이 솟아난다. 영해는 의심을 애써 누른다. 평소에
의심이 많고 소극적인 성격 탓이라고 거듭 자신에게 강조한다. 방
밖에서는 아무 소리도 들리지 않는다. 낯선 방에 누워 있어서인
지 그녀의 가슴이 가볍게 두근거린다. 동시에 공허감까지 강하게
느껴져서 그녀는 지그시 눈을 감는다.

영해는 한 달 전에 막내딸을 결혼시켰다. 딸만 둘을 둔 그녀로
서는 자신의 의무가 끝나 간다는 생각 때문에 혼사에 아주 열정
적으로 덤벼들었다. 딸을 시집보낸다는 아쉬움 속에서도 홀가분
한 기분이 영해를 한층 생기 있게 했던 것은 사실이다. 하지만 그
녀는 때때로 마음속에 있는 어떤 생각 때문에 갈피를 잡지 못하
고 허둥대고 있는 자신을 발견했다. 그것은 그녀로 하여금 한참
동안 생각의 끈을 놓아 버리게 했다. 아주 오래전의 약속, 아이들
이 결혼만 하고 나면 남편과 이혼을 하리라는 자신과의 약속이
그것이었다. 왜 그런 약속을 했는지는 물론 잊지 않고 있다. 당시
남편은 다른 여자에게 마음을 빼앗기고 있었다. 영해가 눈치를
채고 경고했음에도 그는 자신의 열정을 숨기지 못했다. 도리어 어
떤 날에는 영해에게 읍소까지 하면서 애인을 향한 자신의 그리움
이 얼마나 강렬한 것인가를 설명하며 영해의 이해를 구할 지경이
었다. 그때 영해가 할 수 있었던 것은 말없이 세월을 견디는 것뿐
이었다. 세월을 견디는 사랑이란 이 세상 어디에도 존재하지 않는
다는 믿음만이 그녀를 버티게 했다. 두 딸만 시집보내고 나면 나

는 남편과 이혼할 거라는 다짐으로 스스로를 달래면서 버티고 또 버티는 수밖에 없었다. 어쩌면 그런 다짐을 스스로에게 하지 않았더라면 그녀는 자학과 모멸감에 빠져서 자신을 파괴해 버렸을지도 모른다.

막내딸의 결혼식 이후 영해는 조금이라도 시간적 여유가 주어질 때마다 만약에 자신이 실제로 남편에게 이혼을 선언한다면 어떻게 될 것인가 하는 상상에 자주 빠졌다. 그럴 때면 등줄기에 차가운 물 한 방울을 떨어뜨린 듯한 서늘한 감각에 온몸의 털이란 털이 모두 곤두섰다. 말 같지도 않은 소리를 하고 있다는 듯한 표정과 모멸감을 잔뜩 담은 시선으로 자신을 무심히 내려다볼 남편의 얼굴이 가장 먼저 떠올랐다. 뒤이어 우리 엄마는 언제쯤 철이 들까 하는 큰딸의 뜨악한 표정과 무관심하고 귀찮은 기색이 역력할 얼굴……. 무엇보다도 쥐어짜듯 내뱉은 자신의 말에 대한 반향에 질린 채 어린아이처럼 야단맞은 표정으로 소파에 쭈그리고 앉아 있을 자신이 생각나서 더욱 한심스러웠다. 그래도 상상을 계속 하다 보면 어느 한순간 '정말 해치웠네.'라는 느낌이 드는 때가 있었다. 그러면 곧이어 가슴이 마구 뛰고, 머릿속에선 벌 떼가 날아다니는 것처럼 윙윙 소리가 울렸다.

인간은 결국 혼자다. 흔하디흔한 말로 고독한 존재인 것이다. 엄밀한 의미에서 다 남이다. 자신이 이렇게 힘들여 생각하고 30여 년을 기다려 왔던 이혼을 결행한다 하더라도 남들에게는 단순한 깜짝 쇼에 불과하다. 아주 잠깐 깜짝 놀라겠지. 그러곤 그냥 살

124

지, 사는 게 뭐 그렇게 대단하다고 번거롭게 이혼 같은 걸 하냐고
할 것이다. 식구들은 주변을 흘러 다니는 단순한 가십거리에 지나
지 않는 이혼에 왜 그토록 집착해서 평안을 깨뜨리느냐고 할 것
이다.

지금까지 그녀도 그런 식으로 살아왔다. 남 탓할 것도 없다. 요
즈음 세태라는 것이 자신 외에는 어떤 것에도 별로 관심이 없다.
친한 친구가 갑자기 병에 걸려서 죽을 날을 기다리게 되었다 하
더라도 사람들은 슬픔을 표시하기에 앞서 호들갑스러울 정도로
놀란다. 요즈음 사람들은 자신의 슬픔을 그처럼 놀라는 것으로
표현하는가? 한편으로 생각하면 웬만한 일에는 잘 놀라지도 않
는 세태에서 그만큼 호들갑스러운 제스처를 보여 준다는 것이 깊
은 슬픔을 나타내는 하나의 표현 방식인지도 모른다는 생각이 들
어 쓸쓸해진다. 텔레비전의 오락 프로그램에 출연한 개그맨들이
남의 불행은 곧 나의 행복이라고 부르짖는 말속에서 오히려 세태
를 풍자하는 날카로운 진실을 찾아낸 영해의 가슴 한편이 쓸쓸해
졌다.

가까운 이웃의 돌연사는 자신의 건강을 부랴부랴 체크하고 주
변의 안전과 자신의 행복을 재확인하는 계기일 뿐이다. 물론 가
슴속에서는 사랑하는 친구를 갑자기 잃어버린 허망함이 스산한
바람 소리를 내며 스치기도 할 것이다. 그래서 장례식에도 가고,
영결식에도 찾아갈 것이다. 그러나 그것은 너무도 잠깐이다. 사람
들은 아주 빠르게 제 속도를 찾아 일상의 궤도 속으로 돌아간다.

사람들은 자기만의 행복과 자기만의 아픔이 기다리고 있는 그 일상 속에 빨리 돌아가지 못하면 금방이라도 무슨 사건이 터져서 자신이 파괴되어 버릴지도 모른다는 강박관념에 빠져서 그토록 허둥지둥 서두르는 것 같다. 영해는 입속으로 '갇혀 있는 일상'이라는 말을 천천히 뇌어 본다. 무슨 외국어라도 발음한 것처럼 아주 서툴게 들린다. 그러자 그녀의 마음속에서 아주 크고 우울한 무엇이 가슴을 짓누르는 게 느껴진다.

어찌 생각하면 모든 것이 다 별일 아닌 것도 같다. 남편이 다른 여자에게서 아들을 낳은 것도 지금 생각하면 그럴 수 있는 일이다. 그런데 그때는 왜 그랬을까? 그때 영해는 자기 살갗을 찔러 대는 아픔 같은 것을 느꼈다. 너무 아파서 자신이 마음의 지옥에 갇혀 버렸다고 생각되었다. 한순간도 멈추지 않고 갖가지 고통을 겪어야 한다는 무간지옥에 빠져 있는 것 같았다. 열 손가락의 손톱 밑을 바늘로 찌르는 그런 지옥에…….

지금, 예순을 앞둔 나이에 뒤돌아보면 남편의 불륜이나 인색, 독선 같은 것들도 사실상 별것 아니었다. 열정이 넘쳐서 다른 여자를 사랑했을 것이고, 항상 생활이 쪼들려서 인색했을 것이며, 사회에서 못다 핀 자신이 못났다고 생각되어 독선적으로 살았을 것이다. 그저 사는 것이 불쌍하고, 그런 인생을 견디어야 했을 남편이 가엾다는 마음이 일기도 했다. 그러나 그런 연민 저 너머에는 또 다른 연민이 있었다. 항상 무엇인가에 주눅 든 듯한 태도로 살아온 자신을 향한 연민이었다. 어쩐지 스스로가 안됐고 가엾다는 생각이 그녀에게 꼭 붙어서 떨어지지 않는 것이다. 누구도 불러 주지 않는 어둠 속에서 평생 무엇인가를 기다리고 있었던 것만 같은 자신을, 또 다른 자신이 남처럼 바라보고 있는 듯한 느낌을 영해는 어떻게 표현해야 할지 아주 난감했다.

여자는 오른쪽 손을 이불 밖으로 내놓고 이불 속에서 왼쪽 무릎을 세우고 고른 숨소리를 내고 있다. 깊이 잠이 든 듯하다. 오른손 엄지와 검지로 반원을 만들었는데 부드러운 수면이 전체적으로 퍼져 있어서 아주 편안해 보인다. 피의 따스한 기운이 손등에서 손끝으로 향하면서 짙어졌다. 미희의 눈앞에 놓인 여자의 손은 아주 부드러워서 보기에도 아름다웠다. 얼굴보다는 목과 어깨선이 팽팽하다.

도대체 이 여자는 어떤 사람일까. 미희는 여자의 얼굴에 붙어 있는 비닐 랩을 걷어 내면서 그 얼굴을 본다. 눈썹에도 화장에 거칠어진 흔적이 없고 꼭 감은 두 눈의 속눈썹도 가지런하다. 그러나 평소에 손질하지 않은 흔적이 역력한 여자의 얼굴 피부만은 나이만큼 두꺼워 보인다. 미희는 두꺼운 피부 위에 반사되는 스탠드 불빛을 따라 익숙하게 손끝으로 여자의 얼굴을 문지른다. 손끝에 스치는 감각은 매끄럽지만 이미 섬세한 살갗 무늬는 보이지 않는다. 수분이 빠져 나가서 새들새들해진 피부다.

타고난 피부가 워낙 좋아서 쉬이 노쇠하지 않았을 터인데, 얼굴을 너무 오랫동안 가꾸지 않은 흔적이 역력했다. 미희는 되도록 여자의 잠을 깨우지 않으려고 제 몸을 일으켜 왼쪽 귓불 아래 잡힌 주름을 살펴본다. 시간은 40분이 다 되었는데도 피부가 둔탁해지지 않은 것 같다. 마취약이 잘 듣지 않는 예민한 반사신경을 가진 사람인 듯하다. 대부분 이런 피부의 소유자들은 진피층의 혈관 또한 얕게 있어서 바늘이 들어가면 쉽게 멍이 든다. 미희가 여자의 얼굴을 찬찬히 살펴서 주름의 깊이를 일일이 체크하고 있는 동안에도 여자는 잠에서 깨지 않는다. 피부에만 작용하는 마취 액이 피부를 통해 몸에까지 작용되는 것인가 하는 의심이 아주 잠깐 스쳤으나 미희는 고개를 흔든다. 이건 단순히 여자의 피로에서 오는 잠인 것이다.

그녀가 얼핏 고개를 돌리는데 여자에게서 어린애 냄새가 나는 것 같았다. 젖먹이의 젖비린내다. 중년 여인 특유의 냄새보다도 달콤하고 진하다.

"설마……."

이 여자가 해산을 하고 젖이 부어올라서 젖꼭지에서 젖이 흘러나오고 있을 리야 없겠지. 미희는 여자의 이마와 볼, 그리고 턱에서 목까지의 얼굴선을 자세히 살펴본다. 그것만으로는 부족해서 어깨를 덮은 이불 끝을 살짝 들고 여자의 가슴을 들여다보았다. 혹시 젖을 먹인 흔적이 있나 해서다. 여자가 젖먹이를 낳았을 리는 없고, 아마도 집 안에서 젖먹이 손자를 거두고 있을지도 모른다는 생각을 해 본다. 그러면서 자신이 왜 이토록 젖먹이 냄새에 민감한 것일까? 하고 반문해 본다. 아주 짧은 순간이지만 그녀는 심지어 젖먹이 냄새를 맡은 것이 어떤 필연에 의한 것이 아닐까 하는 생각까지 하게 되었다. 결국 그녀는 자기 내부 깊이 숨어 있는 무의식 속에 젖내가 잠재되어 있을 거라고 짐작하며 이 생각을 접는다. 그런 생각을 하는 동안에 미희는 비애를 품은 적막감에 빠졌다. 비애와 적막감이라기보다는 쓸쓸한 계절에 싱글들이 갖게 되는 얼어붙은 듯한 자기 연민일 것이다. 미희는 지금 자기 앞에 누워 있는 여자를 바라보면서 안정된 가정생활을 해 낸 인생 선배를 향한 막연한 경외감을 느낀다. 동시에 어쩔 수 없는 가없음 같은 것도 함께 느꼈다. 여자에게서 맡은 젖내는 미희로 하여금 문득 신부의 모습이 떠오르게 했다.

미희는 그를 신부라고 불렀다. 그녀뿐 아니라 그의 친구들도 그랬다. 처음 술자리에서 만났을 때부터 그는 자신의 이름을 대지 않았다. 유부남이라고만 했다. 그저 오늘 하룻밤 즐거운 미팅으로 끝내자면서 미희를 포함한 그들 일행은 술을 마셨다. 술을 마시는 동안 미희는 그의 친구들이 그를 신부라고 부르는 소리를 들었다. 그에게 무슨 종교적인 느낌이나 일화가 있어서가 아니라, 단순히 우리나라 최초의 천주교 신부님인 김대건과 이름이 같아서라고 했다. 신부의 일행 네 명과 미희의 친구들 세 명이 술집에서 소위 '부킹'을 통해 만나 의기투합한 자리였는데, 참으로 즐겁고 유쾌했다. 자정이 다 되어 미희가 먼저 일어날 뜻을 비쳤을 때 좌장격이던 신부의 선배가 신부에게 미희를 배웅하라고 시켰다. 두 사람이 밖으로 나오자 이미 많은 주점들이 불을 꺼 버려서 인사동 골목길은 깜깜했다. 두 사람은 어두운 골목길을 걸어 나왔다. 새까만 거리에서는 택시를 잡는 취객들이 "따블, 따따블."을 호기 있게 외쳐 대고 있었다. 두 사람도 함께 소리치면서 이리저리 뛰었지만 행선지가 가까워서였는지 미희 앞에는 어떤 택시도 서지 않았다. 그때 신부가 미희에게 말했다.

"우리 저기 갈래?"

갑자기 친한 사이처럼 반말을 쓰는 신부가 가히 우습다고 생각하면서도 미희는 일단 신부가 가리키는 곳을 보았다. 여관이었다.

술 탓이었을까? 미희는 신부의 방자한 태도에 기분이 상하기에 앞서 '여관'이라고 쓰인 눈썹만큼 작은 간판이 너무도 생소하고 특별해 보였다. 지금이 어떤 세상인데, 저 '여관'은 저렇게 보이지도 않는 작은 간판을 달고 인사동 골목 속에서 버티고 있는 것일까?

"어머, 아직 여관이라는 간판이 다 있네……."

실제로는 이 모든 게 그리 불쾌하지 않았다. 그렇지만 화를 내지 않을 수도 없는 자신의 처지에서 빠져나오기 위해서라도 그녀는 평소의 그녀답지 않게 호들갑을 떨었다. 어둠 속에서 신부의 까만 눈동자가 그녀를 올려다보고 있었다. 그런데 그 눈빛은 왜 그렇게 애절해 보이는지…….

"너 정말 가고 싶어?"

미희는 이미 신부가 그녀보다 나이가 아래라는 것을 알고 있었

기 때문에 장난치듯이 말을 걸었다. 신부가 그녀의 팔을 움켜잡
았다. 술자리에서 내내 별로 말도 없이 웃고만 있던 사람이었다.
그런데 지금 신부는 빨아들일 듯이 강하면서도 간절한 눈빛으로
미희를 바라보고 있는 것이다. 미희는 그 눈빛에 괜히 찔끔하며,
이미 압도당하고 있다는 느낌을 떨쳐 버릴 수가 없었다.

"못 갈 것도 없지 뭐. 에이 가 보자."

마음속으로 자신은 왜 이런 엉뚱한 순간에 아무런 의미도 없
는 허세를 부리는 것일까 하는 생각이 번쩍 들었으나 미희는 이
미 신부와 함께 여관 입구 계단에 서 있었다. 그들은 계단으로 올
라갔고, 돈을 내고 방에 들어갔으며, 서둘러 옷을 다 벗었고, 정
사를 분명히 나누었다. 옷을 빠르게 입고 다시 거리에 나와 택시
를 잡기 위해 서기까지는 불과 25분이 걸렸다. 미희는 생전 처음
만난 남자와 길거리 여관에 들어가 25분 동안 그 짓을 한 자신의
미친 짓이 우스웠다. 그러면서 한편 자신을 철저히 유기해 버렸
을 때 찾아오는 후련함도 있었다. 그러고 나서는 25분 만에 일어
난 신부에 대한 자신의 마음의 변화가 너무도 신기했다. 인사동
에 여관이라는 간판이 아직도 있다는 사실도 신기했으며, 그중에
서도 가장 신기한 것은 자신의 미친 짓이었다.

미희와 신부는 그렇게 만났다. 그러나 시간이 지나면서 만남이
거듭될수록 미희의 마음은 언짢은 기억과 미칠 듯한 기억으로 채
워져 갔다.

"젖내가 나. 어린애 냄새."

신부와 만나서 모텔에 들어가 그의 품에 막 안겼을 때였다. 미희는 자신도 모르게 신부의 가슴을 떠밀며 그를 노려보았다. 신부에게 젖먹이 아이가 있는 것은 미희 또한 이미 너무도 잘 알고 있었다. 휴일 같은 때 신부는 베란다로 핸드폰을 가지고 나와서 아내 몰래 미희에게 전화를 곧잘 해 댔다. 미희가 지금 뭐하고 있느냐고 물으면 마누라는 주방에서 저녁밥 짓고 있고, 자기는 지금 베란다에 나와서 아기 기저귀를 걷는 중이라고 대답했다. "아니, 요즈음 세상에도 재래식 기저귀를 쓰는 집이 있나?"고 물으면 신부는 갑자기 더욱 목소리 톤을 낮추면서 자기 마누라가 늦둥이를 낳아서 유난을 떨고 있는데 차마 눈 뜨고 봐 주기가 힘들다며 마치 마누라 흉이라도 보듯이 속삭였다. "웰빙 바람을 타고 웰빙식으로 키운다나 봐."라면서 신부는 키득거렸다. 미희는 어쩐지 부도덕해 보이는 신부의 그런 전화를 받으면서 자신도 모르게 흥분에 휩싸였다. 그건 지금 신부가 자신에게 푹 빠져 있다는 어떤 자신감 같은 것을 일깨워 주었기 때문이다.

그런 전화를 통해서 그에게 젖먹이가 있는 것을 그녀는 너무 잘 알고 있었는데도 미희는 그를 잡고 있는 손이 부르르 떨리고 있는 것을 어쩌지 못 했다. 젖 냄새가 미희 자신을 책망하듯이 문득 강하게 되살아난 것일까, 아니면 질투의 불길을 타오르게 한 것일까.

"아, 싫어, 싫어."

미희는 손을 부르르 떨면서 신부의 가슴을 주먹으로 마구 내리쳤다. 그때 신부는 미희가 나타내는 심한 혐오감에 당황한 빛이 역력했다. 시간이 지난 후, 신부는 미희에게 화해를 청하는 여러 가지 제스처를 보여 주었으나 미희는 그의 뜻을 따를 수 없었다. 마음속으로는 자신의 행동을 그만 멈추고 신부와 화해하고 싶었지만, 어찌된 일인지 그녀는 쇠붙이가 자석에 끌려가듯이 자신의 행동을 그대로 밀고 나가게 되었다. 지금까지 신부를 만나오면서, 그녀가 신부에게서 보았던 현실의 어쩔 수 없는 자질구레하고 숱한 사건들이 크게 불어나 그녀에게 들러붙어 답답한 마음만 더욱 가중시켰다. 그녀는 현재 상황에 만족한 듯 보이는 신부의 모습에 화가 났다. 시간이 지나면 시신의 부패처럼 자연스럽게 소진되는 그런 관계가 아니라, 어떤 광물질의 결정처럼 소멸의 시간을 한없이 견디고 있는 서로의 모습을 보고 싶었다. 그러나 그런 관계와는 전혀 거리가 멀어 보이는 신부의 면면에 대하여 미희는 참을 수 없는 무력감을 느꼈다. 그들은 그날 끝내 화해를 하지 못했다. 3년이나 지속되었던 미희와 신부의 사이는 그때부터 어색하게 되어 버렸다.

"깨셨습니까?"
여자가 영해를 부른다.
"이제 시술을 시작하겠습니다."
"아, 예에."
영해는 창문으로 새어 들어오는 석양이 커튼을 밝게 비치는 모습을 바라보면서 눈을 떴다. 새털 이불 속의 따스함이 그녀를 깜빡 잠들게 한 모양이었다.

"아프세요?"

여자가 핀셋으로 영해의 눈가를 꼭 집으며 묻는다.

"아아……."

영해는 대답 대신 신음 소리를 내어 아프다는 시늉을 한다.

"사모님께서는 워낙 마취가 잘 되지 않는 체질이신 것 같네요. 그렇지만 더 기다릴 수가 없어요. 더 기다리다가는 마취가 풀려서 오히려 더 아플 수도 있으니까 그냥 시작하겠습니다."

여자가 영해의 얼굴 위로 전기 스탠드를 전구의 열기가 느껴질 만큼 바짝 당긴다. 여자가 작은 종이 팩을 찢자 가느다란 주삿바늘이 나온다. 여자는 그 바늘을 영해의 눈 밑에 갖다 댄다. 얼굴에 닿는 여자의 손끝이 예상 밖으로 차가워 영해는 움찔하고 놀란다.

"차갑죠? 사모님, 먼저 알코올로 문지르겠습니다."

여자가 눈 아랫부분을 바늘로 찌르는데, 영해는 그녀의 가슴이 아주 조그맣게 움츠려지는 것이 선명하게 느껴진다. 여자가 바늘을 상하좌우로 움직이고 있는 것이 미세하지만 확실하게 느껴진다. 전혀 아프지 않다더니 사실이 아닌 것 같다. 가슴이 바자작 오그라드는 것이 그대로 전해진다. 영해는 자신도 모르게 주먹을 꼭 쥔다. 여자가 얼굴을 자신에게 바짝 디밀고 있어서 훈훈한 숨결이 느껴진다. 호흡할 때마다 여자 특유의 입 냄새가 난다. 비릿한 듯 건강한 여자의 냄새가. 영해는 잠깐 자신이 이 집에 오기 전에 양치질을 했는지 생각해 보았으나 기억이 전혀 나지 않는다. 아주 짧게, 양치질을 확실히 하고 왔어야 했다는 후회가 일었다. '늙으면 입 냄새도 진하다는데……' 하는 생각 때문이었다.

"미간은 아프지 않아요. 지금 하고 있는 눈가가 예민해서 좀 아프실 거예요. 마취가 잘 듣는 체질은 얼굴이 얼얼할 뿐 감각이 없어서 아무 어려움이 없는데……."

여자는 영해의 얼굴이 마취가 충분히 되지 않은 것이 마치 자신의 탓인 것처럼 안절부절 못하는 것 같다. 영해는 그런 여자가 더 안되어 보여서 참을 만하다고 말한다. 바늘을 찌를 때마다 가슴이 움츠러들어서 자꾸 뻐근해지는데도 되도록 내색을 하지 않으려고 애를 쓴다.

"이렇게 열 번쯤 시술을 해야 한다고요……?"

"네에, 일주일에 한 번쯤 10주 이상은 건드려 주어야 새살이 차올라 와서 안정돼요."

여자는 영해가 아파 하니까 자꾸 이런저런 이야기를 늘어놓는다. 이것도 생업이어서 여자는 어떻게든 영해의 비위를 맞추기 위해서 그토록 마음을 써 주고 있는 것이다. 영해는 순간 여자에 대하여 아련하고 슬픈 듯한 마음이 들었다. 아직도 살아가야 할 시간이 너무 많은 이 여자와 같은 젊은 사람들을 대할 때, 영해는 가끔 이유도 없이 콧날이 찡해지면서 짠한 마음이 들었다. 그네들의 젊음이 부러워 보이는 것이 아니라 측은하게만 여겨지는 이 연민의 감정을 어떻게 설명할 수 있을까? 결국 이런 마음도 노인이 되는 징조 중의 한 가지인 모양이라고 영해는 생각했다.

"그런데 사모님, 사모님한테서 젖내가 나요."

여자가 아이처럼 앳된 목소리로 말한다.

"아하, 그래요? 많이 나나요? 금방 알겠어요? 큰 딸애 집에 들렀다가 아이를 잠깐 안아 봤는데 그렇게 냄새가 난다고요? 젖내는 참 오래가지요……."

자신에게서 젖내가 난다는 여자의 말을 들은 순간 영해도 젖먹이 냄새를 확실히 맡은 것 같았다. 그리고 그것은 아득한 세월 저편을 향한 그리움으로 변했다. 그러고는 까맣게 잊고 있었던 일을 떠올렸다.

지금 갑자기 그 남자가 왜 생각나는 것일까? 영해로서는 이미 세월 저쪽에 멀어진 것처럼 여겨지는 그 일을 생각해 낸 것이 너무도 이상할 정도로 신기하기만 하다.

그 젊은 남자를 어떻게 알게 되었더라?

영해가 40대 초반이던 그 시절, 그 남자는 남편의 회사에 함께 근무하고 있었다. 그는 영해의 집에 컴퓨터를 설치해 주고, 그녀에게 간단한 사용법을 지도해 주러 시간이 허락하는 대로 자주 방문했다. 그 남자에게서는 항상 흐린 향수 냄새가 났다. 그것은 아주 엷고 자연스러워서 그의 체취처럼 참으로 상큼하게 느껴졌다. 그리고 몇 년 후 영해는 회사 송년회에서 그 남자와 마주치게 되었다. 밖에서 본 그는 훨씬 자상하고 근사해 보였다. 어쩌면 그녀의 남편이 큰 회사의 중역답게 이 사람 저 사람에게 인사를 하고, 와인을 권하기도 하면서 부산하게 돌아다니는 바람에 그녀에게 신경을 써 주는 그 남자가 더욱 비교되었는지도 몰랐다. 몇 사람은 플로어에 나가서 춤을 추었으나, 거기에 합류할 수도 없는 그녀로서는 우두커니 혼자서 자리를 지키고 있을 수밖에 없었다. 그 남자는 어쩔 줄 몰라 하면서 그녀의 대화 상대가 되어 주고 있었다.

"나는 밤에 자기 전에 눈을 감고 섹스를 해도 싫지 않다고 생각되는 남자를 세어 봐요. 손가락을 꼽아 세어 봐서 많으면 즐거워요. 그런 남자가 열 사람도 못 되면 쓸쓸해지죠."

갑자기 그 남자에게 왜 그런 고백을 했는지 영해는 지금 생각해도 알 수 없다. 다만 잊지 않고 있는 것은 그 순간에 그 남자하고라면 섹스를 해도 상관없겠다는 생각이 든 것이다.

"다만 속으로 생각해 볼 뿐인데……. 아직 젊으시니까 잠자리가 쓸쓸할 일은 없으실 테고, 설령 그렇다 하더라도 가까이 있는 부인을 끌어당기면 되시겠지만……. 나에겐 이런 방법이 좋아요. 때로는 효과를 볼 때도 있거든요."

그 남자는 아무런 대꾸 없이 의심쩍은 표정으로 영해를 바라보았다. 그러다가 무슨 상상을 하는지 더 심각한 표정이 되더니 그녀에게서 희롱이라도 당한 사람처럼 갑자기 얼굴이 굳어지면서 외면하는 것이 느껴졌다. 그때 영해는 그 남자에게서 예전의 익숙한 향수 냄새가 아니라 엷은 젖내를 맡은 기억이 생생하게 떠올랐다.

영해는 늙어 감에 따라 잠이 잘 오지 않는 밤에는 가끔 그 남자를 떠올리는 일이 있었다. 그럴 때면 섹스를 해도 괜찮은 사람으로서가 아니라 억지로 불쾌한 느낌을 감추려고 애를 쓰면서 자신을 외면하는 순간 환각처럼 풍겨 오던 젖내가 떠올랐다. 그때는 자신의 착각이 아닌가 하는 생각이 짙었으나, 두고두고 생각해 보니까 환각이 아니라 사실이었을 거라는 생각이 들었다. 그 남자는 아마 늦둥이를 두고 새롭게 솟기 시작하는 부부애를 한참 다지고 있었을지도 모른다.

지금 생각해 보아도 영해는 그때 그 남자에게 왜 그런 말을 했는지 알 수가 없다. 아무튼 무척 외로웠고, 모든 사물을 존재 이상도 이하도 아니라고 굳게 믿고 싶던 시기였다. 잘못은 어디서부터 시작된 것인지 모르지만 그녀에게도 정신보다 몸이 중요하게 여겨지던 시절이 바로 그때였다는 기억만은 선명하게 남아 있다.

환각의 젖내로 인하여 옛 남자의 추억에 잠기는 것은 노인의 가엾은 위안일지 모르지만 영해는 차라리 적막한 슬픔이 그녀를 에워싸는 것만 같았다. 질투와 분노로 점철된 열광적인 느낌 따위는 다 사라져 버리고, 지금은 자신이 살아온 시간들이 아름답고 잔잔한 행복과는 거리가 먼 것만 같은 느낌이 주는 슬픔만 남았다. 마음만 먹으면 충분히 행복할 수 있었을 텐데, 보이지 않는 분노에 사로잡혀서 자신의 세월을 이미 탕진해 버렸다는 생각이 그녀를 지금 이토록 슬프게 하는 것이다. 남편이라는 남자에게 절망한 것은 벌써 먼 옛날 일이지만, 지금 영해는 남편이라는 인간에게 향하는 연민을 무시해 버릴 수가 없어서 이토록 슬퍼지는 것이었다.

"다 됐습니다."

젊은 여자의 입에서 나는 냄새가 영해의 이마에 훅 하고 느껴졌다. 여자의 입매 주변이 진땀으로 얼룩져 있는 것이 보인다. 이렇게 가슴을 졸이고 있다가 자칫 심장마비를 일으키는 것은 아닐까 하는 걱정이 아주 들지 않은 것도 아니었다. 영해는 오그라들었던 자신의 가슴이 천천히 펴지는 듯한 느낌이 든다. 그만큼 바늘로 한 번씩 얼굴을 찌를 때마다 가슴이 졸아들었던 것은 사실이었다.

"수고하셨습니다. 정말 쉬운 게 없군요."

영해는 여자의 얼굴에 비친 피곤함이 진정으로 안쓰러워서 말을 건넨다.

"사모님께서 수고하셨지요. 힘드시죠? 잘 참으셨어요."

"나야, 젊어진다니까 참지만……. 정말 애쓰셨어요."

영해는 이어 여자가 해 주는 해초 팩으로 얼굴의 열기를 가라앉힌 다음 여자의 지시대로 침대에서 일어나 가운을 벗고 옷을 갈아입는다. 늦가을의 석양이 창문 아래 탁자에 편안하게 내리비치고 있다. 어느새 여자가 창가 아래 탁자에 차를 준비해 놓았다.

귀찮을 텐데 그냥 가겠노라고 한사코 버티던 영해도 하는 수 없이 탁자에 앉는다. 여자가 권하는 차의 품질과 맛이 뜻밖에 깊고 좋아서 영해는 기분이 좋아졌다.

"이 집은 참으로 조용하군요."

"네에. 작은 골목 안이라서 자동차가 들어오지 못하잖아요. 그래서 이렇게 조용한가 봐요."

여자는 영해의 찻잔에 뜨거운 차를 다시 부으며 말한다.

"참 곱군요."

햇살을 받아 투명한 생기가 발갛게 돌고 있는 듯한 여자의 얼굴이 너무 아름다워 보여서 자기도 모르게 여자의 얼굴에서 눈을 뗄 수가 없었다. 여자가 영해의 말에 미소를 짓는다.

"저야 뭐어……. 사모님께서 멋쟁이신데요."

영해는 여자가 참 기분 좋은 사람이라는 생각을 한다. 찻잔을 손안에 쥐고 창가에 서서 창밖을 내려다본다. 서너 평 될까 말까 한 가을 정원의 시든 이끼 위에 붉은 열매들이 여기저기 떨어져 있다.

"저게 뭘까?"

영해는 차를 한 모금 마시면서 말한다. 여자가 고개를 돌려 영해의 시선을 따라간다.

"아, 그거요. 산수유나무 열매예요."

"사안…… 수우…… 유우……."

영해는 아주 천천히 여자를 따라 말한다.

"네. 초봄에 꽃부터 노랗게 피는 그 나무요."

여자는 여전히 상냥하게 웃음을 담고 말한다.

그렇다. 그 노란 꽃에는 영해의 추억이 있었다. 남편의 외도로 절망에 빠진 그녀가 홀로 여행하면서 본 꽃이었다.

행선지도 정하지 않고 무작정 떠난 여행이었다. 지구 끝까지 가 보고 싶다는 마음 이외에는 어떤 생각도 떠오르지 않았다. 그래서 도착한 곳이 전라도 땅끝마을이었다. 아직 곳곳에 살얼음이 짚이는 2월 말이었다. 기차, 택시, 버스 등을 되는 대로 번갈아 타고 다닌 고단한 여행이었다. 다음 행선지가 정해지지도 않은 상황에서 영해는 시골길 버스 정류장에 서서 막연히 버스를 기다리고 있었다. 햇살은 따스해 보였어도 옷 속으로 파고드는 바람 때문에 몸을 잔뜩 움츠리게 되었다. 버스는 오지 않고 웅크린 등이 너무 아파서 고개를 뒤로 젖히면서 어깨를 쫘악 폈을 때, 갑자기 영해의 눈앞에 노란 꽃 무더기가 안개처럼 펼쳐졌다. 그녀는 지금까지 이 꽃 무더기들을 보지 못한 자신이 너무도 이상했다. 이어 가까운 벌판 여기저기에 눈만 뜨면 보이는 노란 꽃 무더기들을 보지 못할 만큼 자신이 내부 문제에만 마음을 빼앗기고 있었다는 생각이 들자, 영해는 참으로 쓸쓸하고 슬퍼졌다. 서쪽으로 기울어 가는 햇빛은 노란 꽃 무더기 위로 하염없이 쏟아져 내렸다. 햇빛이 모두 그 속으로 흡수되니 그 꽃나무 속은 따뜻했을 것이다.

영해는 자기도 모르게 한숨을 쉬면서 꽃을 바라보았다. 꽃나무의 가장자리 가지가 때때로 흔들리고 있는 것 같았다. 영해는 눈이 아려 와서 감길 때까지 그 꽃나무를 오랫동안 하염없이 바라보고 있었다.

"아아, 그 노란 꽃 뒤에 빨간 열매가 오는구나."

영해는 산수유나무에 빨간 열매가 맺힌다는 그 사실이 너무나 생소해서 자기도 모르게 한참 동안 고개가 끄덕여지는 것을 멈출 수가 없다. 여자는 그런 영해의 모습이 우스운지 오랫동안 미소를 머금은 표정으로 영해를 바라본다. 영해는 마당에 나서자마자 담 밑의 이끼 위에 떨어져 있는 산수유 열매를 한 개 줍는다. 여자도 영해를 따라 줍는다. 영해는 손바닥 가운데 빨간 열매를 올려놓고 진기한 과실을 관찰하듯이 찬찬히 살핀다.

"열매가 있는지는 몰랐어요."

영해는 아까 한 말을 다시 한 번 되뇐다.

"늦가을에 맺혀요. 열매가 빨갛게 달리면 저는 크리스마스가 생각나요. 그러곤 한 해가 끝나 버리고요……."

"아니 얘는 그 이른 봄에 피어났다가 어디서 놀다 온 모양이죠? 이제야 맺히다니……."

영해의 말에 여자가 웃는다.

영해는 노란 꽃이 무리 지어 피어 있던 그 들판의 풍경만이 컬러로 기억되고 자신이 견디었던 시간들은 삭막한 흑백으로 존재하는 듯한 생각이 든다. 그러면서 지금 자신의 손바닥에 놓여 있는 산수유 열매가 진한 선홍색 그대로 보이는 것이 이상하다. 영

해는 산수유 열매를 손가락 사이에 넣고 빙글빙글 돌리면서 골목
길을 걸어 나왔다.

　날이 완전히 어두워져서 유리창에 자기 모습이 비쳤을 때, 블
라인드를 치고 있던 미희는 갑자기 신부에게 전화를 걸어 보고
싶었다. 그를 만나지 않은 지 벌써 2년이 다 되어 가고 있었다.
　"나야. 어디야? 지금 전화해도 돼?"
　"……."
　"그냥, 아무것도 아냐. 그냥 생각이 나서……. 잘 있니?"
　"응……. 난 지금 살고 있어. 그냥 살고 있어. 이렇게 살다 보면
화석이 될 날도 오겠지."
　미희는 신부의 앞에 있는 어두운 동굴을 눈으로 더듬어 보며,
그를 넘어뜨릴 수 있는 수많은 장애물들을 상상해 보았다. 그의
살을 찢고, 그를 헐떡이게 하고, 그래서 그를 지치게 하는 수많은
장애물들이 보이는 것 같았다. 어쩌면 자신이 가장 큰 장애물이
었을지도 모른다는 생각이 얼핏 들었다.
　이제 밤은 완벽한 검은색이다. 사물들은 그녀 앞에서 자취를
감추었다. 미희는 탁자에 놓인 산수유 열매를 무심코 잡아 든다.
손가락 사이에 빨간 열매를 돌리면서 전화기 저편의 어두움을 하
염없이 응시하고 있다.
　"전화 끊어야 돼……."
　신부가 말한다.

"그래, 잘 있어."

미희는 전화기의 종료 버튼을 누른 채 그대로 어둠을 바라보며 꼿꼿이 서 있었다.

브리지 파트너

처음 보는 얼굴이다.

—저는 김영정이라고 합니다. 베스한테서 윤 선생님 말씀은 많이 들었습니다.

자신을 소개하는 여자의 목소리가 맑고 청아하다. 전화를 받으면서도 느꼈지만 여자의 목소리만 듣고 있으면 30세 이전으로 생각될 것이다.

—베스는 잘 있습니까? 연락은 자주 하시는지요?

베스는 그의 브리지 게임 파트너였다. 동양사를 전공한 캐나다인인 베스는 한국 대학에서 동서양 비교문화를 3년간 강의하다가 수개월 전 일본으로 떠난 50대 부인이다. 중년이 넘었는데도 피아노를 배우겠다고 그를 찾아와서 알게 되었고, 그는 그녀에게서 브리지 게임을 배웠다.

—저도 베스한테서 브리지 게임을 배웠으니까 우리는 동문이
네요.

새침해 보이는 첫인상과 달리 여자가 약간 수다스럽다는 느낌
을 줄 정도로 상냥하게 대화를 이끈다고 그는 생각한다.

이 사람은 나와 친밀해지기를 원하는 것일까?

그는 아주 잠깐 그런 생각을 해 본다. 그러나 곧 그렇지 않다
고 생각한다. 2년 동안 매주 목요일 오후 7시에 열리는 브리지 클
럽에 나와서 적지 않은 사람들과 접하고 마주치면서 파악한 자연
스러운 결론이 그랬다. 처음 만나는 사람이 자신에게 수다스러울
정도로 친절하게 말을 걸어오는 것은 결코 어느 선 이상 가까워
지지 않겠다는 의도임을 깨달은 것이다. 아마도 자신의 짐작이 맞
을 거라고 그는 생각한다.

—파트너가 마땅치 않아서 브리지 게임을 쉬고 있었는데, 베스
가 윤 선생님에게 연락을 해 보라고 해서…….

여자는 전화 속에서 보다 훨씬 친절하다. 30여 년간 끼어 온 근
시 안경 때문에 툭 튀어나온 눈과 뼈가 툭툭 불거진 광대뼈, 꼭
걸쳐야만 하는 알이 두꺼운 안경 뒤의 얼빠진 듯 무표정한 자신
의 얼굴을 생각하면 처음 보는 여자가 자신에게 상냥하기란 쉽지
않다는 것을 그는 알고 있다. 그렇지만 때로는 자신의 그런 모습
때문에 더 친밀하게 배려하는 사람들도 있다. 아마도 여자는 후
자의 경우일 것이다.

오후 7시가 되자 '목요 이브닝 클럽(Thursday Evening Club)'의 디렉터인 미시즈 장이 시작을 알린다. 커피와 비스킷을 들고 서 있던 사람들이 빠르게 자리로 돌아가자 실내는 일순 조용해진다. 사람들이 보드에서 카드를 꺼내어 손안에 쥐고 숨을 고르느라고 약하게 뱉는 숨소리 이외에는 아무 소리도 들리지 않는다.

―오늘 같은 날은 라흐마니노프의 피아노 곡이 잘 어울리겠지요.

여자가 테이블 위에 놓인 플라스틱 보드에서 카드를 빼낸 뒤 그의 등 뒤 창문 쪽으로 시선을 두며 심상하게 말한다. 그 순간 어퍼넌트(opponent) 자리에 앉아 있는 50대 부인의 얼굴에 아주 살짝 웃음 같은 것이 스치고 지나간다. 윤은 어쩐지 그것이 비웃음처럼 느껴진다.

차이코프스키의 음악 세계를 꿈꾸었던 낭만파 음악가.

28세의 젊은 나이에 조국인 러시아를 떠나 런던에서 피아니스트, 작곡가, 지휘자로서의 명성을 얻은 라흐마니노프.

1901년 「피아노 협주곡 제2번」으로 글린카상을 받다.

여자가 라흐마니노프라는 이름을 말하는 순간 자동적으로 핸드폰 화면에 문자 메시지가 뜨듯이 그의 머릿속에 떠오른 정보다. 동시에 가슴 한쪽에서 평화가 깨지는 소리가 들린다. 난생처음 인생 전부를 샅샅이 바쳐서 음악과 한 몸이 되고 싶다는 열망에 빠지게 했던 음악이 라흐마니노프의 「피아노 협주곡 제2번」이었다. 그 음악을 처음 들은 날, 그의 가슴은 부풀어 오르면서 억제할 수 없는 무거운 한숨이 목구멍을 거쳐 터져 나왔다. 너무 감격해서 몸을 떠는 바람에 축축이 젖은 손의 손가락들이 피아노 건반 위를 날고 있을 때처럼 파르르 떨리던 그 순간이 지금도 생생하게 느껴진다. 당시 그의 나이는 열세 살이었고, 그는 피아노 연주자로서 그의 앞길이 당연한 것으로 알았다.

—비가 오면 사람들의 마음은 자기가 가장 좋아하는 것에 관한 기호가 뚜렷해지는 것 같지 않아요?

그는 이어지는 여자의 말에 미소를 짓는다. 어퍼넌트는 카드를 손안에 쥐고 점수를 헤아리느라고 여념이 없어서인지 여자의 말에 인사 정도로 대꾸할 법도 한데 묵묵하다. 아마도 여자는 그가 피아니스트라는 것을 알고 이런 화제를 꺼낸 모양이다. 지금 현재 그의 연주 무대가 어떤 곳인지 안다면, 라흐마니노프 같은 대음악가를 화제로 삼는 것이 그의 기분을 얼마나 진창으로 떨어지게 하는 것인지 알 텐데……

30대 후반쯤 되었을까, 반듯하고 똑 부러진다는 느낌을 주는 얼굴이다. 자그마한 키에 약한 컬을 넣은 파마 머리, 그저 평범한 인상이다. 전체적으로 품위 있는 모습이기는 한데, 무언가가 미심쩍다. 윤은 한참 지나고 나서야 그것이 여자가 입고 있는 구식 투피스 정장 때문이라는 것을 깨닫는다. 구식 정장이 풍기는 품위가 아주 잠깐 그를 혼란스럽게 한다. 과거엔 잘나갔는데 지금은 그렇지 못할 것이라는 지레짐작에서 오는 연민이라고 할까. 혹은 과거에 연연하리라는 막연한 추측에서 기인하는 슬픈 듯한 느낌이라고 해야 할까. 그렇지만 곧 그는 자신의 마음속에서 일어나는 추측 혹은 의혹 같은 느낌을 털어 버린다. 그녀도 브리지 클럽에 나오는 대부분의 여자들처럼 어느 유복하고 단란한 가정의 아내이고 엄마이겠지.

게임의 규칙상 사람들은 말을 나눌 기회가 별로 없다. 잠시 시간이 주어진다 하더라도 사람들은 방금 마친 브리지 게임에 대한 토의를 하게 된다. 특히 오늘처럼 처음 만나서 브리지 게임을 하는 경우에는 더욱 심하다. 파트너가 내는 카드의 의미가 자신이 짐작하는 것과 맞는지 서로 확인하느라고 브리지 게임 이외의 대화 같은 건 끼어들 틈이 없다. 아무리 그렇더라도 그는 예의상 여자에게 무슨 말이건 해야 된다고 생각한다.

—라흐마니노프를 좋아하시는 모양이지요?

겨우 이은 대화라는 것이 너무나 상투적이고 뻔한 발언인 것 같아서 그는 속으로 부끄럽다. 여자가 미소 짓는다. 어퍼넌트인 두 부인네는 여전히 카드에 열중해 있다. 이어지는 침묵 속에서 그는 머쓱해진다. 누구라도 이런 침묵은 부자연스러울 것이다. 윤은 갑자기 카드에 더욱 집중하고 있는 사람처럼 고개를 깊숙이 카드 사이로 들이민다.

—라흐마니노프의 피아노 곡을 좋아한다기보다는…… 솔직히 얘기 드리면 며칠 전에 비디오를 한 편 보았거든요. 헬프갓이라는

피아니스트의 전기 영화였어요. 그 영화 전편에 흐르는 음악이 라흐마니노프의 「피아노 협주곡 제3번」이었거든요. 그런데 그 선율이 아직도 귓가에 흐르는 거예요. 아마 거의 클래식 음악을 듣지 않고 살아서 그런가 봐요.

테이블을 옮기느라고 잠깐 일어선 사이에 커피를 가지러 가면서 여자가 한 말이다. 남자는 어딘지 수다스러운 것 같다는 여자에 대한 자신의 느낌이 어쩌면 틀렸는지도 모른다는 생각을 얼핏한다. 커피를 따르느라고 수그린 여자의 이마에서 감추어진 영혼의 한 자락을 봐 버린 듯한 느낌이 들어서였다.

열쇠를 꽂고 현관문을 열고 들어설 때 완강하게 버티고 있는 어둠 속으로 자신의 몸을 억지로 들이민다. 오랜만에 한 밤 외출때문에 머릿속은 초롱초롱했으나, 몸은 축 늘어져서 납작한 종이가 되어 바닥에 그대로 붙어 버릴 것만 같다.

세상에, 윤미호가 그렇게 이상한 모습이 되었다니…….

집 안에 누군가 한 사람만 있었어도 그녀는 윤의 모습을 세세하게 말해 주었을 것이다.

초등학생 시절 그녀가 다니던 피아노 학원 로비에는 윤미호의 사진이 벽에 붙어 있었다. 가늘고 여린 선, 핏기 없는 아이의 얼굴은 귀족적으로 보였다. 윤미호는 나이 열 살에 이미 신동이라는 명성을 누리고 있었다. 보이지 않는 수호천사의 푸른 날개 그늘에 감싸인 듯이 보이는 그가 여리고 투명한 얼굴을 피아노 건반 위

152

에 숙이고 있는 흑백사진은 참으로 고아하고 품위가 있었다. 그 사진을 보고 있으면 어린 그녀에게도 신비스러운 사랑의 노래처럼 세바스찬 바흐의 성가가 천상으로 피어오르는 것처럼 느껴졌다. 아마도 전국의 피아노 학원 원장들은 그 사진을 필수품 중 하나로 꼽았을 것이다. '신동'을 꿈꾸면서 찾아드는 어린 피아니스트들의 확실한 불빛이 바로 그 사진이었을 테니까. 당시 피아노 개인 지도의 열기는 전국 가정의 30퍼센트 이상이 피아노를 소유하게 할 정도로 달아올랐다. 그 열기의 아득한 정상 위에서 윤미호는 고아하고 품위 있게 피아노를 연주하고 있었다. 게다가 미호라는 그 이름은 또 얼마나 예쁜가. 윤미호의 연주를 들은 사람들은 그의 음악에 감동하여 황홀하게 넋을 잃었다. 그것은 곧 소문이 되었고, 그녀의 귀에까지 이르렀을 때는 감동의 신화처럼 먼 세상의 일 같기만 했다.

그런데 오늘 밤 그의 모습이라니…… 뼈가 울퉁불퉁 불거진 얼굴, 팽글팽글 눈알이 돌아가는 두꺼운 렌즈의 검은 뿔테 안경을 끼고, 어쩐지 어색하게 꼭 끼는 양복하며, 굳어 있는 얼굴 표정에 어색하고 쫓기는 듯한 태도로 자신감이라고는 찾아볼 수 없는 그 말투는 또 어떻고…… 영정은 옛날의 그 윤미호가 분명하냐고 한 번만, 꼭 한 번만 확인을 하고 싶었다. 더 나쁜 것은 그의 모습에는 보는 사람으로 하여금 어쩐지 웃음을 터뜨리게 하는 그 무엇이 있었다. 그것은 윤의 표정 때문인 것 같았다. 나이가 어지간히 들었을 텐데도 아직 신학생 같은 그의 순진한 모습이 그를 얄잡아 보게 하고 비웃게 만드는 것 같았다. 그러나 더욱 이상한 것은 그를 뭉개 버리고 싶은 마음이 들다가 어느 순간 갑자기 그 것이 연민으로 바뀌면서 오히려 그에게 더욱 깍듯하고 상냥해지 는 자신이었다. 그녀는 이 이상스러운 자신의 변화가 무엇이냐고 누군가에게 묻고 싶었다. 그러나 언제부턴가 자신의 주변 누구에 게도 이 같은 감정의 기복을 설명하고 묘사할 만큼 자신의 마음 을 열어 보인 적이 없다는 사실을 깨달으며 그녀는 아주 비참한 기분이 들었다.

불도 켜지 않고 어둠 속에서 그대로 거실로 들어가 익숙하게 안방 문을 민다. 어느새 어둠에 익숙해진 시야 속으로 사물들이 희미하게 들어온다. 그녀는 잠깐 머뭇거리다가 벽의 스위치를 올 린다. 그녀는 눈이 부셔서 찡그린다. 그러곤 갑자기 빛을 얻어 에 너지를 합성한 외계인처럼 힘찬 동작으로 핸드백을 침대 위에 던 지고, 거실로 나와 스위치를 올려 불을 밝히고, 건넌방과 식탁, 싱크대 앞의 전등까지 집 안의 불이란 불은 모조리 밝힌다. 소파 위에 상의를 던져두고, 리모컨을 들어 텔레비전을 켜고, 스커트는 식탁 의자에 걸쳐 놓는다.

—그래도 브리지는 아주 잘하더라고.

그녀는 마치 누가 옆에 있기라도 한 것처럼 눈까지 찡긋하며 혼잣말을 한다. 사실이었다. 베스가 피아노를 치는 사람인데 배운 지 얼마 되지 않았는데도 브리지 게임을 썩 잘하는 사람이 있다 고 했다. 어린 시절에는 피아노 신동으로 이름을 날리기도 했다더라고 할 때도 진짜 그 윤미호라고 믿어지지 않았다. 그런 신동이 아직까지 한국에 남아서 피아노 개인 지도나 하면서 살고 있을 것 같지 않았다. 그러면서도 세계적인 연주자가 되었다면 그의 귀국 연주 같은 것이 있었으리라는 생각이 든 것도 사실이었다. 가끔 사람들은 어린 시절을 말하면서 그때 그 천재들은 지금 어떻게 되었을까 하는 질문을 던진다. 수학 천재, 암기 천재, 수영 천재, 서울대 전 과목 만점 졸업생, 예비고사 만점을 받은 사람들을 화제에 올렸다. 윤미호도 그런 사람들 중 한 명이었다.

아까 피아니스트는 아주 섬세한 비딩과 플레이를 펼쳤다. 빈틈이 많은 자신에 비해 윤미호는 깊은 집중력으로 차근차근하고 치밀하게 카드를 리드했다. 특히 디펜스에서 그와 맞추었던 플레이는 그가 펼치는 또 하나의 완벽한 연주였다. 처음 해 보는 사람과 이처럼 잘 맞을 수 있다니…….

브리지 게임은 52장의 서양 카드를 네 명이 똑같이 나누어 가지면서 시작한다. 대부분 13장씩 넷으로 나눈 카드를 미리 끼워 놓은 플라스틱 보드 32개를 미리 준비하고 게임을 시작한다. 같은 보드를 가지고 네 사람의 또 다른 팀이 플레이를 하고 나서 서로의 성적을 비교하는 것이 브리지 게임의 묘미이다. 사각 테이블에서 동서와 남북으로 앉은 두 사람이 같은 편이다. 이때 같은 편이 된 사람을 파트너라고 부른다. 게이머들은 보드에서 꺼낸 13장의 카드를 손안에 쥐고 점수를 헤아린 후에 내가 얼마나 트릭을 따올 수 있는가를 부르는데, 이를 비딩이라고 한다. 비딩을 하는 법칙은 일정한 점수로서 약속이 되어 있다. 게이머들은 비딩 과정을 통해서 각자의 손안에 쥐고 있는 카드의 패를 짐작한다. 비딩에서 가장 높은 레벨을 부른 사람이 플레이를 한다. 플레이를 하는 사람을 디클레어라고 부른다. 디클레어는 자기가 비딩한 트릭을 만들기 위해서 온갖 수단과 방법을 다 동원한다. 반대로 플레이를 놓친 조는 어퍼넌트라고 부르는데, 어퍼넌트는 어떻게든 플레이를 하는 디클레어가 비딩한 트릭 수를 만들지 못하도록 방해를 해야만 승리한다. 이 게임을 브리지(bridge) 게임이라고 하는 것은 같은 그림의 카드가 동서와 남북을 이어 주는 역할을 하기 때문이다. 어느 한쪽에서 같은 종류의 카드가 떨어지면 다리가 끊어져서 오고 가지 못하게 된다. 게이머들은 말을 해서는 안 된다. 오직 테이블 위에 내려놓는 카드를 통해서만 나의 상황을 설명할 수 있다. 그렇다고 나의 파트너만 내가 내는 카드를 보고 나의 상황을 짐작하는 것은 아니다. 나의 적인 어퍼넌트들도 나의 상황을 짐작할 수 있다. 카드의 모든 정보가 오픈되어 있는 상황에서 자신이 비딩한 트릭을 만들어야 한다.

브리지 게임은 전쟁이다. 그것도 치열한 전쟁이다. 무슨 수를 써서라도 비딩한 트릭을 만들기만 하면 이기는 게임이므로, 사람들은 자연스럽게 온갖 수단을 연구하게 된다. 10여 년 전 중국인이 '원 클럽 프리 시즌'이라는 룰을 만들어 내서 세계의 브리지 게임을 평정해 서방 세계를 놀라게 한 적이 있다. 지금도 어디선가 52장 카드가 빚는 혼돈의 세계 속에서 아직 찾지 못한 새로운 질서가 분명히 존재할 것이라고 믿는 게이머들의 연구가 계속되고 있을 것이다. 수년 전, 주로 아메리칸 스탠더드를 써 오던 미국에서도 '막스 하디'라는 사람이 '투 오버 원'이라는 룰을 만들어 현재 세계 브리지 게이머들이 열광을 하고 있다. 이렇듯 오늘날의 브리지 게임은 상당한 공부를 요구한다. 물론 대부분의 게임 마니아들은 매번 새롭게 펼쳐지는 카드 52장의 세계 속에서 득도의 불빛을 찾아 헤맨다. 그것은 결코 혼자서는 해결할 수 없다. 파트너와 호흡을 맞추지 않고서는 절대로 그 혼돈의 세계를 빠져나올 수가 없기 때문이다. 게임의 절정도 (파트너가 없다면) 마찬가지로 맛볼 수 없다. 브리지 게임을 하다 보면 어느 순간 자신도 모르게 내 마음대로 되는 게 없다는 인생의 이치를 자연스럽게 떠올리게 된다. 아무튼 브리지 게임의 새로운 룰은 더 높은 만족감을 얻기 위한 도구이므로 마니아들은 공부를 하지 않을 수 없다. 브리지 게임 마니아들 사이에는 좋은 파트너를 만나는 것은 운명에 맡기라는 잠언이 생겨날 정도다.

미국의 한 통계에 따르면 브리지 게임에 입문한 100명 가운데 5년 후에도 이 게임을 하고 있는 사람 수는 25명 수준이라고 한다. 52장의 카드를 넷으로 나누어 한 사람이 갖게 되는 카드 13장의 '경우의 수'는 약 6억 개가 있다. 한 사람이 평생 플레이를 하는 동안 같은 조합의 카드를 만나는 경우란 거의 없다는 통계가 의미하는 것처럼 브리지 게임은 하면 할수록 좀 더 신중하고 집중했더라면 하는 아쉬움이 남는 게임이다.

─아, 참 재미있는 플레이였어.

그녀는 소리 내 혼잣말을 해 본다. 그러자 오늘 밤에 있었던 멋진 디펜스가 떠오르면서 갑자기 자신의 온몸에 소름이 오스스 솟는 것이 느껴진다. 동시에 이상하고 무서운 기분이 들면서 몸 안의 힘이 일시에 빠져나간다. 그 느낌이 이상하다 못해 신비하기까지 하다. 그녀는 오랫동안 잊고 지냈던 섹스를 기억해 내려 미간을 찌푸린다.

섹스의 절정이 이런 것이었던가……. 아니 그것과는 달라…….

그녀는 자기가 지금 무언가에 흠뻑 빠져서 취한 상태인 듯하다는 생각과 아무튼 무엇으로도 설명되지 않지만 기분이 아주 좋다는 생각을 하면서 그대로 잠이 든다. 집 안의 불이란 불은 모두 켜 놓은 상태라는 생각을 떠올리면서도 그녀는 조금도 불안하지 않다. 그냥 깊이 자고 싶다는 것 이외에는 아무것도 생각할 수가 없다. 잠을 자면서도 배가 고팠지만 그녀는 아주 기분이 좋고 편안한 것이 참으로 이상했다.

그는 단숨에 지배인 사무실로 뛰어 들어간다.

─아니, 저 벽보가 무엇입니까?

그 딴에는 소리를 지른다고 지르는데도 너무 격앙된 나머지 온몸이 덜덜 떨리면서 아주 작은 소리밖에 나오지 않는다. 얼굴만 후끈후끈 달아오르고 눈알은 금방 튀어 나갈 것처럼 뱅글뱅글 돌아가면서 이마는 뜨겁고 머릿속은 금방 터질 것만 같다. 그는 마음속으로 수줍고 나약한 자신의 지금 같은 모습을 저주하고 또 한 번 거듭 저주하면서 말을 꺼낸다.

—구미호와 윤미호라니…….

그는 금방이라도 쓰러질 것처럼 창백해지는데, 지배인은 양손을 내저으며 그를 환영한다는 몸짓을 만들곤 그의 어깨에 손을 둘러 가며 그를 사무실 소파에 앉힌다. 그는 정말 앉고 싶지 않은데 너무나도 기운이 없고 쓰러질 것만 같아서 그냥 주저앉듯이 무너져 앉는다.

—윤 선생님, 제 얘기를 우선 들어 보십시오. 얘기를 들어 본 후에 화를 내시거나 야단을 치십시오.

지배인의 너스레에 밀려나기도 했지만, 그날 저녁 나이트클럽으로 출근을 하다가 입구의 입간판을 보는 순간부터 쓰러질 것만 같던 그는 소파에 몸을 기대고 눈을 감는다. '구미호와 윤미호'라는 난삽한 글씨체도 천박하기 그지없지만 희화화된 두 사람의 캐릭터를 보는 순간 그는 그 간판을 발로 차고 짓밟아서 부서뜨리고 싶었다. 이미 일상의 지옥이 되어 버린 출근길에서 신은 또 한 번 '너 이런데도 견딜 수 있니?' 하고 그의 앞에 포스터를 들이미는 것 같았다. 스팽글을 잔뜩 붙인 황금색 드레스를 입은 거대한 몸집의 여인의 뒤에 비친 여우 꼬리 끝에 9명의 남자들이 확대경 같은 안경을 끼고 그녀를 우러러보는데 여자의 젖가슴 아래에 유인원 같은 용모에 꼭 끼는 검은 양복을 입고 슬픈 얼굴을 하고서 엉거주춤한 자세로 피아노 앞에 앉아서 바닥에 떨어진 안경을 찾고 있는 그의 모습은 환락의 세계에 떨어져서 고통 받고 있는 것처럼 희화적이었다. 지금까지 자신의 이미지였던 어쩐지 신학생 같은 정결함이 진창의 현실에 떨어져 버린 것을 비웃는 것이 역력한 포스터의 만화는 악의적으로 보지 않으려 해도, 비천하고 우둔한 피아니스트의 욕심을 풍자한 것으로 느껴졌다. 자신의 천박함에 대하여 청중들에게 의기양양하게 활개를 치며 마음껏 비웃을 준비를 하라고 독려하는 듯한 포스터였다.

지배인은 지금 같은 불경기에 이런 고급 유흥업소를 찾아오는 손님들을 위해서 업소는 무언가를 해 주어야 하는 것이 의무라고 말했다. 윤 선생 같은 천재 피아니스트를 포스터에 써 붙이는 것이 자신의 의무라고 주장했다. 구미호의 탱고는 고급 손님들의 취향이 결코 아니다. 그런 저급한 예술 가지고 쇼 비즈니스에서 성공할 수는 없다. 우리는 어디까지나 선생님 같은 진정한 예술가의 음악으로밖에 승부할 수 없는데, 시대가 시대인 만큼, 약간의 패러디가 필요하다는 것이 지배인의 설명이었다. 선생님이 연주하는 바흐의 고결한 음악만이 우리 클럽을 불황에서 이끌어 낼 수 있다고 통사정을 해 오는 바람에 그는 더 이상 어쩌지도 못한다. 처음부터 하지 말아야 할 일이었다. 아내가 이번 한 번만 더 출연하면 방배동에 봐 두었던 단독주택으로 이사를 할 수 있다는 바람에 시작한 것이 죄라면 죄이다.

―구미호의 공연 뒤에 선생님이 등장하시기만 해도 이 무대는

성공입니다. 사람들은 모두 미소를 짓습니다. 선생님이 피아노 화음 하나를 누르자마자 사람들은 열광합니다. 구미호가 춘 기괴한 탱고의 충격이 채 가라앉기도 전에 신학생 같은 깨끗한 이미지의 선생님이 나타나서 엄숙한 음악을 연주하는 것만으로도 청중들의 기쁨은 최고조에 다다릅니다.

지배인은 그의 앞에서 두 손을 모으며 감격적인 표정으로 말한다. 그는 지배인이 말하는 최고조의 기쁨이라는 것이 무엇을 뜻하는 것인지 잘 알고 있다. 자신은 희극배우에 불과한 것이다. 사람들은 연주를 듣는 것이 아니라 극히 희극적인 구성을 위해 일부러 계산된 그의 모습을 즐겼다. 그가 등장하면 터져 나오는 청중들의 웃음 속에는 사디즘과 고약한 심보, 천박한 취향이 파렴치할 정도로 노골적으로 드러나 있었다. 그 웃음을 자신이 모른다고 할 수는 없었다. 첫날 저녁부터 그는 자신이 얼마나 끔찍한 함정에 빠졌는가를 깨달았다. 구미호가 자기의 불행을 과시하면서 가장 야비한 수준에서 남자들을 탱고로 후려내는 특유의 희극을 통해, 다른 사람들보다 더 낫지도 못하지도 않은 이 선량한 부르주아 계층 청중들을 가장 음탕한 집단으로 만든다. 그리고 바로 이어 등장하는 자신이 구미호의 마지막 선택자인 것처럼 얼버무리며 넘어가도록 구성된 무대인데, 그는 단순히 쇼의 막간에 등장해서 꼭 끼는 검은 연미복을 입고 '바흐'를 연주해 주기만 하면 된다기에 계약한 것이었다.

─피아노에 선생님이 참여하신다는 것은 분명히 화젯거리입니

다. 어느 누구도 그 사실을 흘려 지나칠 수 없기 때문입니다. 사실 선생님이 출연하시기 전에 저희는 구미호의 탱고가 한물가고 있다는 감을 잡았습니다. 그런데 선생님이 참여하시자 엄청난 반향이 일어났습니다. 구미호의 세계와 윤미호의 세계는 하늘과 땅 아닙니까. 선생님께서 구미호의 세계를 구원한다는 간단한 구성이 어쩌면 이렇게 극명한 대비를 일으키면서 청중들을 사로잡아 버렸을까요. 구미호와 윤미호. 이 두 이름은 또한 얼마나 재미있고 조화로운 음성의 배합입니까. 이것은 일부러 생각해 내려고 해도 있을 수 없는 놀라운 쇼입니다. 이 불경기에 수입이 오르고 있으니 이것은 참으로 기적입니다. 당연히 선생님의 보수도 계약보다 올려 드릴 겁니다. 선생님은 저희 클럽의 구세주이십니다. 그래서 우리는 이러한 두 분을 우리의 청중들에게 당연히 알려야 할 의무가 있는 것입니다.

윤미호는 더 이상 할 말이 없다. 오히려 지배인의 설득이 당연한 것처럼 여겨지기까지 한다. 그는 구부정한 등이 더욱 굽어져서 그 방을 걸어 나온다. 그는 모든 음악에는 기승전결이 있듯이 모든 불행에도 끝은 있는 법이라는 단순한 사실 하나를 마음속의 구원으로 삼는다. 머릿속에는 어서 이 지긋지긋한 6개월의 계약 기간이 끝나고 은둔할 수 있었으면 하는 생각 이외에는 아무것도 떠오르지 않는다. 어서 시간이 흘러서 간간이 찾아오는 아이들에게 피아노 개인 지도나 하면서 좋은 음악을 듣고 일주일에 한 번 브리지 게임을 하러 가는 평화로운 일상으로 돌아가기를 마음속으로 간절히 바랄 뿐이다.

그날 저녁 그는 집에 돌아와 아직도 분한 마음이 풀리지 않아서 그 이야기를 아내에게 해 준다. 그런데 아내는 그와 함께 분개하기는커녕 그의 수입이 인상된 것이 은근히 기쁜 모양이다. 결국 그 작업은 단지 돈을 벌기 위한 수단에 불과한 것이므로 최대한의 수입이 들어오는 게 낫지 않느냐면서 오히려 그를 설득한다. 윤미호는 문득 모두가 자기를 희생시키기 위하여 공모하고 있는 것처럼 느껴진다. 그는 슬그머니 식탁에서 일어나 그의 연습실로 들어가 피아노 앞에 앉아 본다. 힘없이 피아노의 건반을 쓰다듬는다. 어린 시절부터 써 온 피아노의 건반은 상당 부분 닳고 파여 있다. 그는 심상하게 건반을 두드려 본다. 여전히 맑고 청아하면서 풍부하게 울리는 그 소리……. 그는 조금 슬픈 마음이 되어서 그가 좋아하는 쇼팽의 피아노 소나타를 치기 시작한다.

그는 피아노의 동그란 의자에 앉아 있을 수 있는 나이가 되자마자 피아노 앞에 앉혀졌다. 그의 부모가 운영하는 세탁소 바로 옆에 피아노 교습소가 있었는데, 그의 젊은 어머니와 처녀 피아노 선생님이 아주 친하게 지내서 자주 피아노 방에 가서 놀았기 때문이었다. 그가 태어난 지 얼마 되지 않아서부터 지능과 감수성에 뛰어난 재능을 나타냈기 때문에 그런 희망을 품을 만했을 것이다. 그는 곧 두각을 나타냈다. 그의 진보는 놀랄 만한 것이었다. 가느다랗고 부드러운 머리카락에 하얗고 섬세한 얼굴 모습은 영락없는 천사 같았다. 그는 열 살에 이미 신동이라는 명성을 누렸다. 그의 연주를 들은 어른들은 감동하여 황홀하게 넋을 잃곤 했다. 어린아이답지 않게 스위스 시계처럼 정교한 연주라고 놀라워했다. 게다가 그 나이 또래의 아이들이 하는 것처럼 악보를 외워서 치는 것이 아니라 음의 흐름에 자신을 맡기는 해석력을 가진 신동임에 분명하다고 일간지의 문화면은 그를 자주 대서특필했다.

그러나 그는 이 특별한 재능의 대가를 아주 혹독하게 치르고 있었다. 해가 갈수록 그에게 강요되는 연습 시간은 매일매일 점점 늘어만 갔다. 열두 살이 되자 그는 하루에 아홉 시간씩 피아노를 쳤다. 그는 천재라는 축복을 타고나지 않아서 빛나는 앞날의 명성이 약속되어 있지 않은 다른 평범한 소년들의 운명을 부러워하기도 했다. 날씨가 화창한 날, 가혹하게 악기 앞에 꼼짝없이 묶여서 연습을 하고 있을 때, 골목에서 즐겁게 노는 친구들의 고함 소리가 들려올 때면 그의 눈에는 종종 눈물이 가득 고였다.

열다섯 살이 되었다. 그의 재능은 비할 데 없이 완벽하게 활짝 피어났다. 그는 서울예능학교의 신화 같은 존재였다. 재능 있는 다른 친구들은 한국에 남지 않고 거의 유학을 떠났다. 그러나 그는 학교에서 장학금을 준다고 하더라도 필요한 약간의 생활비도 보조할 수 없을 만큼 적빈에 빠진 가난한 집의 아들이었기 때문에 꼼짝없이 남아 있어야만 했다. 그런 마음의 고통이 그의 천사 같던 옛 모습들을 변모시킨 것일까. 사춘기라는 혹독한 터널은 그의 모습을 엉망으로 짓밟았다. 말간 데라고는 한 군데도 찾아볼 수 없는 여드름 상처투성이인 피부에 늘 짓는 멍청하게 얼빠진 듯한 고집스러운 표정, 점점 악화되어 가는 근시 때문에 꼭 걸쳐야 하는 알이 두꺼운 안경까지 얹혀서 음울하고 보기 흉한 청년이 되어 가고 있었다.

그와 동급생이던 지금의 아내는 그의 이런 못생긴 모습에 무신경한 것 같았다. 그녀는 분명 그에게서 미래의 거장의 모습만을 보고 있었던 것이리라. 그녀도 그와 마찬가지로 음악 속에서 음악만을 위해 살고 있었다. 그들은 피아노 위에서 함께 네 손으로 연주하는 가운데 그들이 느끼는 내밀한 도취경의 단계를 넘어서고 있었다.

그가 서울예능학교를 수석으로 졸업하던 해에 그는 학교의 도움을 받아서 런던에서 열리는 '라흐마니노프 콩쿠르'에 참가할 기회를 얻었다. 거기서 입상만 하면 그는 영국 왕립 음악원에 전액 학비 면제를 받으며 입학할 수 있을 것이라고 선생님들은 기대했다. 그렇지만 그는 등수 안에 들지 못했다. 예선을 통과하여 본선에 오른 것만도 기적이었다. 거기에 참가해서 보니 자기 같은 천재는 흔해 빠진 것이었다. 그가 받아낸 것은 입학 허가서뿐이었다. 그만이 가지고 있는 음을 통찰하는 독특한 안목이 높이 평가되었기 때문이었다. 그러나 그는 유학을 갈 수가 없었다. 그는 전액 장학금을 지불하는 국내 대학으로의 진학 이외에는 또 다른 어떤 선택도 할 수 없었다. 다행이 그의 옆에는 영혼의 동반자가 그의 고통을 함께 나누어 지고 있었다. 그들은 서로 상대방에게 연주회를 바쳤다. 그렇게도 순수하고 정열적인 사랑의 결합을 계속 간직하게 해 달라는 염원을 담은 연주회를 서로에게 바쳤다.

그러나 그 조화로운 생활을 깨뜨리는 일이 일어났다. 미호의 서울예능학교 동창인 친구가 하나 있었는데, 그 친구는 나이트클럽에서 가수의 노래를 반주하면서 생활비를 벌고 있었다. 그는 원래 바이올린 주자였기 때문에 가수의 노래 반주로 뒤에서 피아노 연주를 해 준다는 것이 자신의 명예에 그토록 손상을 준다고 느끼지는 않는 것 같았다. 그는 친구의 대학 동아리에서 4주 동안 북미 순회공연이 있는데 너무 좋은 기회를 놓치고 싶지 않으니, 그에게 4주간만 자신을 대신해서 매일 밤 두 시간씩 반주를 맡아 줄 수 없겠느냐고 제안을 해 온 것이다.

윤미호는 당연히 망설였다. 매일 저녁 가야만 하고 게다가 그렇게 추한 곳에서 피아노를 치다니……. 참으로 말도 안 되는 일이었다. 하루 저녁 일하면 학생 한 사람을 한 달 동안 가르치는 것과 맞먹는 급료를 준다고 했다. 그렇지만 그 보수가 이런 모욕적인 시련을 상쇄시킬 수는 없었다.

그는 친구에게 거절했다. 그러자 지금의 아내가 자기가 하고 싶다고 나서는 것이 아닌가. 그는 어둠침침하고 담배 연기 자욱한 그런 술집에 영혼의 동반자를 내보낼 수는 없었다. 마침 클럽에서도 당시는 남자 피아노 연주자가 더 귀하던 시절이라 남자인 미호를 더 원했다. 신동 윤미호의 앞날은 몇 년 전부터 망각 속에 파묻혔다. 이제는 명성이 그에게 조명을 비추기까지 얼마나 더 기다려야 할지 아무도 알 수 없었다. 그런데 며칠간의 저녁 일은 그들에게 지금까지 부족했던 경제적인 면에 도움을 가져다줄 수 있었다. 그렇다면 그것이 그토록 막대한 희생일까? 그들은 결혼도 하고 싶었고, 피아노 연주도 계속하고 싶었다. 그는 수락했다. 우선 경제적인 혜택이 다급하다는 아내의 계산에 수긍을 한 것이다. 그 후 얼마 안 가서 그는 아내와 결혼을 했다.

결혼으로 그의 생활은 거의 바꾸어지지 않았다. 그러나 결혼은 지금까지 모르고 지냈던 책임감을 갖게 해 주었다. 그는 젊은 아내의 근심들을 함께 나누어야 했다. 돈을 모으면 런던의 영국 왕립 음악원에 꼭 가고 말 거라던 결심이 어느 순간부터 공허한 울림처럼 느껴지기 시작했다. 월부로 산 자동차, 전세금을 올려 달라는 집주인, 새로 태어난 아기가 그를 빈번하게 밤무대로 불러내렸다. 게다가 유인원처럼 울퉁불퉁한 그의 용모와 안경을 낀 신학생 같은 특이한 분위기가 근엄하고 엄숙한 그의 음악과 묘하게 어우러지면서 너무나 경직되고 근엄해서 오히려 웃지 않을 수 없게 만드는 희극적인 요소를 자아내 뜻밖에 그는 청중들의 인기를 끌었다.

아내는 매일같이 참을성 있게 지칠 줄 모르고 그에게 문제를 제시했다. 그녀는 좀 더 쾌적하고 넓은 공간을 원했다. 생활환경의 개선은 당연히 그의 희생을 요구했다. 그는 가끔 영화에도 출연했다. 신동 윤미호는 사람들의 기억에서 사라진 지 오래였다.

다만 신동이었던 남자 윤미호가 현재에 존재하고 있을 뿐이었다. 어쨌든 그는 지금 방배동의 고급 주택 단지의 개인 저택에 자리를 잡았다.

어느 날 옛 친구가 그를 찾아왔다. 친구는 시립 교향악단의 바이올린 제2주자를 맡고 있었다. 그들은 서로를 반갑게 껴안았다. 친구는 방배동으로 옮긴 저택의 호사스러운 인테리어와 분위기에 압도당하여 정신을 차리지 못했다. 그렇지만 어쨌든 친구는 이제 나이트클럽에서 피아노를 치지 않았다. 세종홀이건, 이화홀이건 친구는 교향악을 연주하고 있었다.

그들은 서울예능학교 시절을 돌아보면서 그 시절의 희망과 좌절을 다시 회상하고 그들 스스로의 길을 찾기 위해서는 인내가 필요했다는 것을 이야기했다. 친구는 자기의 바이올린을 가져오지 않았다. 그러나 미호는 피아노에 앉아 리스트와 쇼팽을 연주했다.

—너는 독주자로서의 영예로운 길을 걸을 수 있었을 텐데……. 너라면 국립음악원의 총장이 되었어야 하는데…….

친구는 몇 번이나 음악 평론가들이 그의 이야기를 하면서 얼마나 아쉬워했는가를 말했다. 그러나 그는 그런 이야기가 듣고 싶지 않았다. 심지어는 라흐마니노프라는 그 이름조차도…….

브리지 클럽에 들어서면서 영정은 눈으로 그를 찾으면서 팔을 들어 시간을 확인한다. 10분 전이다. 그런데 오늘따라 사람들이 유난히 북적인다. 클럽의 종업원들이 칸막이벽을 움직여 방을 넓히느라고 부산하다.

―아니, 웬 사람들이 이렇게 많아요?

영정은 디렉터에게 회비를 내며 묻는다.

―오늘이 엠에스오 대표 선수를 뽑는 예선전이 열리는 날인데요. 이미 1월부터 공고했는데 모르셨어요?

―아, 전혀요. 런던에서 해마다 열린다는 그 마인드 스포츠 올림픽 게임 말인가요? 그나저나 지금 신청해도 참가할 수 있나요?

―물론이지요. 사람이 많을수록 좋잖아요.

디렉터 장 선생이 쾌활하게 대답한다. 그 순간 남자가 영정에게 눈인사를 건네며 다가온다.

―늦었습니다. 죄송합니다.

―천만에요. 그런데 오늘 엠에스오 대표 선발 예선 토너먼트가 열린다는데요. 지금 신청해도 참가할 수는 있고요.

남자는 영정의 말을 들곤 클럽 안을 짧게 휘둘러보면서 고개를 끄덕인다. 두 사람은 각자 참가비를 내고 재킷을 벗어 행거에 건 뒤 커피를 한 잔씩 들고 테이블에 앉는다. 아메리칸 스탠더드 룰을 쓰기 때문에 논의할 컨벤션이 별로 없다. 아주 기본적인 룰을 충실히 따르겠노라고 남자가 말한다. 영정도 그렇게 하겠다고 대답한다. 그리고 지난 주일에는 참 재미있었다는 인사를 잊지 않고 한다. 그러자 남자가 약간 수줍은 듯이 작은 소리로 성적은 3위밖에 나오지 않았다고 해서 그들은 함께 웃는다.

그때 어퍼넌트 자리에 앉은 부인이 그들을 향해 런던에 가 본 적이 있냐고 묻는다. 순간 남자가 아주 짧게 경계하는 눈초리로 그 부인을 바라보며 고개를 흔드는 것을 영정은 바라본다. 영정은 런던이라는 말만 들어도 가슴이 두근거리는 자신의 속마음을 미소로 덮으며 남자와 마찬가지로 고개를 젓는다.

—저는 1970년대에 애기 아빠 직장을 따라서 런던에 산 적이 있거든요. 그러고는 한 번도 못 가 봤죠. 요즘은 많이 달라졌다더군요. 런던 아이라는 것도 생기고……. 런던이라니까 한번 가 보고 싶군요.

과거를 그리는 아스라한 눈빛으로 그 시간을 그리워하는 모습이 역력해 보인다. 영정은 자신도 이 여자처럼 유순한 어투로 런던이라는 말을 편안하게 꺼낼 수 있다면 하는 생각에 잠시 잠긴다. 남자는 표정 없이 고개만 끄덕이고 있다.

플레이가 시작되고 그들은 말 그대로 기본적인 룰 이상은 넘지 않으면서 비딩을 한다. 디클레어가 플레이를 시작하면 디클레어의 파트너는 더미가 되어 자신의 카드를 테이블에 늘어놓는다. 디클레어와 어퍼넌트 두 사람이 방금 끝난 비딩 과정과 더미의 카드 배열을 보면서 디펜스를 하는데, 남자는 특히 디펜스에 탁월한 것 같다. 한 수트를 공격해 보다가 그것이 먹히지 않으면 더미의 카드를 참고 삼아 다른 수트로 바꾸어 공격을 하는데, 기막히게 맞는 경우가 빈번하다. 그럴 때마다 영정은 남자의 카드를 읽는 능력에 환호하고 싶은 충동을 느낀다. 그렇지만 노골적으로 자신의 기쁨을 나타내는 것은 상대에 대한 야비한 행동이다. 브리지 게임은 어디까지나 사교적인 모임이기 때문이다. 그래서 가장 중요한 기본으로 매너를 꼽는다. 고도의 두뇌 플레이를 하는 중인데 자신의 승리, 혹은 상대의 실수를 노골적으로 표현해서 상대의 마음에 상처를 주어 심리적인 평정을 잃게 하는 행위는 아주 비열한 것으로 치기 때문이다. 그녀는 자신도 모르게 이 남자와 파트너가 되도록 해 준 베스가 너무 고맙다. 그렇지만 한편 이런 관계가 얼마나 지속될지 걱정스럽다. 오죽하면 브리지 게이머들 사이에 파트너와 잘 지낼 수 있는 10계명 같은 것들이 나돌겠는가. 영정은 남자의 비딩을 조심스럽게 살핀다. 어떻게든 파트너의 의도를 제대로 짐작하고 지금 내가 내린 비딩이나, 혹은 플레이 중에 돌린 수트에 대하여 그가 어떻게 생각할 것인가를 한 번 더 따져 보려고 노력한다.

그날 두 사람은 남북과 동서의 각 10위를 뽑는 예선전을 통과했다. 영정은 몹시 기뻤다. 생각해 보니, 남편이 그녀를 떠난 것이 벌써 7년이다. 그동안 그녀는 기쁜 감정 따위는 거의 잊고 지냈다. 작은 기쁨마저도 느꼈던 기억이 별로 없다. 게다가 3년 전에는 아이까지 남편을 찾아가 버렸다. 그 후 그녀에게는 응석처럼 부리던 아이의 따뜻한 마음 씀씀이 같은 것도 사라져 버렸다. 적막과 울분과 배신감만 남아 있는 자신의 마음속에 참으로 오랜만에 다른 빛깔의 감정이 깃든 것이다. 영정은 순간 기뻐하고 있는 자신을 남처럼 바라보았다. 아직도 이런 마음이 내 속에 남아 있었다는 사실이 신기해서였다. 남자도 기뻐하는 것 같았다. 본선은 일요일 오후 1시에 코엑스 컨벤션홀에서 열린다고 했다. 바둑, 체스, 오목, 스타크래프트, 그리고 브리지 게임에서 대표 선수를 동시에 선발한다고 했다. 그들은 일요일 오후 12시 30분에 컨벤션홀에서 곧장 만나기로 하고 헤어졌다. 영정은 현재의 자신을 외부와 유일하게 이어 주고 있는 그 남자가 걸어가고 있는 뒷모습을 잠깐 동안 서서 바라보고 있었다. 어쩐지 갑자기 자신이 가여워지면서 금방 눈물이 흐를 것만 같았다.

7년 전 어느 날, 꽤 높은 지위의 공무원이었던 남편은 집으로 돌아오지 않았다. 새벽 4시까지는 잠결에도 그를 기다렸을 것이다. 깜박 잠이 들었다가 다시 일어났을 때는 새벽 6시였다. 겨울이라서 아직 날은 어두웠다. 아침이 되어도 남편은 돌아오지 않았다. 다음 날에도 돌아오지 않았다. 사흘째 되던 날, 그녀는 남편의 직장 동료와 함께 경찰서에 찾아가 실종 신고를 했다. 서류를 작성하라는 경찰관의 지시대로 펜을 잡았으나, 그녀는 자꾸 손이 떨려서 도무지 글자를 적을 수가 없었다. 결국 함께 간 남편의 동료가 그 서류의 칸을 메웠다. 그리고 다음 날, 그녀는 경찰관으로부터 질책이 담긴 전화 한 통화를 받았다. 남편 분은 3일 전 홍콩행 싱가포르 에어라인으로 출국했습니다, 라고.

그때부터 그녀의 평화는 깨졌다. 남편은 아주 철저하고도 완벽하게 증발해 버린 것이다. 소식 같은 건 당연히 없었다. 언제부턴가 막이 내리기만을 기다리는 지친 배우처럼 그녀는 시간을 견디는 역할을 해 내지 않으면 안 되었다. 남편의 친구들이 어찌 어찌해서 물어 온 소식은 그가 런던에 옛 애인을 만나러 갔다는 믿어지지 않은 내용이었다. 그게 당키나 한 소린가……. 아무리 다시 생각해도 이해할 수 없는 사람이고 사실이었다.

그 일 이후 영정에게 있어서의 모든 사건이나 기억은 그 일 이전과 이후로 구분되었다. 한동안 그녀는 시간만 나면 혹시 남편이 미리 어떤 암시를 주었는데도 자신이 흘려버린 것은 아닌가 하는 생각에 그 일이 벌어지고 진행되었던 순서를 시간대 별로 세밀히 따져 보았다. 나중에는 하루 종일 하는 일이라곤 그 일을 생각하는 것 이외에는 아무것도 없었다. 그가 했던 말이나 행동들을 기억해 낼수록 가슴에서 자고 있던 증오심이 거센 불꽃 자락을 너울거리면서 그녀를 깨웠다. 그녀는 치밀어 오른 분노가 온몸에 쫘악 퍼질 때면 증오의 불바다에 자신을 던져 버렸다. 어떤 날에는 아직도 그 생각에 빠져서 멀거니 앉아 있는 자신의 모습이 마치 불꽃 속에 앉아 있는 등신불같이 느껴졌다. 조금만 기다리면 어느 순간 육신이 쿵 하는 소리와 함께 옆으로 넘어지면서 형체가 무너져 내리고 마지막 불꽃이 한순간 확 피어오르다가 모든 것이 스러지듯 끝나 버리는 장면이 자꾸만 그녀의 눈앞에 어른거렸다. 때로는 그런 순간이 다가오고 있는 것이 느껴졌다. 그러면 아 이렇게 나의 인생이 끝나는구나 하는 안도가 피어오르는가 하면 너무나도 억울하다는 울분이 그녀의 머릿속을 때리기도 했다. 기억하고 싶지 않은 사실 속에 머물러 있는 자신에 대한 새로운 분노가 뜨겁게 그녀의 가슴을 후벼 왔다. 그러던 어느 순간 그 일에 대한 자신의 기억 순서가 가끔 다르다는 사실을 깨달았다. 언젠가 책에서 읽었는데 사람들은 치명적으로 아픈 기억들을 잊으려고 하는 본능이 있기 때문에 어떤 기억에 관해서는 자신도 모르게 깡그리 잊어버리기도 한다고 했다. 아마 그 일도 그녀에게는 끔찍하고 아픈 기억이었기 때문에 시간의 길고 짧음과 관계없이 상당 부분이 빠르게 잊혔을지도 모른다고 그녀는 생각했다. 그러나 그녀는 지금도 런던이라는 지명을 듣기만 하여도 가슴 한편이 아리면서 아파 오는 묵직한 통증을 견딜 수 없었다.

차가운 물을 한 잔 들고 거실 유리창에 비친 자신의 얼굴을 바라보며 웃어 본다. 그의 등 너머에서 그가 하는 짓을 보며 그의 아내가 따라 웃는 모습이 유리창에 보인다.

—브리지 게임이라는 게 아주 재미있는 모양이지요. 생전 외출 안 하던 일요일에도 나간다는 것을 보니 말이에요. 아무튼 6시까지 늦지 말고 도착하세요.

그의 아내는 그에게 결코 화를 내는 법이 없다. 자신을 위해서 별로 돈을 쓰는 것 같지도 않다. 다만 집 안을 꾸미는 데는 조금 사치스럽다는 생각이 들기도 한다. 그렇지만 아내의 말도 일리가 있다. 그녀는 미호가 대학교수도 아니고, 연주회를 여는 사람도 아니기 때문에 개인 지도비를 높이 받으려면 무엇이든 도도하게 나가지 않으면 안 된다고 했다. 아내가 말을 하지 않아도 그가 내걸 수 있는 것은 '신동 윤미호'라는 것과 동양인 최초로 영국 왕립 음악원에서 주최하는 콩쿠르 본선에 진출한 그의 실력밖에 없는 것이 사실이었다. 그렇지만 돈을 내는 학부형들이 무슨 실력이 있다고 그의 실력을 알아보겠는가. 차라리 호사스러운 그의 음악실 분위기에 압도당하여 그가 책정한 레슨비를 내게 하는 것이 아내 말대로 빠를 것이다. 그는 오늘이 마인드 스포츠 올림픽 대표 선수 선발 토너먼트니 뭐니 하고 아내에게 설명하지 않는다. 아내는 그의 단조로운 생활을 바라보는 것을 지극히 만족스러워 하는 것 같기 때문이다. 나이트클럽 출연 시간에 늦지만 않으면 된다. 그는 아내가 하라는 대로 별다른 불만 없이 다 하고 있다.

자동차를 가져가지 왜 걸어가느냐는 아내의 말을 뒤로한 채, 그는 대문을 나서서 언덕을 걸어 내려간다. 간밤에 내린 비에 씻긴 골목길이 유난히 깨끗하다. 산뜻한 주택의 담장 밖으로 늘어진 능소화가 싱그럽게 활짝 웃는다. 그는 초여름 날씨의 오전 햇살 속을 아주 느리게 걷는다. 아주 가끔 찾아오는 행복한 마음이 지금 그의 가슴 안으로 들어서고 있는 것을 느끼며 그는 천천히 자신의 양손으로 가슴을 덮는다. 그때 어디선가 피아노 소리가 울려온다. 그는 잠시 귀를 기울이며 고개로 박자를 맞추다가 다시 걷기 시작한다. 서투른 음정이 그의 얼굴을 미소 짓게 한다. 그는 잠깐 시간을 확인하고는 여유 있는 모습으로 언덕을 걸어 내려간다.

30분 전, 그는 예정대로 컨벤션홀에 도착한다. 컴퓨터 게임과 오목 부문에 작은 꼬마들까지 참가하고 있어서 홀 안은 사람들로 꽉 차 어수선하다. 그는 안내원을 따라 브리지 게임이 열리는 코너로 가서 등록을 한다. 주최 측에서 주는 명찰을 가슴에 꽂고 정해진 브리지 테이블에 앉자, 여자의 브리지 게임 경향이 떠오른다. 여자는 자신의 카드 내용에만 사로잡혀 있는 편이다. 결국 파트너인 자신을 전적으로 믿지 않고 있다는 뜻인데, 그것을 지금 어떻게 기분 상하지 않게 표시를 할 수 있을까 하는 생각을 잠시 해 본다. 그렇지만 그는 곧 그 이야기는 꺼내지 않는 것이 좋다는 쪽으로 생각을 굳힌다. 파트너와 브리지 게임에 관한 이야기를 할 때는 브리지 테이블이 없는 곳에서 이야기해야만 진정으로 토의가 이루어진다는 얼마 안 되는 브리지 게임 경험이 떠오른 탓이었다. 방금 플레이를 마친 게임에 대한 분석은 즉석에서 하고 치우는 것이 유리하지만 게임의 전반적인 매너에 관한 것은 파트너의 기분만 상하게 할 뿐이다.

조금 후에 도착한 여자의 기분도 아주 좋은 것 같다. 좋아하는 모습이 어린아이 같다. 여자가 좋아할 만도 한 것이 브리지 게임 경력 3년밖에 안 된 그와 여자가 10위 안에 든 것은 정말 이변이라면 이변일 수도 있었다. 20년 이상 된 게이머들을 제치고 겨우 두 번째 플레이를 했을 뿐인 그들이 좋은 성적을 내다니, 그도 사실 어리둥절했다. 아무튼 오늘도 파트너를 믿고 룰 안에서만 조심조심 플레이를 할 테니 잘 봐 주시라면서 여자가 고개까지 숙여

인사를 하는 바람에 그는 크게 웃는다. 주변에 있던 사람들이 장난치듯 화기애애한 그들의 모습을 의아한 표정으로 말끄러미 쳐다본다.

개회식을 간단히 치르고 플레이가 시작되었다. 그는 긴장과 정적이 감도는 토너먼트 특유의 분위기로 서서히 빠져든다. 어느 순간 그의 머릿속에서는 모든 일상이 일시에 차단되고 카드 게임의 수 읽는 능력만이 남는다. 프로그램이 입력된 로봇처럼 플레이를 하던 그는 문득 스스로 아주 행복하고 편안하다고 느낀다. 그것은 조금 놀라운 기분이기도 했다.

—이토록 행복했던 적이 없어요. 이토록 아름다운 순간이 있다니…….

그들이 1등이라고 발표되자 그녀가 떨리는 목소리로 한 말이다. 그도 여자의 말에 전적으로 동감했다. 믿을 수 없는 일이 일어나 버린 이 얼떨떨함이라니……. 그러니까 브리지 게임도 운이 따라야만 돼, 성적은 실력만으로 정해지지 않는다니까, 라고 말하는 어떤 사람의 목소리가 그의 귀에 들려와도 전혀 기분 나쁘지 않다. 그게 사실이라고 맞장구를 치고 싶을 정도이다. 그는 사람들의 말대로 자신의 실력이 좋아서 1등을 했다고는 전혀 믿지 않는다. 사실 운이라는 말이 맞다. 그들보다 실력이 뛰어난 사람이 수두룩한데 그들을 제치다니……. 아, 정말 행복하다.

사람들과 우선 축배라도 들어야 하지 않겠냐면서 호텔의 와인

바로 자리를 옮겼다. 한턱은 날을 정해 추후 쏘기로 하고 우선 축배는 들고 헤어져야 한다고 사람들이 우기는 바람에 마련된 자리다. 남자는 수줍은 성격이라서 이런 자리가 몹시 어색하다. 다만 여자의 능숙한 분위기 조성에 그는 견딜 만했다. 밤새 놓아 주지 않을 것처럼 말을 하던 사람들이 일요일이라서 어쩔 수 없이 집에 가 봐야 한다면서 이내 자리를 털고 일어선다. 이제 여자와 그만 남았다. 그는 아까 그들이 1등이라고 발표된 순간부터 여자에게 그 말을 어떻게든 해야 한다는 생각 때문에 이젠 아주 진땀까지 나는 것 같다.

—김영정 씨…… 제가 드릴 말씀이 있는데…….

여자가 발갛게 상기된 얼굴에 웃음을 띠며 그를 본다.

—저는 못 갈 것 같아요. 앞으로 6개월간 나이트클럽에서 목요일을 제외한 매일 밤 피아노를 연주해야 하거든요…….

사실은 그렇지 않지만 그는 이렇게 핑계를 댄다. 그는 세계 어디를 가더라도 런던만은 마음이 아파서 갈 수가 없을 것 같다는 생각이 들었다. 아마도 런던의 로열 앨버트 홀 앞에 서게 되면 어쩐지 잘못된 길을 걸어왔다는 후회가 그의 마음을 깊이 찔러서 다시는 일상으로 돌아갈 수 없을 것 같은 생각이 들었다. 여자는 그의 얼굴을 바라보며 고개를 천천히 끄덕인다. 아주 깊이 이해하고 있다는 표정이 역력하다.

—어젯밤, 문득 우리가 뽑힌다면 하는 상상이 들자 사실은 잠이 오지 않았어요. 만약에 뽑힌다면…… 하는 상상을 하자…….

사실은 제 남편이 7년 전 어느 날 갑자기 사라졌습니다. 완벽한 실종이었지요. 저는 세상에서 제일 하기 싫은 이야기가 그 일이에요. 그런데 왜 이 이야기를 꺼내느냐 하면 남편이 바로 런던에 있기 때문이에요. 옛 애인을 찾아 어느 날 불현듯 떠나 버렸거든요. 3년 전에는 아들까지 아빠에게 가고 싶다면서 가 버렸어요. 그래서 제가 만약에 대표 선수로 뽑힌다면……, 런던에 가게만 된다면 나는 그들을 만나보지 않고 그냥 돌아오겠다. 그런 상상을 해 보았어요. 내가 런던에 왔다 갔다는 소식만 그들에게 전해졌으면 좋겠다는 상상을 했어요.

여자가 물 컵을 들어 입으로 가져간다. 물 컵에 비친 불빛 탓이었을까, 그는 순간 여자의 눈에 물기가 비친 것을 보았다고 생각했다. 여자가 일어선다. 자기가 계산을 하겠다고 나서는 여자를 밀치고 그는 얼른 카운터로 달린다. 그의 가슴이 다 무너져 내려 버리고 지금 이 자리에는 아무것도 남아 있지 않은 것 같은 생각이 들어서 그는 자신의 가슴을 몇 번인가 쓸어 본다.

그날 밤 12시, 거의 가수 상태 속에서 텔레비전 영화를 보고 있던 영정은 그 남자의 전화를 받았다.

─김영정 씨, 전화번호를 알아내느라고 이렇게 늦었습니다. 베스가 이제야 리턴 콜을 해 주었거든요. 우리 런던에 갑시다.

남자가 힘찬 소리로 간략하게 말하고는 전화를 끊었다. 그녀는 남자의 전화가 끊기고도 한참 그대로 송수화기를 든 채 서 있었

다. 뭔가가 가슴 밑바닥에서 희미하게 출렁거리기 시작하더니 눈
물이 주르르 흘러내렸다. 그녀는 하염없이 흘러내리는 눈물을 그
대로 두고 서서 잠시 울었다.

버스 전용 차선

애초부터 플라타너스 잎 그림자를 기준으로 삼은 것이 잘못이었다. 오전 8시 정각, 그가 그 자리에 도착해서 8밀리미터 캠코더를 목에 걸고 줌인 파인더 속에 잡히는 최대한의 거리를 맞추던 당시에는 플라타너스 잎 그림자가 모니터의 한가운데 놓여 있으면 되는 거였다. 그러나 한 시간 사이에 그림자는 짧아졌는데 그는 여전히 모니터의 한가운데 플라타너스 잎 그림자를 담고 있다가 버스 전용 차선을 침범하고 들어오는 자동차 번호를 판독 가능한 거리에서 촬영하는데 실패하고 만 것이다.

그가 구청에서 지정받은 자리는 약간 경사가 지면서 좌측으로 조금 휜 언덕의 내리막길이었다. 언덕을 오르면서 가속을 하던 차량들이 순간 속도를 죽이지 않고 비어 있는 버스 전용 차선으로

쪽 들어왔다가 비디오 촬영 감시자를 발견하고는 얼른 다시 버스 전용 차선을 빠져나가 버리기 쉬운 지점이었다. 그의 자리는 줄 선이 점선으로 바뀌는 곳으로, 가로수 아래 붙박이다. 명령하달식인 정부 기관의 관행대로 그 역시 지정받은 자리에서 한두 걸음 이내로 이동이 가능할 뿐이다. 그의 비디오카메라는 어떻게 해서든지 언덕으로 올라온 자동차가 자신을 발견하고 빠져나가기 직전 판독 가능한 거리에서 촬영을 해야만 했다.

여기가 아주 미묘하다고요. 경사 아래쪽에 서 있기 때문에 눈먼 운전자나 걸려들지 눈치 있는 사람은 다 빠져나가요. 허구한 날 아스팔트 바닥만 찍어 대다가 테이프만 끝나고 말지. 그러니까 무슨 감사 기간이거나, 교통 소통 대책 재정비 기간이거나, 반장기분 삐꺽대는 날에는 도대체 왜 그렇게 실적이 없냐고 제일 먼저 얻어터지는 자리가 여기지요.

그의 전임자는 그를 나무 아래 세워 놓으면서 차례 상에 올릴 과일을 살펴보는 사람처럼 한 바퀴 휘 둘러보더니, 거기서 모니터를 대 봐라, 이쪽으로 조금 돌려 봐라 하고 참견하면서 연신 여기는 빠른 순간 포착 이외에는 어떤 뾰족한 묘수가 있을 리 없는 자리라고 연거푸 강조했다. 그 말은 사실이었다. 비디오카메라를 언덕 아래 50미터 지점에 고정하고 있다가 그를 발견하고 막 빠져나가려고 하는 차가 일반 주행선 안으로 미처 비집고 들어가지 못해서 엉거주춤하는 순간에 레코드 온 라인을 켜면 되는 거였다. 다만 문제는 조금만 일찍 자동차가 차선을 빠져나가면 최대 확대를 해도 자동차 번호가 잘 판독되지 않는 것이었다. 조금만 더 내려가서 찍는다면 아무런 문제가 없었다. 언덕 아래 70미터 지점까지만 내려가도 번호판 판독은 확실히 되는 건데…….

그날 이후 그는 아무리 바라보아도 어떤 특별한 특징을 발견하지 못한 채 똑같은 아스팔트 바닥을 향해 비디오카메라를 비추고 있었다. 먼지 뭉치 같은 꽃가루가 구두 위로 스쳐 지나가고, 폭염을 향하여 관능적인 화답이라도 하듯이 굴곡을 일으키며 일그러진 아스팔트가 버스 전용 차선을 나타내는 푸른 줄 선까지도 알파벳의 에스(S) 자 곡선으로 만들 때에도, 카메라의 모니터 화면을 들여다보고 있었다. 그 사이에 가을비가 추적추적 내렸고, 흰 눈이 몇 번 퍼부었으며, 또다시 꽃가루가 아스팔트의 하수구 주위에서 뭉치기 시작했다. 봄은 다시 알레르기성 재채기를 참지 못해 눈물까지 주르르 흘리며 해 대는 기침 소리와 함께 요란스럽게 돌아왔다. 그사이 그의 자리는 나무 옆에서 언덕 아래 방향으로 한 걸음 물러나 보도 방향으로 20센티미터 정도 들어가서 비디오카메라의 모니터 화면을 들여다보고 있는 것만이 조금 달라졌을 뿐이다.

그는 언제부턴가 나무 뒤로 숨기 시작했다. 그로서는 사실 숨은 게 아니었다. 왜냐하면 어떤 자리에서든지 자신 있게 무대 위로 나서 본 적이 없었기에 마치 초원 위를 달려오는 짐승의 무리 같은 자동차의 물결 한가운데 서 있는 것이 부담스러웠다. 너무나 수줍었기 때문에 자연스럽게 나무 뒤에 서 있을 뿐이었다.

그가 나무 뒤로 숨었다는 것은, 그로서는 버스 전용 차선을 위반하고 달려드는 자동차들을 언덕 아래로 70미터 정도까지 유인하는 의미였다. 언덕에서 미처 그를 보지 못한 차들이 속력을 내고 달려오다가 그를 발견하고 막 빠져나가는 모습들이 그의 모니터에 수시로 잡히기 시작했다. 그는 자신을 발견한 차들이 순간 움찔하고 놀랜다는 사실을 느꼈다. 놀란 자동차들이 황급히 차선을 바꾸려고 의도하는 순간이 재미있었다. 그것은 어린아이들이 느끼는 재미처럼 아주 단순하고 다분히 장난기 섞인 감정이었다. 어쩌다 그는 그런 재미에도 불구하고 비디오카메라를 잡은 채 깜박깜박 졸음 속에 빠져 버리기도 했다. 달리는 자동차의 소음에 아무 소리도 구분할 수 없던 처음과 달리 보도에 늘어서 있는 상점에서 이른 아침부터 물청소를 하면서 틀어 놓은 가요의 노랫말들이 또렷이 들리기 시작하면서부터였다. 레코드 온 라인도 켜지 않은 비디오카메라를 목에 매달고 모니터에 시선을 고정한 채 그는 잠깐씩 생각을 놓아 버렸다. 그는 모니터 화면 속에서 그를 의식해 차선을 바꾸려고 기를 쓰는 자동차들을 갸웃거리는 시선으로 아득히 바라볼 때도 있었다. 그는 PC방에 가는 시간을 좀 줄이지 않으면 안 되겠다는 생각을 하며 아주 잠시 서서 자는 사람도 있다더니 바로 이런 거였구나 하는 생각을 잠깐 떠올렸다.

여자의 애인이 뇌사 상태에 빠진 것은 2년 전, 그녀와의 결혼을 결정짓고 아내와 정식으로 이혼하겠다고 말한 날 밤이었다.

그날은 마치 기적과 같은 날이었다. 이미 여름은 지나갔고, 밖에서는 오래전부터 잎이 노래지기 시작했으며, 아파트 동간 사이로 휘몰아치는 바람 소리가 모퉁이로 돌아나가면서 하루 종일 휙휙 소리를 질러 대는 깊은 가을이었다. 나프탈렌 냄새를 쫓기 위해서라도 두꺼운 옷을 내다 거는 게 낫겠다 싶을 정도로 깊은 가을이었다. 그날 아침, 잠에서 깨어난 여자는 창문의 커튼 사이를 통해 푸르게 빛나는 가는 선이 눈부시게 반짝이고 있는 것을 발견하고는 기이한 기분에 휩싸였다. 선녀의 지팡이가 막 지나간 자리처럼 금가루가 뿌려져 있는 듯한 광경을 믿을 수 없어서 침대에서 일어난 여자가 창문을 열자 떨리는 햇빛의 파도가 그녀를 향해 밀려오고 동시에 새들이 수다스럽게 지저귀는 소리가 들렸다. 여자는 신선하고 가벼운 공기와 함께 말할 수 없이 달콤하고 희망에 가득 찬 향기를 들이마시고 있는 기분이었다. 전혀 가을 같지 않았다. 봄이었다. 눈으로 보는 봄이었다. 달력의 표시에도 불구하고 말이다.

사실 여자는 그 전날 밤을 거의 잠들 수 없었다. 10년 이상 다른 여자의 남자를 사랑하면서 서른세 살 노처녀가 되어 버린 여자에게 있어서 밤은 어두운 곳에 쭈그리고 앉아 있게 하는 시간일 뿐이었다. 게다가 어제처럼 회사 앞에 찾아온 남자가 잠깐 얼굴만 보고 나서 피곤하니 그만 일어나겠다고 말하고 가 버린 밤이면 여자의 불안은 지긋지긋할 만큼 집요하게 그녀의 가슴속으로 파고들었다. 그와의 결혼을 꿈꾼다는 것이 도대체 가능한 일일까? 그 남자와의 사이에 변화란 있을 수 없었다. 그 남자의 손을 놓아 버릴 수 있다면…… 그렇다면 얼마나 행복할까. 그러나 그녀 스스로는 자신이 처한 현재 상황에서 결코 벗어날 수 없으리라는 사실을 알고 있었다. 여자는 박쥐처럼 어두운 곳에 쭈그리고 앉아서 '빛의 사람들', 즉 그 남자와 그의 아내를 쳐다보고 있는 듯한 스스로를 경멸했다. 자신을 향하여 독을 품고 증오하다가 설핏 잠이 들었다.

여자는 자기에게 쏟아지는 금빛 햇살 아래서 두 손으로 얼굴을 가리고 울었다. 그냥 울고 싶었다. 새의 지저귐, 푸른 하늘, 간밤에 꾸었던 반만 남은 지워진 꿈, 그리고 그의 연락을 기다리고 있는 시간들, 이런 모든 것이 다 막연한 희망처럼 느껴졌다. 분명한 목적 없이 평온하게 이런저런 작은 일들에 마음을 쏟고 사는 것도 행복이라는 생각이 들었다. 여자가 그때 느낀 것은 기쁨과 경탄이었다. 그러나 동시에 뭔가 찌르는 듯한 고통이 느껴져 왔다. 씁쓸하고 절박한 질투의 감정이었을까? 또는 사랑의 감정이었을까? 여자는 감히 끝까지 추적해 볼 엄두가 나지 않았지만 혹시 자기 경멸의 감정은 아닌가 하는 생각을 품기도 했다.

남자는 오후에 전화를 걸어 올 것이다. 언제나처럼 '뭐하니?' 하는 문자 메시지를 보낸 후 1~2초 후 전화를 걸어 올 것이다. 그때 말하리라. 나의 명백한 소망은 명백한 소망 한 가지를 가슴에 품는 것이라고.

밝은색 비단으로 된 가벼운 블라우스를 받쳐 입고, 검은색 줄

무늬가 있는 회색 정장을 입고 출근하면서 그녀는 뭔가 알 수 없는 희망에 싸여 있었다. 어쩐지 오늘 하루 사이에 자신의 명백한 소망이 무엇인지 발견할 수 있을 것 같은 기분이 들었다. 여자는 남자의 전화를 기다렸다. 하루 종일 행복한 기분 속에서 남자를 생각했다. 한결 가벼워진 남자가 그의 어깨를 짓누르지 않아서 행복한 것 같다는 생각까지 들었을 정도였다. 남자는 '뭐하니?' 하고 문자 메시지를 날린 후에 어김없이 전화를 걸었다.

"전화로 할 말은 아니지만, 아무래도 결정을 내려야겠어. 아내에게 헤어지자고 말을 해야 할 것 같아."

그리고 두 사람은 한참 동안 침묵했다.

"아무튼 이따 보자고."

그가 근무하는 병원과 조금 떨어져 있지만 분위기는 썩 괜찮은 이탈리아 식당에서 그녀가 퇴근한 후에 만나기로 약속을 했다. 그의 목소리는 활기차고 쾌활했다. 여자는 그 목소리를 들으면서 다시 한 번 자신의 명백한 소망이 무엇인가를 잠시 생각했다. 그것은 이제 그만 남자로부터 떠나는 것이었다. 그런데 남자는 여자가 그를 떠나려 하는 순간을 기가 막히게 포착하는 능력이 있는 모양이다. 남자는 지금 또 한 번 그녀를 흔들어 놓고 있다. 그러나 이번만은 그의 의도대로 되지 않을 것이다. 여자는 그날 아침의 행복한 느낌을 잠시 떠올려 보았다. 그러자 지금 그 남자가 내비치는 쾌활한 분위기까지도 그의 계산에 포함되어 있을지 모른다는 의심이 일었다.

그러나 남자는 오지 않았다. 아니, 오지 못했다. 2차로인 남산 순환도로에서 마주 오던 8톤 트럭이 핸들 고장을 일으켜서 그를 정면으로 덮치고 말았다. 여자는 긴급통화에 입력된 핸드폰 단축 다이얼 1번을 계속 눌렀으나, 지금은 전화를 받을 수 없으니 메시지나 호출 번호를 남겨 달라는 안내말만 들었을 뿐이다.

전화를 걸어 온 사람은 언젠가 한두 번 술좌석을 같이한 적이 있는 그의 동료였다. 이지연 씨냐고 그녀의 이름을 확인한 후에 한림 병원에 근무하는 닥터 한을 아는 이지연이 맞는가를 확인한 후에 "그 회사가 대기업은 대기업인 모양이군요. 이지연 씨를 찾는 게 벌써 세 번째거든요. 저 기억하십니까? 언젠가 닥터 한과 함께 국스시에 갔다가 같이 노래방에 갔던 사람입니다."라고 말했다. 순간 여자는 이유도 알 수 없이 가슴이 철렁하는 것을 느꼈다. 영화의 느린 화면처럼 자신의 손이 저절로 벌어지면서 전화기를 놓아 버리는 장면이 그녀의 눈앞에 나타났다. 그 사람은 그녀의 남자가 교통사고를 당해 지금 뇌사 상태에 빠져 있다고 말했다.

"안 돼요."

그녀는 사실 소리를 지르고 싶었다. 그러나 마음속과 달리 자신도 모르게 속삭이듯 말하고 있었다.

'난 그에게 할 말이 있어요.'

이 말을 입밖에 냈다고 생각했다. 그러나 여자는 그 남자의 다음 말을 숨을 죽인 채 기다리고 있을 뿐이었다. 그들은 잠시 침묵했다. 여자는 그의 말들이 귓속으로 들어와서 빠져나가지 못하고 바이러스처럼 자신의 몸 안으로 침투하는 것을 느꼈다. 여자는 기계적으로 받아 적은 '한림 병원 응급실'이라는 글자 위로 메모지가 우글거리고 찢어질 때까지 볼펜을 꾹꾹 눌러 덧칠을 해 대고 있었다. 그리고 잠시 후 바로 조금 전에 그녀의 눈에 비쳤던 장면대로 그녀의 손이 천천히 전화기를 놓아 버리면서 고개가 앞으로 푹 꺾이는 것이었다. 다급해진 남자의 목소리가 연이어 "여보세요." 하고 전화기 속에서 외쳤지만 여자의 귓속까지 들어오지 못하고 전화기 근처에서만 맴돌고 있었다.

정신을 잃었다가 깨어난 곳은 여전히 사무실 한쪽 그녀의 책상이었다. 마침 그녀가 전화를 받은 때가 쉬는 시간이어서 그녀의 옆자리 동료들은 휴게실에 간 모양이었다. 키폰 전화기에는 그녀의 번호인 8번에만 빨간 불이 켜져 있고, 푸른 형광등 불빛이 늘어져 대롱거리는 송수화기 위를 비추고 있다. 여자는 천천히 송수화기를 제자리에 올려놓았다. 전화기에 켜 있던 빨간 불이 꺼졌다. 아주 잠시 동안의 일이었다. 그녀는 잠시 무엇이건 생각을 해야 한다고 생각했다. 그렇게 하지 않으면 영원히 생각 같은 건 다시 하지 못할 것처럼 느껴졌기 때문이다.

그의 말은 정말이었을까? 이번에는 정말 나와 결혼하겠다고 생각한 것일까?

맨 처음 떠오른 생각이다. 다른 날 다른 시간 같았으면 결코 그 말에 무게를 싣지 않았을 것이다. 그는 그녀가 떠나려 하는 순간을 너무나도 잘 알고 가장 먹음직스러운 미끼를 던지는 데 명수였기 때문이다. 그러나 이번만은 문제가 달랐다. 예상하지 않은 죽음 같은 것을 당한 사람들의 경우, 평소와는 다른 행동, 혹은 말을 하지 않던가. 그의 말이 여기에 해당되는 것은 아닐까? 그녀는 손지갑 속에 자동차 열쇠 하나만을 달랑 챙겨 들고 잠깐 근처에 볼일을 보러 가는 사람처럼 황급히 병원 응급실을 찾아가면서도 이 생각에만 사로잡혀 있었다. 병원에 닿아서 응급실 문 앞에 이르렀을 때에야 그의 아내가 바로 옆에 있을지도 모른다는 생각이 떠올라서 들어갈 수가 없었다. 그녀는 잠시 서성이다가 힘없이 발길을 돌리고 말았다. 돌아오는 자동차 속에서 그녀는 울고 싶었지만 그렇게 되지 않았다. 무언가 한없이 잘못되었다는 자각만이 그녀 앞에 암울하게 펼쳐져 있을 뿐이었다.

여자는 그날 이후, 그가 깨어나기를 간절히 기다렸다. 매일 아침, 중환자실 첫 번째 면회 시간인 7시 30분 면회를 마치고 급히 서둘러 출근을 하는 것이 일과가 되었다. 여자는 매일 목숨을 걸고 출근을 하기 시작했다. 중환자실에서 아무리 서둘러 빠져나와도 8시 30분까지 출근하기에는 워낙 거리가 멀었다. 그녀는 언덕까지 버스 전용 차선을 그대로 타 버렸다. 언덕에서 조금 내려가다 보면 비디오카메라를 목에 걸고 나무 뒤에 숨어서 지키고 있는 공익근무요원이 보였다. 여자는 재빠르게 차선을 바꿔 주행 차선으로 들어간다. 몇 번 비디오카메라에 찍힌 적도 있는 것 같은데 어쨌든 아직까지 스티커를 받은 적은 없다. 여자는 항상 생각하고 있었다. 남자가 깨어나면 꼭 그 말을 해야겠다고.

나, 이제 당신을 떠나려고 해.

그것은 그즈음 한참 유행하고 있는 노래 가사의 일부였다. 여자는 그 노래를 처음 들었을 때 그 대목이 너무 마음에 들었다. 언젠가는 자신의 가슴속에서 꼭 빠져나가야 할 존재처럼 느껴지기 때문이다.

날씨가 미친 것 같았다. 아직 여름이 아닌데도 한낮은 벌써 매우 더웠고, 작열하는 태양이 아침부터 저녁까지 거리들을 하얗게 달구고 있었다. 그런 날씨에 비디오카메라를 목에 걸고 서 있는 것은 고문이나 다름없었다. 하지만 상관없었다. 조금만 있으면 12시였고, 그의 근무 시간이 끝날 테니까. 그는 목뒤로 흐르는 땀을 맨손으로 문질렀다. 상의 깃을 세워 목덜미를 몇 번인가 문지르다가 손톱으로 할퀴었는지 살갗이 쓰라렸다.

그때 그의 시선 속으로 자동차가 한 대 들어왔다. 그는 물속에서 발을 버둥대고 헤엄치면서 물 밖으로 떠받치고 있던 비디오카메라를 들이미는 사람처럼 엉거주춤한 자세로 바로 앞으로 달려드는 검은색 승용차를 찍어 댔다. 자동차는 햇빛 아래서 갑자기 자취를 감춰 버렸다. 그러다가 다시 확 그를 놀라게 하려는 장난이라도 치는 것처럼 모습을 나타냈다. 빛 때문이었다.

"할 만하니?"

그는 비디오카메라 모니터에서 눈을 떼고 소리가 들리는 쪽으로 고개를 돌렸다. 그의 시선이 그 사람을 뚫고 지나가 그 남자의 등 뒤에 있는 가게의 유리 진열창 속으로 들어가 버린다. 그가 눈을 끔벅인다. 그제야 하얀 남방셔츠가 눈에 잡힌다. 근처에서 약국을 하고 있는 그의 아버지다.

"냉면이라도 먹으러 갈까 해서……."

좀처럼 움직이지 않는 사람이었다. 낡은 한옥 담장 한쪽을 개조하여 내달아 낸 약국이었다. 천장이 낮아서 지반과 같이 낸 바닥 때문에 약국에 들어가려면 꼭 한 자나 땅속 깊이 끌려 들어가는 듯한 기분이 들었다. 그가 초등학교에 다니던 무렵에는 그렇게 게딱지가 앉아 있는 것처럼 보이지는 않았다. 그런대로 '용봉 약국'이라는 반짝이는 간판 글자와 함께 제법 부티마저 풍기는 곳이었다. 'ㅇ'으로 끝나는 두 글자가 겹치면서 나는 부드러움과 '용'과 '봉'이라는 이중의 이미지가 겹치면서 어쩐지 만만하지 않은 느낌 때문에 그럭저럭 특이해 보이기까지 했다. 약국 안에 들어서면 밝은 실내에서 반짝거리는 유리 진열대 뒤에 서 있던 그의 어머니는 유난히 환하게 웃고 있었다. 학교에서 그가 돌아올 때면 어머니와 아버지는 지나치다 싶을 정도로 유쾌한 웃음으로 그를 맞아 주었다. 약국 안에 손님들이 있거나 말거나 그들은 항상 야단스럽게 마중을 치렀다. 그는 공연히 부끄러워져서 턱을 깊숙이 밀어 넣으며 배시시 웃기만 했다. 학교에서 무슨 일이 있었느냐고 호기심에 가득 차서 묻는 두 사람의 질문에 고개를 젓거나, 혹은 웃음으로 말없이 대꾸해서 그들은 더욱 많은 질문을 하느라고 소란스러웠다.

그러나 그들의 이러한 유별난 마중 절차는 어느 날 갑자기 끊어지고 말았다. 약국을 오랫동안 닫아야 했다. 빚을 받으러 떼거리로 몰려와 있는 사람들이 약국 안채에 있는 안방까지 쳐들어와서 그의 아버지를 꼼짝하지 못하게 했기 때문이다. 그는 여전히 아침이면 어깨에 가방을 메고 아버지 앞에 섰다. 방 안에 있는 아버지는 가방을 메고 있는 그와 눈이 마주치면 눈을 끔벅거렸다. 그 끔벅임은 어서 학교에 가 보라는 뜻이었다. 학교에서 돌아와서도 그는 아버지 앞에 섰다. 그와 눈을 마주친 아버지가 눈을 한두 번 깜박였다. 잘 다녀왔냐는 뜻이었다. 얼마나 오랫동안 그런 상황이 계속되었는지는 기억에 없다. 다만 지금도 그가 선연하게 기억하고 있는 것은 고요함을 깨고 대청에, 혹은 방에 누워 있던 사람 중 한 사람이 일어나 갑자기 발작적으로 소리를 질러 대는 모습이다.

어서 네 마누라 내놔라. 연놈들이 사기를 친 거야. 다 짜고 했어. 허구한 날 약국에 붙어 있는 걸 내가 봤는데 어떻게 네 마누라 혼자서 그 많은 돈을 끌어 모았겠어. 이건 거짓말이야. 새빨간 거짓말이라고.

그는 견딜 수 없었다. 무서웠다. 그는 꼼짝하지 않고 있는 아버지를 쳐다보는 것이 어린 마음에도 민망해서 마당으로 슬그머니 내려왔다. 마당 한 귀퉁이에 있는 꽃밭 앞에 쭈그리고 앉았다. 그의 눈에 새빨갛게 피어 있는 채송화가 보였다. 작은 진딧물이 녹색 잎 뒷면에서 고물거리는 것을 바라보았다. 눈을 들어 어디를 보아도 그의 시선을 끌어당길 만한 것이 없었다. 새빨간 채송화뿐이었다. 막연히 엄마가 생각났다. 이후 그는 채송화만 보면 엄마를 떠올렸다. 실제로 그는 엄마와 채송화를 함께 심은 적도 없었고, 채송화에 관한 이야기를 나눈 적도 없었다. 다만 그때 사람들의 악다구니 틈바구니에서 채송화가 유난히도 새빨갛게 도발적인 모습으로 피어났던 기억만은 지금도 또렷했다.

그의 머릿속에는 또 한 가지 장면이 선명하게 떠올랐다. 그의 엄마가 가방을 싸 가지고 나가던 날 자신이 왜 기둥 뒤에 서서 나가는 엄마를 부르지 않고 숨어서 바라보고 있었던 것인지 이해가 가지 않았다. 아주 한참 후에야 엄마는 그에게 숙제를 하라고 시켰고 그는 책상에 앉아 있다가 부스럭대는 소리에 마루로 나왔다가 본 광경이라는 것을 이해했다. 그의 숙제는 아직 끝나지 않았던 것이다.

그는 시계를 보았다. 약국이 아닌 자리에서 보는 아버지는 아주 낯선 모습이었다. 그는 새삼스럽게 그의 아버지가 저렇게 키가 작은 사람이었는가를 생각했다. 아직 60세도 되지 않았는데 그의 아버지는 오래된 사진 속의 인물처럼 느껴졌다. 낡은 냄새마저 풍기고 있는 것만 같았다.

"가시죠."

그는 아버지의 옆에 서서 걸었다. 그의 어깨 정도밖에 이르지 않는 아버지를 곁눈으로 힐끔거리면서 자신의 키가 큰 것은 아마도 어머니를 닮아서인 모양이라는 생각을 했다. 그들은 냉면 집까지 걸어가는 동안 별로 말을 나누지 않았다. 원래가 그랬다. 집에서도 별로 말을 하지 않고 살았다. 둘이서 눈만 마주치면 대강은 알아들었다. 아침에 눈을 마주치고 잠시 서 있으면 그의 아버지가 그에게 물었다.

"얼마?"

그는 필요한 액수만 간단하게 불렀다. 집에 와서 일을 봐 주는 오래된 아주머니가 가끔 일찍 돌아온 자신을 붙들고 "얘, 너희 아버진 성인군자야, 성인군자." 하고 말한 것처럼, 그는 아버지가 화를 내는 모습을 본 적이 없다. 마찬가지로 기뻐서 소리를 지르거나 소리 내어 웃는 모습을 본 적도 물론 없다.

"엄청 덥구나."

그의 아버지는 아까부터 같은 말만 되풀이하고 있었다. 물냉면 두 그릇을 시켜 놓고 앉아서도 또 같은 말이었다. 손님이 가득 찬 식당 안은 에어컨이 돌아가는 소리 때문에 더 정신이 없었다. 냉면은 시키자마자 곧 나왔다.

"잘라 드려요?"

그들은 고개를 끄덕였다. 여자 종업원이 냉면 그릇 속에 가위를 집어넣고 십자가를 짧게 그리면서 가위질을 두 번 하고는 곧장 몸을 돌려 다른 테이블로 가 버렸다. 그는 왼손바닥을 펴서 목덜미를 한 번 쓸어내리면서 오른손으로 젓가락을 쥐었다. 냉면을 먹으러 가자고 그를 찾아왔을 때보다 더 작고 초라해 보이는 그의 아버지는 정작 냉면 그릇을 바라보고만 있었다.

"어서 드세요."

그는 괜스레 머쓱해져서 아버지에게 고갯짓을 했다.

"너희 엄마가 이 집 냉면을 참 좋아했는데……."

그는 순간 자신이 무언가 잘못 알아듣지 않았나 싶은 생각이 들었다. 그의 기억으로 아버지 입에서 "'너희 엄마" 운운하는 소리를 들은 적이 한 번도 없었기 때문이다. 아버지는 심드렁하고 만사가 귀찮은 표정으로 냉면 육수 속을 천천히 휘젓고 있었다. 갑자기 그는 소란스러운 냉면 집 분위기에서 동떨어져 나와 두 사람이 스산한 바람이 불어오는 숲 속에라도 앉아 있는 듯한 기분에 휩싸였다.

"너희 엄마가 이 아래 한림 병원에 입원해 있다는데…… 너한테 알려줘야 할 거 같아서……."

그는 처음으로 아버지가 말을 할 때에 똑바로 눈을 뜨고 그의 눈 속을 들여다보았다. 그러나 아버지는 그와 눈을 맞추지 않았다.

"왜요?"

아버지가 뜨악한 시선으로 그를 바라보았다.

"왜 저한테 알려줘야 해요?"

그는 다시 냉면 그릇 속에 얼굴을 처박듯이 들이밀면서 말했다.

"무슨 암이라든가…… 그래서……."

더 이상 그 여자 이야기는 하고 싶지 않았다. 누군가 어머니 이야기를 하면 그는 못 들을 것을 엿들었을 때처럼 가슴이 뛰었다. 나지막이 수군대던 이웃 사람들이 그를 바라보던 눈빛을 그는 기

억하고 있다. 그들이 말하는 사기꾼, 화냥년인 어머니의 나쁜 피
가 자신의 몸속을 흘러서 통과하는 것 같았다. 그들은 걸어서 집
에 돌아왔다. 그는 구청으로 들어가야 했지만, 어머니가 그의 가
까이에 있다는 사실을 알자마자 저 어둡고 칙칙한 늪에 빠져들어
허우적거리고 있다는 생각이 들어 집으로 돌아오고 말았다. 아버
지는 상점 앞길을 걸어가면서도 시종 말이 없었다. 마치 혼을 빼
앗긴 채 악령에 조종당하고 있는 사람처럼 보였다. 그 역시 아무
말도 꺼낼 수가 없었다. 한여름 햇빛 아래 새빨갛게 피어난 채송
화를 본 것도 같았다.

미친년, 왜 나타나고 지랄이야.

그는 마음속으로 온갖 저주 섞인 비난을 다 동원하여 소리를
질렀다. 자신이 여자만 보면 의도적으로 회피하는 것도 다 어머니
탓인 것 같았다. 지금까지 이성에게 접근해 보고 싶다는 생각을
갖기는커녕 오히려 잔뜩 겁까지 먹는 것도 다 어머니 때문이라고
생각했다.

아버지의 인생을 망쳐 버린 여자.

그녀가 지금 그들에게 연락을 해 온 것이다. 그는 아버지와 함
께 그 여자 욕을 마구 해 대면 조금 분노가 가실 것도 같았다.

여자는 선 채로 어둑어둑해진 거리를 내다보았다. 나무 잎사귀
들은 죽은 듯이 움직이지 않았다. 어지러진 밥상을 사이에 두고
빠져나가던 여자의 동료들이 멈추어 선 그녀를 향해 "뭐해? 빨리

가자." 하고 말했다. 월례로 모이는 여직원들의 모임이었다. 여성 팀장들만의 모임이라서 모이면 터놓고 할 말도 많고, 교환할 정보도 많았다. 이 모임만은 결혼한 여자들도 거의 빠지지 않고 참석하는 편이다. 그들은 신촌에 있는 노래방에 가기로 합의를 보고 한정식 식당에서 일어서는 중이었다. 잠시 후 택시에서 내린 그들은 시장 개발 팀을 이끌고 있는 미스 유 뒤를 따라서 골목길 속으로 접어들었다.

"분위기가 아주 괜찮아. 대형 LCD 모니터에 마이크 성능도 기가 막혀. 그 마이크에 대고 노래를 부르면 누구나 다 가수라고요."

자신이 맡고 있는 직책처럼 뭐든지 개발 잘하는 미스 유가 데리고 가는 곳이니 그녀의 말대로 일 것이다. 여자는 무리에서 떨어지지 않으려고 바짝 쫓아갔다. 낯이 설면서도 익숙한 골목길이다. 여자가 학교에 다니던 시절과 많이 달라지긴 했지만 정취는 여전했다. 번뇌와 방자함, 삶을 희롱하는 어귀들, 암캐 뒤꽁무니를 쫓아다니는 수캐 같은 사내들에 대한 매서운 경멸과 연애에 대한 열정, 혼돈, 무질서, 그리고 끝없이 뻗어 나가던 미래를 향한 야심을 골목의 선술집, 혹은 카페에 앉아서 토로하던 기억들이 떠올랐다.

"참 많이 변했네요."

누군가 그녀와 같은 기분이 들었는지 먼저 말을 건넨다. 여자는 대학을 다녔던 이곳에 올 적마다 항상 기묘한 감상에 빠졌다.

아주 잠시라도 지난 세월을 헤아려 보게 만드는 곳이었다. 대학을 졸업한 지 벌써 10년이었다. 여자는 순간 믿을 수가 없어서 다시 한 번 꼽아 보았다. 틀림없이 10년이 흘러 있었다. 그와 함께 그 남자를 만난 것도 10년이라는 세월이 지나간 것이다. 한 사람과 만나서 그토록 오랫동안 같은 색깔의 감정을 간직한 것으로는 여자의 생애에서 가장 긴 세월임도 깨달았다. 아아, 그렇구나. 그 사실을 깨달은 여자는 새삼스럽게 깊은 감회에 사로잡혔다. 물론 그 남자가 교통사고를 당하고 뇌사 상태에 빠지고 난 후 몇 번인가 지나온 시간들을 회상하지 않은 것은 아니었다. 그러나 처음 만난 장소에 서서 하는 생각은 한층 더 고즈넉하고 한탄의 감정이 실려 있었다. 덧없이 사라져 버린 세월이여. 인생이여. 여자는 신파조의 한탄을 머릿속에 떠올리면서, 절실한 대목에서는 역시 유행가 가사가 제격이야 하고 생각했다.

노래방에서도 여자는 노래에 전념할 수 없었다. 세상이 그녀를 제외하고는 모두들 제 골을 이루며 흘러가고 있다는 깨달음 같은 것이 그녀의 마음을 한없이 울적하게 만들었다. 여자는 술을 꽤 많이 마셨다. 무엇이 그렇게 시켰는지는 여자도 잘 알 수 없었다. 아마도 거기에는 속절없이 흘러가 버린 시간에 대한 제사의 심정이 담겨 있었으리라.

여자는 이제까지 진실이라고 믿고 의지해 왔던 자신의 마음에 대한 확신이 포르노 필름 위에 모자이크 처리를 한 화면처럼 부옇게 흔들리는 것을 느꼈다. 라틴어에서 진실의 반대어는 허위가 아니라 망각이라고 하지 않던가. 여자는 자신이 무언가를 잊어 가고 있음을 깨닫고 이처럼 허우적거리는 거라고 어렴풋이 생각했다. 마지막으로 여자와 동료들은 '끝도 시작도 없는 사랑의 미로'를 합창하곤 사는 게 다 그렇고 그런 거라면서 제법 몸을 흔들면서 골목길을 걸어 나왔다.

자정이 임박한 유흥가는 귀가를 서두르는 취객들이 택시를 향하여 따블, 따따블 하고 고함을 치는 삶의 최전선이다. 더러는 합승을 하기도 하고, 신도시로 가는 총알 택시에 눈을 찡긋하며 제 목에 손날을 들이대 앞으로 다가올 속도전에 목숨을 내놓고 나는 이 자동차를 탔다는 비장함을 드러내면서 떠나가는 마지막 동료까지 배웅한 여자는 잠시 하늘을 올려다보았다. 캄캄한 하늘은 문자 그대로 칠흑이었다. 간판에서 흘러나온 네온 빛이 부연 빛의 막을 이루었고, 그 위에 떠 있는 하늘은 검은 천을 펼쳐 놓은 것 같았다. 갑자기 여자는 주변의 사물들이 제 의미를 잃어버리고 정지한 듯한 느낌에 빠졌다. 아스팔트 길바닥도, 상점의 진열창도, 지나가는 자동차도, 이리저리 건너뛰는 사람들도 모두 소리를 죽여 놓은 텔레비전의 한 장면처럼 갑자기 생기를 잃어버렸다. 여자는 아직도 그녀의 애인에 대해 멍울 진 간절함을 품은 탓에 이런 기분이 드는 거라고 생각했다. 갑자기 그 남자가 지금 깨어나서 그녀에게 염력을 보내고 있기 때문에 이런 터무니없는 기분에 휩싸인 것은 혹시 아닐까 하는 생각이 들었다. 여자는 잠시 그 남자의 아내를 생각했다. 매일 밤 중환자실을 지키고 앉아 있다가 새벽에야 돌아간다는 그 남자의 아내. 여자는 그 여자가 없는 잠시의 틈을 타서 중환자실을 드나들고 있는 자신의 처지가 새삼스럽게 한탄스러웠다. 갑자기 그의 얼굴이 보고 싶었다. 가까이에서 그의 얼굴을 바라다보면 어떤 결론에 도달할 것 같은 감정이 울컥하고 치밀었다. 당신의 마음을 쟁취하는 것만이 나의 유일한 행복이에요. 이렇게 선명하고 단순하게 자신의 감정을 토로할 수 있다면 얼마나 오롯한 행복 속에 싸여 있겠는가. 그녀는 안타까웠다. 그리고 무언가에 잔뜩 불만스러웠다.

여자는 아직도 많은 사람들이 우왕좌왕하고 있는 휘황찬란한 골목길로 다시 돌아섰다. 넓은 철판에 떡볶이를 만들어 팔던 분식집은 카페라는 이름을 달고 있었는데, 그것도 간신히 기억을 더듬고 더듬어 생각해 낸 추측 장소였다. 그녀는 지금 그 분식집 옆에 붙어 있던 여관을 찾는 중이었다. 그때는 유일했던 여관 옆에 다른 여관들이 줄줄이 늘어서 있었지만 그녀는 자신이 그 여관을 모를 리 없다고 생각했다. 그 여관을 찾아들 무렵 그녀와 남자는 서로의 과거를 질투하면서도 조심스럽게 앞날을 내다보았었다. 그녀의 핸드백 속에 담긴, 사들고 올라간 캔 맥주로 합환주를 나누어 마시며, 그들은 얼마 전에 다방에 앉아서 함께 본 텔레비전 다큐멘터리 프로그램을 따라했다. 몽골의 어느 부족 이야기였다. 신방을 치르는 과정 중에 둘이서 구리거울을 통해 자신들의 미래를 들여다보는 장면이 있었다. 미래라고 해 봤자 황량한 바람과 두꺼운 덧옷과 천막밖에는 아무것도 기대할 것 없어 보이는데 그 사람들은 참으로 진지하게 구리거울을 들여다보고 있었다.

그들은 맥주 캔의 반사된 빛을 구리거울 삼아 미래를 들여다보았다. 그 속에는 사선으로 휘갈겨 쓰인 영문 글자가 미래에 대한 아무런 예고도 주지 않은 채, 떡 버티고 있을 뿐이었다. 그들은 미래를 움켜쥐듯이 서로가 빠르게 캔을 우그러뜨리며 낄낄거렸다. 그러곤 서로의 마음을 다잡기 위한 사람들처럼 급히 서로에게 침투하기 시작했다. 불확실한 미래보다는 확실한 몸이 서로의 앞에 놓여 있었다. 그들은 서로를 맹렬히 사랑했다. 그러나 수년 후, 그 남자는 또 다른 합환주를 마시러 간다면서 그 방에 앉아서 그녀를 설득했다.

"인생 자체가 단 한 번의 기회요, 경험이지 않니?"

그의 말대로 인생뿐만이 아니라 모든 일들이 단 한 번의 기회이자 단 한 번의 경험이었다.

그는 소위 열쇠 몇 개를 갖출 수 있는 재력가의 사위가 될 수 있는 자격을 갖춘 의사였다. 체념이 빠르다고 할까, 눈치가 빠르다고 할까. 그녀는 이미 비관 쪽으로 마음이 굳어 있었다. 자신의 실수라면 그들의 첫날밤, 그녀가 제대로 된 구리거울을 마련하지 못했기 때문에 미래를 볼 수 있는 기회를 잃은 것이었다. 아무튼 여자는 그 남자가 기회를 잡는 것을 망치게 할 수는 없었다. 그렇다고 자신의 마음을 접을 수도 없었다. 왜냐하면 인생은 단 한 번뿐이기 때문이었다.

여자는 조금은 막연한 심정이 되어 이리저리 눈길을 돌리다가 붉은색 벽돌집 쪽으로 발길을 옮겨 놓았다. 얼핏 모든 일은 단 한 번의 기회와 단 한 번의 경험밖에 없다는 사실을 떠올렸기 때문에 가능한 행동이었다. 문을 밀고 들어서자 마구잡이로 고친 티가 역력한 내부는 10여 년 전의 깨끗했던 분위기라고는 조금도 남아 있지 않았다.

"방 있어요?"

입구의 매표소처럼 생긴 작은 창문에 대고 물었다. 문소리를 들었으련만 속에 앉은 중년 여자는 텔레비전에서 시선을 떼지 않은 채, 건성으로 "예." 하고 대답했다. 그녀가 잠시 어둠침침하게 붉은 불빛 아래서도 낡고 해져 보이는 붉은 카펫을 구두 끝으로 콕콕 찍어 대었을 때야 중년 여자는 "아유, 세상에 별일도 다 있네." 하면서 작은 창으로 고개를 돌렸다. 그리고 곧 1초 동안 침묵했다가, 어딘가 희한하다는 기색으로 힐끗 눈자위를 보이며 그녀를 곁눈질했다.

"혼자예요?"

그녀는 잠시 대답을 하지 않았다. 그 순간 그녀는 중년 여자의 눈길이 그녀의 신분, 혹은 처지를 알아보려고 던진 눈길이고, 그 눈길을 통과하지 못한다면 거절당할 것을 얼른 눈치 챘다.

"아니에요. 금방 올 거예요. 친구들이 먼저 들어가 있으라고 했어요. 핸드폰으로 연락하기로 했어요."

그 순간 그녀는 꼭 그 방에 들어가고야 말겠다고 작정했다. 들어가지 않으면 그녀의 앞날에 무슨 좋지 않은 일이 일어나고야 말

것 같은 예감에 휩싸였다. 그렇다고 그런 여관에서 수년간 문지기 역할을 하고 있는 중년 여자가 호락호락 넘어가 주겠는가.

"왜요? 혼자면 안 돼요?"

그녀는 목소리 톤을 일부러 밝게 끌어올리며 상냥하게 말을 붙였다. 게다가 그 말속에는 은근히 사정투를 담았다. 중년 여자는 경계심을 누그러뜨리면서 그녀를 아래위로 훑어보았다.

"하도 수상한 일들이 많아서 그렇지. 아무튼 밤늦게 혼자 오는 손님은 안 받거든. 괜스레 사고나 치면 골치 아파서."

어느새 어투까지 약간 반말조로 변한 중년 여자가 2층 계단을 향해서 몸을 틀었다. 그녀는 마음속으로는 그 남자와 들었던 방에 들어가 보고 싶었으나, 어느 방이었는지 확실하게 기억할 수도 없었을 뿐더러 이 방 저 방을 까다롭게 주문할 수 있는 기회를 빼앗겨 버린 것을 알았다. 혹시 실연으로 인해 자살을 꿈꾸며 막다른 골목 여관으로 찾아든 여잔가 하는 의심의 눈초리를 통과한 것만으로도 천만다행이었다.

"자고 갈 거예요?"

중년 여자가 은근한 눈빛을 띠며 물었다. 그녀는 잘 모르겠다고 말했다. 그러자 중년 여자는 대뜸 "아가씨 남자 친구가 한 시간 안에 오지 않으면 방을 비워야 돼." 하고 그녀에게서 다짐까지 받아 내는 것이었다. 그녀는 중년 여자가 요구하는 대로 대금을 치르고 약속까지 한 후에야 방에 들어가 침대 옆 탁자 앞에 혼자 앉아 있을 수 있었다. 먼지가 풀썩이는 두꺼운 커튼을 밀자 나이트클럽의 울긋불긋한 네온 간판에서 흘러내린 빛이 제법 요란하게 울리는 음악 소리와 함께 방 안으로 들어왔다. 10년이 흐르는 사이에 엄청나게 변해 있었다. 이렇듯 간신히 차지한 여관방에 들어와 앉아서 그녀는 퀴퀴한 냄새에 잠시 숨을 참고 앉았다가 참을 수 없을 지경이 되어서야 푸우 하고 커다랗게 한숨을 내쉬었다.

그녀는 방 안을 천천히 둘러보기 시작했다. 마루 무늬 비닐 장판이 깔린 방은 작고 옹색했다. 오직 침대 위에 깔려 있는 진분홍 꽃무늬 이불만이 그녀의 시간을 10여 년 전으로 되돌려 놓았다. 요즈음 어디서도 결코 흔하게 볼 수 없는 그런 이불이었다. 그러나 손을 들어서 그 이불 위에 대 보고 싶은 생각은 들지 않았다. 모든 것이 작고 옹색한 방은 그 이불로 인해 더욱 불결하고 또 어딘가 음험한 매음굴 같은 분위기를 여지없이 드러내 놓고 있었다. 수많은 남녀의 욕정을 받아들였을 방이었다. 그 방은 비련, 혹은 사련, 혹은 불륜의 남녀를 어루만지고 위무해 주었을 것이다. 그 방의 불결하고 남루한 모습이 불현듯 자기가 지나온 시간들을 떠오르게 했다. 그녀는 어쩔 수 없이 그 방과 자기가 지나온 시간들을 비교하면서 한없이 울적하고 슬픈 마음에 빠져들고 말았다. 이제 와서 아무리 훌륭한 방을 갖는다 하더라도 그녀가 거쳐 온 이 방은 그의 인생과 더불어서 고스란히 남겨지는 것이다. 그것은 분명히 싫었지만 후회와는 사뭇 다른 느낌이었다. 다만 지나온 세월과 함께 자신의 몸속에서 함께했던 자신의 느낌들이 서러웠다. 지금 누워 있는 그 남자도 불쌍하고 자신도 가여웠다. 그 남자의 아내도 불쌍했다. 여자는 한참 동안 무릎에 손을 모은 채 의자에 오뚝하게 앉아 있었다. 눈물이 흘러내렸다. 여자는 볼을 타고 한없이 흐르는 눈물을 그대로 두었다. 여민 커튼 사이로 들어온 네온의 형광 빛이 푸르고 긴 칼처럼 자신의 가슴과 배와 허벅지 위에 놓여 있었다.

그녀는 병원 복도를 도망치듯 빠르게 걸어 나왔다.

지난밤에 많이 마신 술 탓이었는지 그토록 간절히 보고 싶었는데……. 간밤에 뛰어오고 싶은 마음을 꾹꾹 누르고 간신히 참았다가 평소처럼 출근 시간에 찾아왔는데…….

병실에는 이미 그 남자의 아내와 또 다른 사람이 그의 침대 옆에 서 있었다. 그녀는 무심코 다가가다가 어물쩍 돌아서서 나쁜 짓을 하다 들킨 사람처럼 가슴을 콩닥거리면서 뛰어나왔다. 무슨 나쁜 일이 있어서 곁에 있는 건 아니겠지. 의사나 간호사가 옆에 있는 것도 아니니까 별다른 나쁜 일이 있어서 온 것은 아니겠지.

자동차 열쇠를 꽂고 핸들을 잡은 그녀의 손이 아직도 바르르 떨리고 있었다. 그녀는 잠시 숨을 고른 후에 눈을 한 번 질끈 감았다가 떴다. 마치 병원을 떠나기 싫어하는 사람처럼 그녀는 천천히 기어를 드라이브에 놓았다. 하긴 그의 아내가 혹시 자신을 알아보았다 하더라도 서클 후배가 흔히 오는 문병으로 간주할 수도 있겠지. 하지만 병원 근무자들의 호기심이 문제였다. 그들의 눈빛에 자신을 방치하고 싶지 않아서 그녀는 지금 너무 놀라고 당황한 나머지 떨고 있는 것이다. 아마도 병원에 있는 사람들은 그 남자와 자신의 관계를 미루어 짐작하고 그렇고 그런 사이라고 이미 수군대고 있을 것이다.

그녀는 병원 문을 빠져나와 평소처럼 회사 쪽으로 방향을 잡았다. 출근 시간이라 도로는 어김없이 꽉 막혀 있었다. 그사이 미처 덜 깬 술기운이 머릿속으로 확 올라오는 것이 느껴졌다. 그녀는 시트의 머리 받침대 위에 정말 사는 게 뭔지 모르겠다는 한탄의 심정으로 머리를 털썩 얹었다. 참으로 싫은 자신의 처지를 그토록 명백하게 드러내 주는 사건이었다. 그녀는 온몸의 기운이 다 빠져나가 버리고 빈 두개골만을 목에 얹고 있는 것처럼 느껴졌다.

왜 갑자기 그가 그토록 간절하게 보고 싶었던 것일까. 지난밤부터 그 남자가 자신의 모든 기를 동원하여 그녀를 애타게 찾고 있는 것은 아닐까? 여자는 부질없는 상상이라고 생각했다. 그의 아내는 그 시간에 왜 와 있었을까? 그녀는 그가 갑자기 위독해졌을지도 모른다는 불안감만은 떨쳐 버릴 수가 없었다. 그녀는 점차 불안감의 정체가 확실해졌다고 생각했다. 그가 위독한 것이다. 그 남자가 그녀에게 염력을 불어넣고 있는 것이다. 더 이상 미적거릴 이유가 없었다.

여자는 불법으로 끼어든 버스 전용 차선 위를 거침없이 달려 나간다. 언덕을 넘어서 조금 더 내려가면 고가도로가 나온다. 그 도로 아래서 유턴을 할 수 있다. 그녀는 언덕 앞에서 액셀러레이터를 힘주어 밟아 속력을 올린다. 언덕에 올라서자 앞서가던 자동차 한 대가 속도를 갑자기 늦추면서 버스 전용 차선을 빠져나가기 위해 왼쪽 차선으로 바짝 붙고 있는 것이 보인다. 하지만 여자는 액셀러레이터에서 발을 떼지 않는다. 그녀의 시야 속으로 비디오카메라를 든 남자가 보인다. 그러나 여자는 비디오카메라를 무시하고 같은 속도로 달려간다. 그녀는 병원에 있는 그 남자가 듣고 있기라도 한 것처럼 말했다.

"자기야, 이번엔 합환주를 마시면서 제대로 된 구리거울을 들여다보자. 자기가 못 한다면 내가 준비할게."

여자는 어떤 인연의 끈을 따라 무한 허공을 까마득히 날아가서 드디어 그 남자의 영혼과 만나는 듯한 환상을 찰나 본 듯도 했다.

비디오카메라의 모니터를 들여다보고 있던 남자는 버스 전용 차선을 위반하고 계속 달려오고 있는 흰색 소나타 승용차를 보았다. 매일 아침 비슷한 시간에 버스 전용 차도 언덕에서 나타났다가 비슷한 지점에서 일반 차선으로 빠져나가는 차였다. 그런데 오늘 아침에는 좀 더 아래로 내려오고 있는 것이 보였다. 그는 녹화 시작 버튼을 누르려다가 잠시 기다렸다. 참으로 이상하게 거리상으로 보일 리가 없는데도 흐릿한 유리창 속에서 여자가 울고 있는 것을 본 듯했다. 그는 흠칫 놀라서 다시 한 번 모니터 속을 들여다보았다. 그사이에 흰색 소나타 승용차가 그의 옆을 휙 지나간다. 동시에 여자의 울음소리를 들은 것 같았다. 그는 재빨리 몸을 돌려 비디오카메라를 자동차에 맞추었으나 녹화 시작 버튼은 누르지 않았다. 여자의 흐느끼는 듯한 울음소리 때문이었다. 잠시 그는 하늘을 올려다보았다. 환청 같은 흐린 울음소리가 너무도 생생해서였다. 매일 이 길을 지나가는 자동차가 자기가 서서 비디오 촬영을 하고 있는 것을 모르고 위반하지는 않았을 것이다. 그렇지만 무슨 일이건 화급하면 카메라 속으로 그냥 들어와 버릴 수도 있다는 사실이 그 남자의 머리를 스쳤다. 남자는 자동차가 가 버린 도로를 잠깐 동안 바라보았다. 무언가가 영 켕겼다.

아, 어머니도 너무나 간절하여서 우리를 찾아온 것이었나…….

남자는 그제야 그의 뒷덜미를 잡고 있는 것의 정체를 안 듯했다. 너무나도 보고 싶었다면, 그리움이 너무도 간절했다면 그럴 수도 있을 것 같았다. 그는 무심한 세월에 갑자기 슬퍼져서 한숨을 지었다. 금방이라도 눈물이 흘러내릴 것 같아서 남자는 비디오카메라를 얼굴에 바짝 끌어 당겼다.

브리지 클럽

희부연 새벽 빛에 드러난 방 안의 풍경은 적막에 싸여 있다. 워싱턴 영사관에서 서울 청사로 발령을 받아 들어온 지 1년이 다 되어 가지만 아직도 남편은 일이 너무 많다. 오늘도 조찬 모임이 있다면서 새벽부터 집을 나섰다. 나는 다시 잠을 청해 보려고 침대 속으로 들어간다. 한참 동안 눈을 감고 있지만 잠이 오지 않는다. 눈만 뜨면 떠오르는 것은 이번 달 크레디트 카드 대금을 어떻게 메워야 할까 하는 생각뿐이다. 돈 마련할 걱정 때문에 몹시 불안하다. 다시 잠이 들 것 같지 않다.

남들은 나를 외교관의 아내로서 부족함이 없는 그저 그런 유복한 주부 정도로 여기고 있는 게 틀림없지만, 나는 그저 그렇게 유복하고 여유 있는 한가한 주부가 아니다. 지독한 생활고와 가

난에 시달리고 있다. 이렇게 말하면 누구도 내 고백을 믿을 수 없다는 듯이 눈을 동그랗게 뜨고 나를 의아한 눈으로 바라볼 것이다. 그렇지만 사실이 그렇다. 나는 남편 몰래 숨겨 놓은 빚 때문에 말할 수 없이 시달리고 있다.

결혼한 여자가 남편 몰래 빚을 졌다면 사람들은 바람피우다가 운 나쁘게 제비족을 만나서 가족에게 알리겠다는 협박에 몰려 요구하는 돈을 마련하다가 빚을 진 건 아닌가 하는 상상을 맨 처음 떠올릴 것이다. 아니면 주식이나 부동산 투자를 잘못했나 하는 생각도 들 것이다. 하지만 나는 단순히 분에 넘치는 쇼핑 때문에 매번 이토록 고통을 겪고 있다. 마음에 드는 옷이나 구두, 핸드백 같은 것을 만나면 나는 그것을 어떻게 해서든지 손에 넣고야 마는 집요한 성격을 가지고 있다. 욕구대로 모든 것을 다 사들일 수 있는 사람은 없다고, 자제하라고, 쇼핑을 할 때마다 자신에게 암시를 주지만 나는 매번 굴복한 채, 크레디트 카드를 턱 내놓고 사인을 해 대는 행위를 되풀이하면서 이런 고통 속에서 헤어나지 못하고 있다.

대부분 절박한 쇼핑의 타임은 임지를 떠날 때 일어난다. 처음 빚을 낸 것은 프랑스에서였다. 임기가 끝날 때가 다가오면 갑자기 더 자주 쇼핑을 하고 주변 관광을 하는 것은 대부분 외국에서 근무하는 자들의 일상에 속한다.

한국에 비해 이곳은 값이 얼마나 싼지, 왜 이렇게 예쁜지, 필요하고 사야 할 것들은 왜 이렇게 많은지. 아름다운 옷, 기품 있는 가구들······.

쇼핑을 해야 하는 이유는 너무도 많았다. 결국 내 욕구는 승리했고, 나는 욕구에 제물을 바치기 위하여 기꺼이 빚을 냈다.

지난번 워싱턴을 떠나올 때도 마찬가지였다. 이번에는 샤갈의 판화 한 점이 내 어깨에 결정적인 무게로 얹혔다. 애초부터 화랑을 기웃거린 것이 잘못이었다. 한국에 돌아가면 분양받아 놓은 새 아파트로 입주할 계획이 있었던지라, 나는 값이 헐하면서도 세련된 그림을 한 점 사고 싶었다. 작가는 한국인이건 외국인이건 상관없었다. 이따금 외국에서 한국 신인 화가의 그림을 싼값에 구입했는데 나중에 그 작가가 유명해져서 제법 돈이 되는 작품을 소장하게 되었다는 입소문을 심심찮게 들어왔기 때문에 나도 그런 행운을 찾고 있었다. 그때 한 화랑에서 20호쯤 되는 샤갈의 판화가 눈에 들어온 것이다. 10만 달러가 넘는 유화였다면 나도 평소처럼 몇 번 찾아가서 마음에 쏙 드는 그 그림 앞에 한참 동안 서서 바라보다가 돌아오는 길에 스타벅스에 들러서 커피를 한 잔 마시면서 방금 본 샤갈의 화폭에 나를 맡기며 커피 향과 샤갈에 취하여 스스로 행복해했을 것이다.

나는 샤갈을 유난히 좋아했다. 지렁이가 기어 다닌 흔적 같은 세필로 그려진 남자의 턱수염이나 천사의 머리털을 바라볼 때는 오싹 소름이 끼치고 심장이 조이면서 나도 모르게 입속에서 한숨이 절로 새 나왔다. 하늘을 날아다니는 연인들의 펄럭이는 옷깃들······. 샤갈이라면 이토록 사족을 못 쓰고 좋아하던 나는 그

판화를 꼭 내 것으로 소유하고 싶었다. 유화도 아닌 저 판화 한 점도 구입할 능력이 내게 없다면 40이 다 돼 가는 내 인생은 실패한 것이라는 생각이 들기 시작했다. 인간으로서의 존엄 같은 것도 존재하지 않는다는 이상한 논리에 빠지고 말았다. 저만 한 것도 소유할 수 없는 인생이라면 살아야 할 가치도 없다는 생각이 들었다. 지금 사지 못하면 내 인생에서 언제 다시 저런 그림을 저 값에 구입할 수 있겠는가. 나는 극도의 위기의식에 내몰렸다. 샤갈의 판화를 소유하는 것에 내 인생과 존재를 걸어 버린 것이다. 나는 어떻게 해서든지 그것을 손에 넣고 싶었다. 물론 거기에는 환금성이라는 안전장치와 미술품을 수집한다는 교묘한 허영심이 한데 어우러져서 나의 욕구를 자극했을 것이다.

고백하건대 나는 특히 쇼핑 앞에서는 맥을 못 춘다. 하늘이 무너지고 두 쪽이 난대도 어떻게든 되겠지 하는 이 낙관을 무엇으로 설명할 수 있겠는가. 그런 경우 나는 마약중독자가 마약을 사기 위한 자금을 융통할 때와 흡사한 절박한 심정으로 돈을 마련해 내고야 만다. 당시도 마찬가지였다. 나는 기꺼이 빚을 냈다. 이번에는 옷이나 구두나 백, 그릇 같은 것을 산 것이 아니다. 적어도 샤갈을 사 버린 것이다. 나는 분명히 무엇인가를 이루어 낸 듯한 기분이 들었다.

부스스한 머리를 쓰다듬으며 침대에서 빠져나온다. 다시 잠들기는 글렀다. 나는 거실로 나와 뜨거운 커피를 머그잔에 따라 손안에 쥐고 샤갈의 그림 앞에 선다. 하늘을 날고 있는 양이 나를 향해 웃는 것처럼 느껴진다. 벽에 걸린 샤갈은 나의 돈에 대한 걱정을 하얗게 증발시킨다. 나의 샤갈이 내 앞에 걸려 있고, 나는 잠옷 바람으로 나의 집 거실에서 뜨거운 커피를 마시면서 그림과 마주 하고 있는 것이다. 나는 이 순간 확실한 존재감으로 충만하고 행복해진다. 나는 천천히 커피를 한 모금 마신다. 입 주변을 에워싸는 커피의 더운 김이 행복처럼 느껴진다.

전화벨이 울린다. 워싱턴에 두고 온 아들이다. 고등학교 고학년에 올라가자 영어가 갑자기 어려워진 모양이다. 아들은 영어 에세이에서 아주 곤란을 겪고 있다. 아주 힘들어하는 눈치다. 나는 아이의 이야기를 듣는다. 아이의 이야기를 들으면서 에세이 과외를 시켜야 따라갈 수 있겠다는 생각이 든다. 갑자기 머리가 아프다. 돈을 써야 한다는 사실이 가슴까지 나를 짓누르는 것 같다. 문득 저 그림을 팔아 버릴까 하는 생각이 든다. 전화를 받다 보니 어느덧 브리지 클럽에 갈 준비를 해야 할 시간이다. 나는 아들의 말에 건성건성 대꾸를 하며 전화를 끊는다. 또다시 시작되는 돈 걱정 때문에 갑자기 모든 것이 귀찮다. 남편에게 돈 이야기를 꺼내 본들 공무원인 그가 무슨 방법이 있겠는가. 부잣집 딸도 아니고 아들도 아닌 우리 부부가 아이들을 유학시키고, 그림도 구입했다는 것이 부자 흉내를 내고 있는 것 같다는 생각이 들면서 갑자기 부자연스럽게 느껴진다.

브리지 게임이나 하러 가야지.

나는 입속으로 혼잣말을 해 본다. 브리지 게임이라는 것이 마음 편하게 늘어져서 하는 것도 아닌데, 이 기분으로 간다면 보나 마나 엉망진창이 될 것이다. 그렇지만 브리지 게임을 하러 가지 않고 집에 혼자 앉아서 어떻게 돈을 마련할까 하고 궁리에만 빠져 있는 건 너무나 싫다. 물론 파트너인 김유미에게 지금 당장 전화를 걸어서 한 시간 후의 약속을 취소하는 것도 차마 입이 떨어지지 않는다. 나는 외국 임지로 전학한 첫날 유난히 학교에 가기 싫어 했던 아들처럼 느릿느릿 일어나서 샤워를 하러 간다.

김유미가 브리지 게임을 시작한 햇수는 3년에 지나지 않지만 플레이 수준은 높은 편이다. 외교관인 남편을 따라서 해외 임지를 돌면서 사교 브리지 게임을 주로 했던 나와 달리, 유미는 거의 입시생처럼 브리지 게임의 새로운 룰을 공부하고 연습했다. 집에 가서도 살림 같은 건 완전히 뒷전으로 젖혀 놓았는지 저녁 식사 준비 시간에도 곧잘 전화를 걸어와 낮에 한 브리지 게임에 관한 이야기를 나눈 적이 한두 번 아니다. 그녀는 거의 매일 브리지 게임을 했다.

유미와 브리지 파트너가 된 것은 올 봄, 워싱턴에서 귀국하면서부터였다. 처음 나에게 브리지 게임을 가르친 민 선생에게 귀국 인사를 드리며 적당한 파트너를 구해 달라고 부탁하자 즉석에서 유미를 추천했다. 나는 당연히 주저했다. 남들 앞에서야 "햇수만 오래됐지 잘하지는 못해요."라고 말했지만 그것은 어디까지나 말

뿐이었다. 그런데 민 선생이 플레이를 시작한 지 불과 2년 갓 넘은 사람을 추천하다니, 내 브리지 실력을 무시하는 것인가 하는 생각이 들어 울컥 기분이 상했다. 그런 속마음이 얼굴에 드러났는지 민 선생은 유미의 실력을 잔뜩 추켜세웠다.

"유미 씨는 브리지 게임에 대한 감각이 특별해요. 뭐라 설명할 수 없지만 남다른 부분이죠. 게다가 집중력이 뛰어나요. 과연 명문 여고 출신은 뭐가 달라도 다르더군요. 굉장히 열심히 해요. 남편이 뭘 하는지는 잘 모르겠지만 외무부 식구는 아닐 거예요. 일본에 주재하다 돌아온 사람들하고 같이 배우기 시작했으니까 그 사람들한테 물어보면 금방 알 수 있겠죠. 나이도 비슷하고 강남 어디에 산다니까 사는 수준도 진희 씨 네와 비슷하지 않나 싶어요."

브리지 게임을 가르치는 민 선생은 미국에서 20년 이상 살다가 돌아와서 그런지 자기 생각을 거침없이 표현한다. 브리지 게임을 하러 나오는 사람이 무엇을 하는 집 출신인지, 여유가 있는지, 그런 현실적인 배경을 금세 알아낸다. 도무지 모르겠으면 호기심을 품은 상대에게 곧바로 남편께서는 무슨 일을 하시냐고 질문하는 것도 그녀의 스타일이다. 브리지 게임 파트너를 정할 때는 대조적인 성격이라도 잘 맞을 수 있지만, 상황이나 환경은 비슷해야 오랫동안 잘 지낼 수 있다고 생각하는 사람이다. 명문 K여고 출신이라는 것은 내게도 흥미를 일으키게 하는 사실 중 하나인 것이 분명하다.

브리지 게임을 하다보면 이것이 두뇌 게임이라서 그런지, 역시 학교 성적이 우수했던 사람이 잘하는 것 같다. 골프나 테니스를 잘못한다고 그토록 창피하게 여기지는 않을 것이다. 난 운동신경이 아주 둔해서 그런가 봐요, 라고 핑계를 대면 상대도 나도 그뿐이다. 그러나 브리지 게임의 경우는 미묘하다. 플레이를 잘못했을 때 떠오르는 느낌도 자신의 머리가 아주 나쁜 것처럼 생각되면서 아주 창피해진다. 바둑을 잘 둔다고 해서 그 사람이 천재처럼 보이지는 않는데, 유독 브리지 게임의 경우는 왜 그토록 아둔하고 미련한 것처럼 느껴지는 것일까.

별로 밝히고 싶지 않지만 나는 후기 고등학교를 나왔다. 공부를 열심히 한다고 했는데 입시에서 실패하고 말았다. 내가 고등학교 시절에 바라보던 K여고생들은 시선을 먼 데 두고 항상 이상을 꿈꾸고 있는 것처럼 보였다. 내가 살던 북아현동에도 K여고에 다니는 학생이 둘 있었는데 등교 시간이 되면 저만큼 떨어져서 각기 걸어가는 모습을 자주 볼 수 있었다. 단발머리에 흰색 상의와 감색 스커트를 깔끔하게 차려입은 단아한 모습이 하도 고고해 보여서 마주칠 때마다 빛을 발하는 것 같았다. 그들과 자주 마주쳤는데도 그네들 누구와 한 번도 눈인사를 나눈 적은 없다. 아마도 그네들은 우리 학교 교복을 입은 애들을 외계인처럼 뜨악한 시선으로 바라보았을 것이다. 나는 그 시절 나 자신을 벌레인 것처럼 여겼다. 그 패배감을 만회하려고 악착같이 노력해서 좋은 대학에 들어갔지만 미팅 때마다 매번 상대 남학생

들은 어느 고등학교 출신인가를 물었다. 나는 목에 핀셋을 집어 넣어 대답을 끌어올리는 느낌이 들었다. 그때 그 느낌은 40이 다 된 지금도 생생하다. 얼마 전에도 대화 중에 여학교 시절 얘기가 나오자, 진희 씨는 어느 여학교 출신이냐고 누군가가 물어서 대답한 적이 있는데 아직도 여전히 가슴을 스윽 저미는 듯한 쓰라림이 가슴을 관통하여 등줄기를 타고 빠져나가는 것이 느껴졌다. 아무튼 그런 K여고 출신의 파트너가 된다니 착잡했다. 게다가 그토록 열심히 매달린다니, 한 번쯤 해 볼 만하지 않겠는가 하는 생각이 들었다.

유미는 과연 명석했다. 비딩을 통해서 상대방의 카드를 읽고 파트너인 내 손의 상황을 거의 정확하게 추론했다. 우리는 생각보다 빠르게 서로에게 적응하기 시작했다. 좋은 성적을 내는 날도 당연히 잦아졌다. 입을 꼭 다물고 눈을 반짝이면서 플레이를 하고 있는 그녀의 얼굴이 발갛게 달아오르다가 미소가 한 번 살짝 보이면 어김없이 상대방을 다운시키는 것이었다. 그녀가 원하는 카드를 내가 돌리고, 내가 원하는 카드를 그녀가 보내 주면서 우리가 가져올 수 있는 최대의 트릭을 샅샅이 찾아내는 순간의 그 희열을 뭐라고 표현할 수 있을까. 세상 어디에 이토록 강렬한 황홀감이 존재할 수 있을까. 대부분 섹스라고 하겠지만 섹스에서 느끼는 엑스터시와는 결이 다른 이 황홀한 느낌은 마치 가요와 고전음악에서 오는 느낌만큼이나 차이 나는 것이라고 말하고 싶다.

브리지 게임을 할 때마다 매번 이런 느낌을 가질 수 있다면 얼마나 좋겠는가. 그러나 인생이 그러하듯이 이 황홀감은 내가 원할 때 원하는 시간에 맞춰 와 주는 법이 결코 없다. 비딩이 잘 맞지 않고, 삐걱대는 날에는 정말 엿 같은 기분이다. 밝은 대명천지 하늘 아래서 지금 내가 하고 있는 이 짓거리가 무엇인가 하는 회의가 일면서 지지리 궁상을 떨고 있는 스스로의 모습에 기가 차고 화가 난다. 파트너의 얼굴은 물론 목소리도 듣기 싫어진다. 그런 날은 유미가 입고 있는 옷차림새도 보기 싫다. 평소 브리지 게임에 열중하기 위해서 되도록 편안한 복장을 고집하는 그녀의 논리가 명분 좋은 허위로 느껴진다. 검소하다기보다는 후줄근한 옷을 입고 부스스한 머리를 뒤로 잡아맨 채, 생각에 잠겨 카드를 들여다보고 있는 모습은 심술에 가득 찬 욕심 사나운 중년 부인의 얼굴일 뿐이다. 사교적이고 싹싹한 그녀의 태도 또한 의심스러웠다. 평소 클럽에는 20여 명 이상이 모여서 똑같은 보드를 각기 다른 상대들과 돌아가면서 플레이를 하는데, 어떤 테이블에 가면 그녀가 유난히 언니, 선배님 해 가면서 싹싹하게 굴었다. 유심히 살펴보면 소위 권력을 가진 집안이거나, 재력이 든든하다고 알려진 집안 사람들 앞에서 그녀의 말소리가 더욱 간드러지는 것 같다는 생각이 들면서 그것도 역겨웠다.

원래 서양에서는 브리지 게임이 사교적인 모임 가운데서 이루어지는 것이라서 정장을 입는 것이 보편적이다. 그러나 요즈음 국내에서는 편안한 차림으로 게임에 열중하는 경향이었다. 해외 생활을 많이 한 나는 되도록 정장을 하는 편이지만 유미는 대부분 스웨터에 바지 차림이었다. 은은한 화장과 소박한 차림새가 어우러져서 평소에 그녀가 지성적이라고 느꼈던 생각들이 게임이 안 풀리는 날은 이렇게 달라지는 것이다.

그렇지만 솔직히 말하자면 그녀에게는 천부적으로 양지를 가려내는 재주가 있는 것도 사실이다. 몇 개월간 그녀와 가까이 지내면서 알게 되었지만, 그녀만큼 클럽에 나오는 사람들의 배경에 관하여 풍부한 정보를 가지고 있는 사람은 본 적이 없다. 아마 수많은 브리지 제자를 배출한 민 선생도 그녀만큼 속사정에 밝지 못할 것이다.

물론 가끔은 싹싹한 그녀의 대인 관계에 덕을 입어서 '성북동 모임' 같은 데에 초대를 받아 간 적이 있기는 하다. 하긴 그 모임에 몇 번 가 보고 나서야 평소 유미가 언니, 언니하고 상냥해지는 이유를 알 것만 같았다. 그날 브리지 파티는 성북동의 한 주택에서 있었다. 선대에 지었다는 100여 평의 건물은 지금도 기세가 등등하게 느껴지는 곳이었다. 괴목을 깎아 아직도 콩기름으로 길을 들인다는 마루는 기품 있게 반짝였다. 넓은 마당에서 잡초를 뽑고 있던 정원사가 사모님들 보시라고 막 꺾었다는 장미꽃에서 이슬 한 방울이 턱 떨어질 때의 그 이질감을 어떻게 표현할 수 있을까. 그곳에서 나는 나도 모르게 내 말씨나 행동거지가 갑자기 조신하고 우아하게 변화되는 것을 느꼈다. 그들이 마시고 있는 한국 차, 손이 많이 간 음식, 그들이 입고 있던 10년도 넘었다는 세련된 옷들, 부리는 사람들을 대하는 나긋나긋한 말씨 등 그들의 모든 것들이 부러웠다. 하기야 유미가 아니었다면 'K여고'도 나오지 못한 내가 언제 그런 모임에 초대를 받아 볼 수나 있겠는가.

유미는 브리지 게임을 하는 사람들 모임의 일각에서는 한마디로 떠오르는 별이었다. 그녀의 정확한 브리지 게임 이론이 바로 선망의 대상이 되게 했다. 그녀는 브리지 게임을 잘한다고 알려진 사람들과 곧잘 플레이를 했는데, 하고 난 사람들 역시 스마트한 플레이라고 그녀를 칭찬했다.

그에 반하여 나는 그녀에 관하여 아는 것이 없었다. 언젠가 겨울방학에 잠깐 아들이 다녀갈 거라고 했더니, 자기 딸도 보스턴에서 공부하고 있는데 기회가 되면 소개해 주자고 한 것을 보면 아마 딸아이는 유학 중인 모양이었다. 그리고 내년 3월에는 당분간 브리지 게임에 나올 수가 없다는 말도 했다. 몸에 아주 약간의 이상이 있어서 미국 메이요 병원으로 수술을 받으러 가야 한다고 말하는 것을 보니, 겉모습보다는 훨씬 대단한 집안인 모양이었다.

미국 교포 의사인 친구가 미국에서는 의료보험 없이 수술을 받았다 하면 아무리 작은 수술이라도 금세 만 달러가 넘는데, 별것도 아닌 병으로 미국까지 치료 받으러 오는 한국 사람들이 많아진 것을 보니 우리나라도 이젠 부자인 건 분명하다는 비아냥 섞인 말을 한 생각이 났다. 유미도 아마 그런 사람 중 한 사람인가 보다. 나 같은 공무원 아내야 그날그날 만족하면서 남편 직장에서 무슨 이변이 일어나 그만두는 사태나 벌어지지 않기를 바라면서 좋아하는 브리지 게임이나 하고 있는 것이 정신 수양이 될 것이다.

서울 클럽에 도착한 것은 10시 2분 전, 주차를 서두르지 않으면 늦을 판이다. 오늘은 연말 파티를 겸한 송년 브리지 게임 모임이라서 회원들이 많이 참석하는 날이다. 클럽 멤버십이 없는 사람들은 입구의 주차장에 주차를 시켜 달라고 써 있지만, 다급한 마음에 정문까지 차를 타고 올라간다. 그러나 역시 빈자리가 없다. 주차 요원에게 발레 파킹을 시키려고 창문을 내린다. 내 차를 본 주차 요원은 정문 입구에 그대로 서서 입구 주차장 쪽을 손가락으로 가리키면서 가까이 오지도 않는다. 국산 자동차라고 무시하는 건가. 나도 샤갈을 팔면 클럽 멤버십을 살 수 있다고. 홧김에 자동차도 외제로 바꿔 버릴까 하는 생각이 아주 짧게 번개처럼 지나간다. BMW 318이라도…… 사 버릴까 하는 생각이 드는 동시에 '얘, 정신 차려라.' 하는 소리가 실제로 귓전에 울리는 것 같다.

브리지 파티가 열리고 있는 한라산 룸에 뛰어 들어가자 빨간색이 강렬하게 시선을 잡아끈다. 오늘의 복장 컨셉트는 크리스마스 색깔인 빨강이나 초록색이다. 참으로 아슬아슬하게 도착하여 테이블에 앉아서 카드를 손안에 쥐고서야 유미에게 말을 건넨다.

유미는 빨간 캐시미어 숄을 두르고 있다.

"미안해요. 막 씻으려는데 아들이 전화를 해서 늦었어요."

"진희 씨, 아직 늦지 않았어요. 오늘 거의 스무 테이블이 되는 모양이에요. 사람들이 너무 많아서 테이블을 더 놓느라고 시간이 늦어지고 있어요. 그 빨간색 스웨터가 너무 잘 어울리시네요. 평소에도 검은색만 입지 마시고 빨간색을 입으세요. 그 분홍 진주 목걸이도 너무 근사해요. 요즈음은 진주도 황색이나 핑크가 보기 좋죠? 은색은 너무 흔해져서 예전만큼 귀한 느낌이 들지 않는 것 같죠?"

유미는 약간 들뜬 목소리로 말한다. 그녀는 특히 토너먼트에 집착한다. 오늘만 해도 원래 나하고 하기로 되어 있었던 것이 아니다. 브리지 게임을 시작한 지 오래된 신 선생님이 그녀와 약속을 했다가 집안에 중요한 행사가 생겨서 유미와의 약속을 어기는 바람에 이렇게 된 것이다. 유미의 야망을 볼 때 오늘 같은 날 등수 안에 들어서 남들의 부러움을 한몸에 받고 싶을 것이다.

플레이가 시작되자 일순 고요해지며 테이블마다 긴장감이 감돈다. 비딩 시트를 내려놓는 소리만이 들려온다. 가끔 들리는 한숨 소리……. 이제부터 상대와의 격돌이 시작된 것이다. 브리지 게임은 전쟁이다. 어떻게 해서든지 상대방이 비딩한 컨트랙트를 만들지 못하도록 물 샐 틈 없는 경계를 해야 한다. 동시에 상대의 공격을 피하면서 우리가 가져올 수 있는 트릭을 모두 가져와야 이긴다. 브리지 게임의 대가들이 한 말이 있다. 52장의 카드가 섞여서 단 한 번도 같은 패가 나올 수 없다는 브리지 게임은, 우리가 인생에서 겪게 되는 다양한 상황 같다. 인간은 매번 시행착오를 하고 후회하다 보면 어느새 나이가 들고 늙어 버린다. 사람들은 매번 다시 같은 일을 겪으며 훨씬 잘할 수 있을 거라는 아쉬움만 가슴에 채우게 된다.

그날 결과는 좋지 않았다. 이상스럽게 게임을 찾지 못하거나, 슬램을 비딩했다가 다운하는 손이 많았다. 항상 냉철해 보이는 유미도 몇 번 게임을 놓치니까 오버 비딩을 하게 되고, 그러다가 상대편에게 더블을 당하고 다운을 몇 번 했으니 상위권에 들 기대는 이미 없어졌다. 브리지 게임이라는 게 그렇다. 포기하고 긴장하지 않은 경우에는 끝없이 추락하게 마련이다. 행여 요행이라는 게 존재하지 않는다. 열중과 긴장 속에서 이성을 잃지 않아야 그날의 승자가 된다.

플레이가 끝나고 성적 집계를 내는 동안, 우리는 식사를 한다. 다른 날보다 성적이 좋지 않았으니 기분이 좋을 리 없다. 그때 좀 더 열중해서 플레이를 했더라면 만들 수 있었을 텐데 하는 생각이 들자, 가슴이 또다시 쓰라려 온다. 아무래도 위염 증세가 본격적으로 시작된 것 같다. 초밥 다섯 개와 야채, 갈비 한 대를 접시에 담아 가지고 와서 식사를 시작한다.

"진희 씨, 왜 이렇게 조금 먹어요?"

어디를 다녀왔는지 유미가 음식 접시도 들고 오지 않은 채 묻는다.

"속이 불편해서……. 어서 식사하세요. 오늘 음식들은 아주 싱싱해 보이네요."

나는 건성으로 대답한다.

이날은 프로 바둑 9단인 김 기사의 승리였다. 그 밖에 행운상도 추첨을 하고 지난 한 해 동안 브리지 클럽에서 포인트를 가장 많이 따 간 사람들에게도 상을 주면서 파티는 끝났다. 1등 상을 탄 사람이 라운지에서 와인을 산다고 해서 일부는 그곳으로 자리를 옮기고 일부는 돌아갔을 때였다. 속이 점점 거북해져서 나는 커피 한 잔을 더 시켜 마시고 천천히 일어설 때였다.

"어머, 내 브로치……."

룸에 남아 있던 10여 명의 사람들이 일제히 그 여자를 바라보았다.

"아니, 잘 생각해 보세요. 분명히 꽂고 왔는지……."

일단 중년 부인이 많은 곳이라 건망증으로 인한 일화가 어지간히 많은지라 브로치를 찾고 있는 정숙 씨에게 기억을 잘 더듬어 보라고 누군가가 먼저 말한다. 오늘은 인원이 많았기 때문에 코트 행거도 두 개나 더 들여다가 룸 입구에 세워 놓고 옷을 걸었다. 그렇지만 한라산 룸은 한적하게 떨어져 있는 곳이라 지나가던 사람들이 코트에서 브로치를 떼어 갈 수 있도록 문 밖에 방치한 것은 아니다.

"분명히 차고 왔어요. 그렇지 않아도 코트를 벗어서 거는데 브로치가 마음에 켕기더라고요. 그렇지만 설마 이런 일이 있으리라고는 생각지도 못했죠."

혹시 흘렸을지도 모른다고 사람들이 바닥을 둘러보기도 했다. 어떤 사람은 라운지에 있는 김 기사 일행에게 뛰어갔다. 아무튼 의견이 분분하다가 꽤 값이 나가는 사파이어 브로치의 행방은 묘연해지고 말았다. 그리고 그 자리에 남아 있던 누구도 그런 상황이 발생했을 때 어떻게 해야 할지 능숙한 사람은 없었다. 기껏 서울 클럽의 지배인을 불러서 이런 일이 발생했으니 어떻게 하는 것이 좋겠는가 하고 묻자, 그 사람은 우물우물하다가 그럼 경찰에 신고를 해야 하는 것 아니냐고 되물었다. 그러자 브로치를 잃어버린 정숙 씨가 손을 내저으며 됐다고, 액땜으로 치겠다고 말하면서 자리에서 일어났다. 그사이에 유미가 내 옆에서 이거 핸드백들을 열어 보여야 하는 게 아니냐고 말한 것 같다. 그러자 수경이 난 그런 짓은 못 해 하고 말했던 기억도 난다. 다들 뒤숭숭한 분위기에서 흩어지듯이 파하고 말았다. 너도나도 하나씩 껴입고 나왔던, 빨간 스웨터, 빨간 스타킹, 빨간 투피스, 빨간 슈슈, 빨간 구두 같은 것들이 갑자기 그 유쾌한 빛깔을 잃어버리고 너저분하고 천박하게 느껴졌다. 2년 전에도 '외교 구락부'에서 체리티 브리지 바자를 열었다가 벽에 걸어 놓은 상의에서 오팔 브로치가 없어지는 사건이 있었다는 소식 하나만 얹어졌다.

그 사건의 처음과 끝을 빠짐없이 지켜본 몇 안 되는 목격자들 중 하나가 나인 것은 분명하지만 그렇다고 내가 본 것을 누구에게도 늘어놓지는 않았다. 웬일인지 그 일에 관해서는 입도 뻥긋하기 싫었다. 도난이라니, 어처구니가 없었다. 가끔 브리지 게임을 하러 왔다가 몽블랑 볼펜이나 알렉산더 머리핀을 두고 왔는데 왜 찾아 주지 않는지 이상하다는 말이 나돈 적은 있었지만 도난이라 니……. 나는 브리지 게임을 하는 누구에게도 그 이야기를 먼저 꺼낸 적이 없다. 인생의 한복판에서 벌어지는 암흑의 균열 같은 것이, 이곳에도 어김없이 존재하고 있다는 인식이 나를 그토록 우울하게 내몰았으리라.

그리고 사흘 후, 나는 브리지 게임을 끝내고 옆에 있는 한 식당에서 점심 식사를 하면서 이상한 소리를 들었다. 유미는 평소처럼 부자 언니를 따라가 버렸는지 그 식당에 오지 않았다.

"유미 씨 파트너죠? 유미 씨가 회사원이던 남편과 이혼하고 지금 동거하고 있는 사람은 이비인후과 의사라던데 아세요?"

'성북동 모임' 중 한 사람인 김윤주 씨가 물어 왔는데 물론 나는 처음 듣는 소리였다. 그러나 생각해 볼 필요도 없이 이혼해서 어떻다는 건가, 하는 반발이 나도 모르게 거센 기세로 퉁겨 나왔다.

"그 사람은 E여대 신방과 출신이 아니라 영문과를 나왔고요. 신혼 초 영문과 동창 모임에서 결혼 패물 반지를 훔친 것이 들통이 나서 신방과 나왔다고 그런대요."

식당 안은 그날따라 유난히 한산했다. 윤주 씨 남편과 유미의 전남편이 고등학교 동창이라서 도쿄와 LA에서 같이 산 적도 있다는데 그저 벌린 입을 다물지 못한 채, 이야기를 듣고 있을 뿐이었다. 유미가 말한 것은 K여중고를 나온 것 이외에는 진실한 게 아무것도 없다는 얘기였다. 유학 중이라는 딸은 대치동에 소재하는 고교에 다니고 있으며, 메이요 병원에 수술을 받으러 간다고 하니 그건 말도 안 되는 이야기라는 거였다. 지난번 미국에 갔을 때도 유미와 친한 친구가 있는 LA에만 있었을 뿐, 메이요 병원이 있는 미네소타 주 근처에는 간 적도 없다는 치밀한 반박이 나왔다. 하긴 그 말을 듣고 보니, 유미 자신의 말에 비하여 입성이나 씀씀이가 지나치게 소박하고 검소했던 것 같다.

그렇다면 유미는 무엇 때문에 그런 터무니없는 거짓말들을 늘어놓는 것일까. 이혼했다고 하면 브리지 게임에 끼어 주지 않을까 봐서? 아니다. 잘은 모르지만 이혼하고 재혼까지 하고 나서도 브리지 게임을 하러 나오는 선혜 씨도 있지 않은가. 자기가 미국 병원에 가서 진찰을 받고 치료를 받으러 다니지 않으면 아무도 그녀와 함께 놀아 주지 않을까 봐서? 하긴 모르겠다. 유미가 좋아하는 '성북동 모임'의 언니들은 어쩌면 그녀를 초대하지 않았을지도……. 그렇지만 그것도 말이 안 된다. 유미는 브리지 플레이 솜씨가 뛰어나지 않은가. 브리지 게임 마니아들은 어쩔 수 없이 그녀를 필요로 할 것이다. 세상에 유미 같은 헛똑똑이가 정말 존재하긴 하는구나 하는 생각에 나는 웃음이 나왔다. 윤주 씨의 말을 듣고 있는 동안 내내 도무지 가슴이 떨려 숨도 쉬지 못할 지경이었는데도 자꾸만 헛웃음이 나오는 것을 정말 참을 수 없었다.

　그날 우리는 누구도 '그렇다면 유미가 브로치를 훔쳤다는 거냐?' 하는 의문을 구체적으로 제시한 사람은 없다. 모였던 사람들이 저마다 유미와 얽힌 에피소드를 한마디씩 떠들어 대기 시작했다. 그동안 그토록 브릴리언트, 엑설런트하다고 칭찬받던 그녀의 플레이 솜씨도 정말 아귀같이 먹을 것을 찾아 헤매는 거지 근성의 플레이로 추락했으며, 쥐새끼같이 눈을 반짝이며 머리를 굴리는 모습은 도저히 더 이상 보아 줄 수 없는 추태가 되어 버리고 말았다.

　주말이 훌쩍 지나갔다. 다시 월요일이 돌아왔다. 외관상으로 브리지 클럽은 한없이 평온했다. 아무리 어려운 상황이라도 언제나 정의가 승리한다는 고전극과 달리 현실은 항상 어둠과 혼란이 지배하는 야만성이 이성을 누르고 승리하고 있는 것처럼 보였다. 클럽에 나온 유미는 더 상냥하고 더 빛나게 플레이를 했다. 그때 그녀의 파트너인 나는 어떤 느낌이었겠는가. 거기 모여 있는 모든 사람들이 그녀를 경원하고 있었는데 그 힘이 하나의 광기같이 느껴졌다. 도난이라는 종교적 접신 현상을 통과한 집단 광증에 우리 모두가 사로잡혀 버린 것 같았다. 나는 브리지 게임을 하면서도 몇 번이나 섬망과 환상에 시달리고 있었다. 낭비로 빚을 진 나의 처참한 말로가 아니라, 거짓말쟁이에 허풍이나 떨어 대는 뻥쟁이라고 사람들에게 머리카락을 쥐어뜯긴 채, 길바닥을 쓸고 온 옷꼬락서니, 그리고 피범벅이 된 얼굴로 영락없이 귀신같이 된 유미가 내 눈에 겹쳐지는 거였다. 자면서도 서 있을 수 있다면 지금이 바로 그 상황이었다. 나는 현실과 환상이 겹쳐서 몇 번이나 머리를 흔들지 않을 수 없었다.

사람들은 다 잊어버린 것일까. 나는 머리 어딘가를 세게 다쳐서 그날 우리가 나누었던 이야기들이 감쪽같이 지워진 것은 아닐까 생각했다. 하긴 전혀 엉뚱한 이야기도 아니다. 텔레비전에서 보면 외계인이 쏜 빛에 노출된 한 동네 사람들 모두가 기억 상실증인가 뭔가로 어느 일정 시간을 동시에 잊어버리는 드라마도 있지 않은가. 그럴 때 꼭 주인공 한 사람만이 일이 잘못되어 그것을 기억하는 것이다. 그런 경우처럼 나만 유미의 과거지사를 기억하고 있고 그 자리에서 정보를 제공했던 윤주 씨를 비롯하여 모든 사람은 그 일을 잊고 만 것일까. 아무튼 나의 기막힌 상상력으로 인하여 윤주 씨를 위시한 그 몇 명은 부분적인 기억 상실증 환자가 되었다. 그렇다면 이제는 확인할 일만 남은 셈이다. 그렇다고 나 혼자만 기억하고 있는 그 일을 구태여 확인할 필요가 있겠는가 하고 어느 한쪽의 내가 자꾸 나를 끌어당기는 통에 나는 어정쩡하게 시간을 보내고 있을 때였다.

그날도 브리지 게임이 끝나고 같은 식당에서 점심을 먹었다. 나와 일본 여인 사다코, 그리고 오랜만에 자리를 함께한 유미와 일본 대사관에 근무하다가 갓 귀국한 최인영이 있었다. 네 가지 음식을 따로 주문해서 함께 먹자고 했을 때였다.

"클럽에서 무슨 도난 사건이 있었다면서요?"

막 날라 온 음식이 테이블에 놓이는 순간에 최인영이 유미에게 한 말이었다. 그 순간 왜 내 가슴이 그토록 철렁했는지 모르겠다.

"글쎄요. 사람들이 남선희 씨가 수상쩍다고들 그러데요."

아주 작게 속삭이는 듯한 낮은 소리였지만 나의 귓속으로 '남선희'와 '수상'이라는 단어가 바늘처럼 정확하게 날아와 꽂히는 것이 느껴졌다. 나는 주방 쪽을 향해 고개를 돌린 채였고, 사다코는 눈을 동그랗게 뜨고 한국말을 한마디라도 더 익히려는 열의에 가득 차서 유미와 최인영의 대화에 참여하고 있었다.

이후에는 별로 할 말도 없다. 다음 날 아침, 일본 여인 사다코가 브리지 클럽에 나와서 지나가는 한국 사람들을 붙들고 "클럽에 도난이노 사고가 있었고, 남선희 씨가 수상쩍다고 유미 씨가 말이노 했는데 그게 사실이에요?"라고 물었다. 그 말은 소리의 속도보다도 빠르게 사람들에게 전파되었다. 누군가로부터 정보 제공을 받은 남선희가 그 말을 듣자 당장에 클럽으로 달려 나왔고, 나와 최인영은 어쩔 수 없이 증인이 될 수밖에 없는 상황에 이르고 말았다.

"사다코 상이 한 얘기가 사실인가요?"

남선희는 목소리를 차악 내리깔고 유미를 위시하여 나와 최인영을 벌레 쳐다보듯이 싸늘한 시선으로 찍어 눌렀다. 최인영이나 나나 이래 봬도 외교관 사모님이라는 소리를 듣는데, 우리가 하고 있는 이 작태들이 무엇이란 말인가. 참으로 내가 생각해도 한심한 일이었다.

"그날 내가 그렇게 말했어요?"

아직도 무슨 희망이 남아 있는지 아직도 기죽지 않은 목소리로 유미가 말했다.

"네에. 똑똑히 들었습니다. 사람들이 남선희 씨가 수상쩍다고 한다는 말을요."

최인영이 똑 부러지게 말했다. 순간 유미가 정색을 하고 내 얼굴을 쳐다보았다. 까맣고 반짝이는 눈이었다. 그러나 잠깐이었다. 다시는 내 얼굴을 보지 않을 작정인지 괜스레 스웨터 소매 주변에 붙어 있는 보푸라기들을 뜯기 시작했다. 남선희가 나를 쳐다봤다. 최인영이 나를 쳐다봤다.

"네에."

일순 주변은 정적에 빠졌다. 정의가 승리한 것이다. 이 순간이 영화의 한 장면이라면 힘찬 음악이 흘러나와서 어둠과 혼란이 물러나고 있는 이 반전의 순간을 축하해야 할 터인데……. 아아, 사람들은 잊은 것이 아니었구나. 잊지 않고도 잊은 것처럼 가만히 있었구나. 나는 갑자기 온몸에 소름이 쪼옥 끼쳤다.

그날 이후로 나는 김유미를 보지 못했다. 전화도 걸려 온 적이 없다. 서울의 같은 강남에서 살다 보면 백화점 같은 데에서 마주치기라도 하련만 아직 나에겐 그런 기회가 주어지지 않았다. 유미가 갑자기 왜 남선희라는 인물을 거론했는지 나는 지금도 알 수 없다. 사람들의 말처럼 브로치가 없어졌던 그날, 송년 브리지 토너먼트에서 파트너와 틀어진 남선희가 브리지 게임에 회의가 일어 당분간 쉬고 싶다고 했기 때문일 거라는데 도무지 믿어지지 않는다. 남선희가 클럽에 나오지 않는다고 해서 소문도 듣지 못할 거라고 유미는 생각했던 것일까.

아무도 없는 거실에서 홀로 서서 샤갈을 보고 있다. 나는 이 그림의 제목을 알지 못한다. 누워 있는지, 혹은 서 있는 것인지 애매모호한 구도 속에 놓여 있는 연인과 빛의 무리 속에 떠 있는 천사와 양, 그리고 십자가, 숨은그림찾기에서처럼 갈피를 잡을 수 없이 떠다니는 사람과 동물들……. 나는 아무리, 이 그림을 아무리 들여다보고 있어도 왜 좋은가를 설명할 수 없다. 그저 이끌릴 뿐이다.

이끌린다는 것만큼 잔혹한 일은 없다. 그것은 이끌리는 사람을 영원히 불구의 자세가 되게 한다. 어떤 곳으로 이끌린다는 것은 그곳을 천상으로, 여기 이곳을 지상으로 만드는 것이기 때문이다. 이끌림은 상승의 본능이다. 이끌릴 때 우리는 맹목적인 생명이 아니라, 무한히 확장된 신비스러운 세계와의 합일을 경험하게 된다. 그러나 그 천상의 경험은 천상의 것일 뿐, 결코 지상의 것이 아니다.

이토록 선명하게 보이는 한계가 왜 현실에서는 느껴지지 않는 것일까.

나는 왜 샤갈을 갖고 싶어 하는 것일까?

나는 영원히 어딘가로 나를 끌어올리는 행위를 계속할 것인가.

그렇지만 지상을 벗어날 수는 없을 것이다.

내가 할 수 있는 것은 오로지 이끌리는 것뿐이다.

언젠가는 유미를 만나겠지. 그러면 나는 그녀와 이야기를 하고 싶다. 바로 이 이끌림에 관하여.

중년의 위기에 대한 한 소묘

김경수(문학평론가 · 서강대 국문과 교수)

우리 사회에서 이른바 '중년'의 삶은, 공적이거나 사적인 영역에서 가장 논의가 안 되고 있는 연령대다. 청년기를 지나다 보면 어느새 맞이하게 되고, 슬슬 노후를 준비해야 하는 과도기적인 시기 정도로 인식되고 있다. 하지만 중년의 삶은, 어찌 보면 뻔하디뻔한 이런 일반적인 요약만으로는 쉽게 이해하기 힘든 삶의 고비다. 언제까지고 품 안에 남아 있을 것 같던 자식들이 저마다 자기들의 독립된 삶을 찾아 나간 뒤 다시금 부부만의 일상으로 돌아가는 시기, 라고 해도 그 함의는 매우 불안정하다. 게다가 오늘날 우리 사회에 일상화된 '중년 이혼' 혹은 '황혼 이혼' 같은 현상까지를 감안한다면, 청춘의 열정으로 독립된 가정을 꾸몄으나 이제는 그러한 열정이 아닌 관습에 의한 삶만이 기다리고 있는 중년의 삶은 문제적인 것임에 틀림없다.

중산층이라고 딱 한정하기는 어렵지만, 그래도 노년의 부모님들과 동떨어져 살면서 자식들마저 결혼시켜 내보내고 이제는 부부만 함께 사는 보통 가정의 중년 풍경은, 그 안을 들여다보면 딱히 이렇다고 대체적인 모양새를 그릴 수 없을 정도로 다양하다. 남편의 외도가 빚어낸 눈에 보이지 않는 관계의 균열, 여전히 직장 일에 매진할 수밖에 없는 남편으로 인해 자신만의 시간을 주체하지 못하는 부인, 혹은 중년까지 이어지고는 있으나 어떤 질적 변화가 감지되는 친구들과의 관계, 새로운 삶의 목표를 설정할 수 없는 현실 속에서 새록새록 되새겨지는 이루지 못한 청춘의 꿈에 대한 회한 등 아마도 이런 종류의 것들이 우리 사회 중년의 삶을 특징짓고 있을 것이다.

한정희의 세 번째 소설집인 이 책에는, 작가가 보아 낸 이런 중년의 삶, 그것도 많은 경우 중년 여성들의 삶의 풍경이 다양하게 그려져 있다. 작가가 여성인 이상 동성 여인들의 중년이 문제적으로 다가올 것은 더 말할 나위가 없지만, 그렇지 않더라도 중년 여성의 삶은 남성의 그것에 비해 훨씬 복잡하다. 교우 관계에 있어서나 재산 문제, 그리고 자기실현의 국면에서, 그들은 이미 지난 세대의 가치관을 견지하고 살아온 탓에 젊은 세대의 그것과는 현격하게 차이가 나는 삶의 변두리성을 그대로 간직하고 있기 때문이다. 이른바 젠더 이데올로기라고 하는 것이 중년의 삶에도 개입하고 있다는 것을 우리는 여기서 분명히 확인한다.

이 책에는 모두 일곱 편의 중·단편이 실려 있는데, 이 작품들은 대체로 세 부류로 구별할 수 있을 듯하다. 첫 번째 부류는 유부녀의 문제적인 삶을 직접 겨냥한 작품들로「웃으면서 죽는 법」과「산수유 열매」,「브리지 클럽」등이 여기에 속한다. 두 번째는 저마다 상처를 가지고 있거나 고민에 직면해 있는 이질적인 인물들을 동시에 등장시켜 삶의 어느 지점에서 교차되는 그들의 우연적인 만남을 그리고 있는 작품들로,「브리지 파트너」와「버스 전용 차선」, 그리고 경우에 따라서는「유희」와 같은 작품도 여기에 속할 것이다. 마지막으로「나쁜 자식」은 기왕의 소설들과는 달리 어린아이를 주인공으로 하여 아이들의 천진난만하지만 위악적인 행위의 추적을 통해 성인 사회의 한 속성을 읽어 내고자 한 작품으로, 예외적인 범주에 속한다.

작가 자신이 중년 여성이라는 점을 감안하면, 이번 소설집에서 비교적 선명한 주제를 가지고 반복적으로 그려지고 있는 작품들이 한결같이 중년 여성들의 삶의 위기라는 점은 아주 자연스럽다. 앞서의 분류에서도 이야기한 것처럼「웃으면서 죽는 법」,「산수유 열매」, 그리고「브리지 클럽」등이 그런 작품들인데, 이 작품들은 모두 중년의 시간대를 어떻게 건너야 할지 몰라 막막해하는 여성 인물들의 일상을 그리고 있다.「웃으면서 죽는 법」의 여주인공은 원인은 알 수 없으나 자살에의 강박에 시달리고 있는 인물이며,「브리지 클럽」의 여주인공은 외교관의 부인으로, 남편이 나가고 없는 시간을 브리지 게임에 몰두하면서 보낸다. 외견상 취미 생활이라도 뭔가를 할 수 있는 게 있다는 점에서 「브리지 클럽」의 유한부인이 사정은 좀 나아 보이지만, 사실 따지고 보면 이들이 놓인 상황은 주인공이거나 그들에 의해 관찰 대상이 되는 인물이거나를 막론하고 큰 차가 있다고 말하긴 어렵다. 「웃으면서 죽는 법」에서 루게릭병에 걸려 오랜 세월 동안 죽음과 맞서 오고 있는 여주인공의 친구 현임, 그리고 그녀의 존재를 다시금 일깨워 준 선배, 「브리지 클럽」에서 브리지 게임 동료에게 보석 도둑 혐의가 있다는 말을 했다가 곤경에 처하자 자취를 감추고 마는 유미라는 인물에 이르기까지, 한정희 소설에 등장하는 중년 여인들의 삶의 초상은 매우 어둡고, 어디부터 어디까지가 진실인지 모를 정도의 회색 지대의 삶을 살아간다. 그리고 이런 사정은 「산수유 열매」에서 주름 제거 수술을 받는 영해라는 인물 역시 마찬가지다.

물론 몇 편의 작품에서 작가는 이들 중년 부인이 남편의 외도로 인한 상처로부터 충분히 자유롭지 못하다는 증거를 대고 있기는 하지만, 그것은 비중으로 따지면 사실 그다지 크지 않다. 「산수유 열매」의 영해에게서 확인되듯이, 그런 사고는 어떤 의미에서는 생각하기에 달린 문제일 뿐, 그들의 현재를 위기로 몰아넣은 핵심적인 계기는 되지 못하기 때문이다. 물론 그녀가 보여 주고 있듯, 남편에 대한 절망과 연민 사이에서 어쩌지 못하고 있다는 정황이 이해 못 할 것은 아니다.

어떤 것을 핵심적이라고 딱 집어 말할 수는 없지만, 이 작품들

에서 공통적으로 확인되는 그 계기란 삶에 대한 일정한 이해를
거친 이후에 다시 겪는 자아에 대한 공허함, 사는 일의 진부함에
더 이상 속고 속이고 싶지 않다고 하는 최소한의 자기 존엄, 그리
고 어떤 새로운 도전의 길로 스스로를 던지지 못하고 어영부영
하는 스스로에 대한 자기 환멸 같은 그런 복합적인 감정과 또렷
한 자기의식이라고 해도 될 법하다. 그 또렷한 의식을 견디지 못
하는 순간에 죽음에의 강박이 찾아들고, 그 강박은 또다시 어떤
계기가 주어지지 않는 한 그들의 삶을 위험한 지경으로 내몰게
하는 것이다.

　이런 사정은 그녀의 눈에 비친 남성들의 경우에도 예외가 아니
다. 이미 외도가 발각되는 바람에 아내와 예전과 같은 신뢰의 관
계를 지속해 나가지 못하거나, 이러저러한 이유로 일터고 집이고
간에 삶의 전장에서 누적된 피로를 회복할 공간을 갖지 못한 인
물들이기는 남성들 또한 마찬가지기 때문이다. 그러니 이런 부부
가 함께 있는 공간의 풍경이 삭막한 것은 지극히 당연한 일인데,
그 삭막함은 외양보다는 더 이상 반성할 여지조차 남겨 놓지 않
은 채 유지되는 삶의 관성에 있다고 해도 과언이 아니다. 「나쁜
자식」에서 남자 주인공은 같은 빌라에 사는 여자가 자기 집 계단
에서 실족한 이유를 불륜이라고 단정 짓는 아내를 보며, 아내가
그렇게 단정하게 된 이유가 자신의 외도 때문이라는 것을 알고는
"갑자기 사람 사는 일이 왜 이처럼 욕되게 느껴지는 것일까. 나는
살아갈수록 선명해지는 삶의 의문부호 하나만을 가슴속에 간직

한 기분이 됐다."고 토로한다. 이 정도면 삶의 진부함이라는 감옥에 갇힌 수인이라는 의식이야말로 한정희의 시선에 포착된 오늘날 우리 사회 중년들의 근원적인 질병이라고 해도 틀리지 않을 것이다.

이 진부함으로부터 벗어나는 길은 없는 것일까. 한정희가 제기한 이 난관이 선험적이고 또한 어떤 방식으로든 요해(了解) 가능한 것이어야 한다는 당위를 함께 포함하고 있는 만큼, 그 해답의 모색 또한 작가에게는 일정 부분 소설적 목표인 것으로 보인다. 이번 작품집에서 이를 단적으로 보여 주고 있는 작품이 바로「유희」와「브리지 파트너」같은 작품이다. 「유희」의 주인공은 사채업자의 사위로, 아내의 친구들과 어울리려고 벌인 카드 게임에서 큰돈을 잃고 또 전문적인 도박꾼들의 노름판에 빠졌다가 아내와 장인으로부터 외면당한다. 그런 일상의 한순간, 그는 길에서 위경련으로 고통 받고 있는 필리핀 여인을 병원에 데려다준다. 그리고 그녀가 한국인 남성을 따라 한국에 와 호텔에서 노래를 하면서 살고 있지만 그 남자에 의해 버림받았다는 사실을 알게 된 뒤에, 그녀의 소원대로 그녀를 바닷가 콘도로 데려가는 것은 물론, 자신이 그 남자의 편지인 것처럼 이메일을 써서 그녀에게 확인시키면서 그녀의 상처를 덜어 주기 위해 애쓴다. 그러나 그런 위무의 노력도 잠시일 뿐, 집으로 돌아온 그는 텔레비전 뉴스를 통해 이태원의 한 호텔에서 화재가 나고 그곳에서 일하던 필리핀 여가수가 죽었다는 소식을 듣고 자신도 모를 상실감에 빠진다. 그것은 그가 필리핀 여가수에게 상처를 주지 않기 위해, 그 남자를 대신해서 이제는 관계를 정리하고 떠난다는 의미를 담은 편지를 써 주었기 때문이다.

「브리지 파트너」의 이야기 또한 이와 유사하게 전개된다. 이 작품은 브리지 게임 파트너가 된 두 남녀의 이야기를 담고 있다. 남자는 어릴 적 피아노 신동으로 불렸으나 살아갈 방도가 없어 영국 유학을 단념한 채 나이트클럽에서 반주를 하는 것으로 생계를 유지한다. 한편 그의 파트너는 남편이 다른 여자를 따라 런던으로 떠나 버린 상처를 입고 살아가는 여자다. 운 좋게도 이 두 사람은 코엑스에서 열린 브리지 대회에서 승리하여 런던에 갈 수 있는 기회를 잡게 되는데, 남자는 젊은 시절의 상처와 대면하는 것을 두려워한 나머지 나이트클럽 일을 핑계로 런던에 가지 못하겠다고 말한다. 그러자 그 말을 들은 여자는 자신의 남편이 자신을 버리고 런던으로 가 버렸으며, 자신은 이번 기회에 런던에 가서 그 소식이 남편에게 전해졌으면 하는 상상을 했다고 힘들게 고백한다. 그러고 난 뒤, 남자는 밤에 여자에게 전화를 걸어 런던에 같이 가자고 말하고, 여자는 눈물을 흘린다.

「브리지 파트너」의 이런 결말은 「유희」의 그것과 궤를 같이하면서도 한 걸음 더 나아간 것이다. 이 두 작품의 남자 주인공들은, 결혼에 의한 계약관계에 있거나 현재 사랑하는 사이도 아니지만, 자신만의 상처를 짊어지고 살아가는 상대방의 현실을 보고 차마 외면하지 못한다. 자신의 상처가 덧나거나 상황이 악화될지도 모를 위험을 무릅쓰고 상대방으로 하여금 고통을 덜 받도록 배려하는 이들의 태도는 다소 우연적이어서 설득력이 없어 보일 수도 있다. 하지만 그 우연성은 오히려 이들이 진부한 삶의 일상으로부터 벗어나고자 하는 욕망의 발현으로 읽을 수도 있다. 스스로의 생존을 확인하고자 하는 간절함 앞에 어떤 필연성을 운운하는 것 자체가 어쩌면 말이 안 될지도 모르겠다. 그리고 이것은 그만큼 자신과 아무런 관계도 아닌 동시대 사람들에 대한 가장 기본적인 연민이야말로, 우리들이 진부한 일상을 살아가는 과정에서 잃어버린 최소한의 인간 존중, 그것이 아닐까 하는 작의(作意)와 일정 부분 연결되어 있을 것이다.

이 작품에서 운명에 대한 모종의 인식의 변화가 감지되는 것도 이런 맥락에서 이야기할 수 있다. 공교롭게도 이 소설집에 수록된 작품들 가운데, 「유희」를 포함해 「산수유 열매」, 그리고 「브리지 파트너」와 「버스 전용 차선」 등의 작품은 모두 복수의 인물을 등장시켜 각자 그들의 시선으로 자신들의 삶을 풀어내도록 하고 있다. 그들은 더러 우연 이상의 관계를 맺기도 하지만, 「버스 전용 차선」의 경우처럼 서로 스쳐가듯 존재감만 확인하는 느슨한 관계를 맺고 있기도 하다. 이렇게 이중적으로 제시되는 이야기가 공히 남녀의 그것이라는 공통점은 또 다른 해석이 필요한 대목이겠지만, 분명한 사실은 이런 점이 독자들로 하여금 어떤 사람에 대한 집중보다는 인접한 삶에 대한 이중적이고도 연속적인 이해를 촉구하고 있다는 점이다. 「버스 전용 차선」에서 그려지는 것처럼, 주인공이 집을 뛰쳐나간 어머니가 오랜 세월 뒤에 아버지와 자신 앞에 모습을 나타낸 것을 우연적인 깨달음처럼 뒤집어 생각해 보는 경우는 현실에서 그리 많지 않을지도 모른다. 하지만 이런 이야기의 구도는 우리들 각자의 삶이 결코 우리들 개인만의 의지대로 영위되고 있는 것은 아닐지도 모른다는 작가적 신념을 전해 주기에는 충분하며, 또 불교적 인과론에 대단히 친근한 우리들에게는 그다지 놀랄 만한 일도 아니다.

그런 제반 감정적 이끌림에 대한 궁금증, 그리고 그런 궁금증을 누군가와 이야기하고 풀어 보고 싶어 하는 욕망의 확인이야말로, 작가 한정희가 보아 낸 중년의 현 단계로서, 이는 그만큼 우리 사회 중년 여인들의 삶이 사회학적으로 보다 다양한 각도에서 해석되어야 한다는 주장으로도 손색이 없다. 우리 소설계에서 점차 확산되고 있듯이, 노년의 탐색이 그만큼 연륜을 쌓은 작가들의 몫이라고 한다면, 중년의 삶은 또 중년 작가들이 담당해 주어야 할 탐색 영역이다. 이런 자명한 논리에도 불구하고 우리에게는 아직 이렇다 할 중년의 문학이 존재하지 않는다. 한정희의 이번 소설은 그런 점에서, 우리 시대 중년들의 삶 또한 조심스럽게 해석되지 않으면 안 될 과도기의 삶이라는 점을, 그리고 앞으로도 보다 본격적인 탐색이 이루어져야 한다는 것을 역설하고 있는 작품들이라고 할 만하다.

한 정 희

1950년 경기도 강화에서 태어나 이화여대 국문과를 졸업했다. 1989년 《동아일보》 신춘문예 중편소설 부문으로 등단했다. 소설집 『불타는 폐선』과 『유리집』이 있다.

브리지 파트너

한정희 소설

1판 1쇄 찍음 | 2009년 1월 2일
1판 1쇄 펴냄 | 2009년 1월 6일

지은이 | 한정희
발행인 | 박근섭, 박상준
편집인 | 장은수
펴낸곳 | (주)민음사

출판 등록 | 1966. 5. 19. 제16-490호
서울시 강남구 신사동 506번지 강남출판문화센터 5층 (우)135-887
대표전화 515-2000 / 팩시밀리 515-2007
www.minumsa.com
값 11,000원

ISBN 978-89-374-8244-1 (03810)